The Blooming Violet
in the Back Garden

후원에 핀
제비꽃

성혜림 장편소설

VI

외전

The Blooming Violet
in the Back Garden

후원에 핀 제비꽃

성혜림 장편소설

D&C BOOKS

차 례

외전

외전

1. 첫날밤

1. 첫날밤

아아, 지쳤다. 비올렛은 거의 탈진했다. 어떤 생각으로 결혼식을 했는지도 모르겠다. 결혼식을 치르며 그의 맹세를 받을 때까지만 해도 분명 행복했다. 그랬는데 왜 이렇게 해야 할 일이 많은지.

비올렛은 수도로 상경한 후작가 가신들의 인사를 하나하나 받는 중이었다. 그 가신들과 더불어 식솔들까지 수가 꽤 되어 비올렛은 오랜 시간 동안 억지로 웃고 있어야 했다.

비올렛은 자신이 후작가의 양녀였다는 사실과 함께 자신의 본래 신분이 그들의 반발을 사지 않을까 걱정했었다. 하지만 가신들은 자랑스럽다는 얼굴로 자신들의 주군인 에셀먼드와 더불어 비올렛에게 경외 어린 시선을 보냈다.

이런 호의적인 시선도 얼마나 갈까. '마귀'의 최후의 발악을 없앤 최후의 성녀라는 칭호도, 샤를과 린도가 그녀의 발에 입을 맞춘 것도 금세 잊혀질 것이다. 결국 저 사람들의 마음속에는 신분만 남아서…….

비올렛은 또다시 안 좋은 쪽으로 치닫는 생각을 고개를 저어 떨쳐 냈다. 부정적인 생각은 마음을 다치지 않기 위한 버릇이었다. 무슨 생각으로 그를 가지겠다고 선언한 건지 잘 모르겠다. 비올렛은 그날을 다시 떠올렸다.

"성녀 비올렛, 이 나라의 지도자로서 당신의 소원을 들어드리겠습니다."

"그대가 원하는 것을 말하십시오. 나 린도의 이름을 걸고 그대에게 바치겠습니다."

모든 것이 끝나고 정리되었을 때, 비올렛은 다시 한번 왕과 교황 앞에 섰다.

비올렛에게는 없는 부, 비올렛에게 없는 명예……. 사람들은 비올렛이 그런 것들을 원하리라 생각했다. 어떤 이들은 그녀가 세속을 떠나 방랑하리라 생각하기도 했다. 마치 그 옛날의 '성녀들'처럼.

"저 비올렛은……."

마침내 비올렛의 입이 열렸다. 평생을 위한 소원을 떠올리기엔 지나치게 짧은 시간이었다. 비올렛이 입술을 잘게 떨며 고개를 들고는 샤를의 뒤에 서 있는 남자를 바라보았다. 남자도 비올렛을 바라보고 있었다. 마치 무슨 선택을 하든 지지할 것처럼.

"그대를 원합니다."

그것은 줄곧 그녀의 마음속에 있던 소리이자, 차마 말할 수 없었던 탐욕이었다. 그녀가 바란 것은 성스럽고 자애로운 소원이 아니었지만, 세속적인 소원도 아니었다.

"저 비올렛은, 에셀먼드 에르멘가르트를 원합니다."

그저 성녀는, 한 사람의 여자가 되어서 사랑하는 남자를 선택했다. 그저 그뿐인 소원이었다.

비올렛이 힘주어 말하며 에셀먼드를 바라보았다. 모든 이들의 시선이 에르멘가르트 후작을 향했다. 그는 불쾌해하지 않았다. 그렇다고 해서 여느 때처럼 얼음장 같은 무표정을 짓고 있지도 않았다. 사람들은 그 얼굴을 보며 깨달았다.

성녀이자, 성녀가 아니게 된 여자의 전리품이 되어 버린 남자. 무패의 푸른 기사, 에셀먼드 에르멘가르트의 얼굴에 서린 감정은, 지극한 희열이었다.

비올렛은 그때의 그 남자, 자신의 연인이자 남편의 얼굴을 떠올렸다. 소원을 들은 그의 얼굴엔 뭐라 형용할 수 없는 표정이 담겨 있었다. 샤를도 린도도 할 말을 잃은 표정을 하고 있었다. 그 정적을 깬 것은 에셀먼드였다.

—기꺼이 그대의 것이 되겠습니다.

그렇게 말하는 에셀먼드는 환하게 웃고 있었다. 마치 풋사랑이 이루어진 행복한 소년처럼.

"으윽."

어쩐지 얼굴이 붉어졌다. 술 때문일까, 볼에 홍조가 사라지지 않았다. 앤이 와서 보면 놀릴 텐데. 비올렛은 고개를 설레설레 저었다. 그녀는 결혼이 결정되고 나서 줄곧 밝은 표정이던 앤을 떠올렸다.

그녀는 오늘 몸단장을 하기 전에도, '마님'이라는 칭호에 부끄러워하는 비올렛에게 야단 아닌 야단을 쳤다.

큰일이다. 앤에게 마님으로 불리는 것만큼 이상한 것은 없었다.

이젠 리체—수도로 사랑하는 성녀님을 따라와 에르멘가르트 후작저에 취직했다.— 역시 앤을 따라 성녀님이라는 호칭은 접어 두고, '마님'이라고 부르기 시작했다. 비올렛은 이제 성녀님이 아닌 그 호칭에 익숙해져야만 했다.

"익숙해져야지."

오늘은 드디어 그와 그녀가 맺어지는 날이다. 비올렛은 거울에 비친 자신의 모습을 보았다. 꽃잎을 우려낸 물로 목욕을 마친 피부는 생채기 하나 없이 뽀얬고 새하얀 얼굴 위에는 기다란 갈색 머리카락과 그토록 그리워했던 자안이 보였다.

"역시 은발이 좋았을까?"

아무래도 은발이나 하늘색 눈 쪽이 신비롭고 아름다웠던 것은 부정할 수 없는 사실이었다. 아직도 익숙해지지 않은 '원래의' 머리색과 눈동자 색. 이 평범함을 그토록 원했건만 평범하게 돌아가자 비올렛은 불안해졌다. 처음 만났을 때부터 지금까지 '성녀'로서 함께해 왔는데 평범해진 제 모습이 괜찮을까.

"아니야, 아니야. 그만!"

비올렛은 다시 고개를 저었다. 또 부정적인 생각에 침잠할 뻔했다. 그것은 매번 그들의 관계에 매우 안 좋은 영향을 미쳤다.

비올렛은 거울을 바라보았다. 이렇게 몸매가 드러나는 반투명한 슬립을 입었는데, 예뻐 보일까? 군살은 없어 보이는데 너무 말라 보이지는 않을까? 일단, 그것보다 에셀먼드는 언제 오지?

비올렛은 결혼 예식이 끝나고 방금까지 열렸던 연회에 대해 생각했다.

에셀먼드는 술을 몇 모금 마시고 볼이 붉게 달아오른 비올렛을 못마땅하게 바라보며 먼저 들어가 있으라고 했다. 비올렛은 그에 순순히 고개를 끄덕였다.

그의 못마땅한 표정이 마음에 걸렸다. 그래도 실수하지 않으려 애썼는데, 무지해서 또 무례한 행동을 한 게 아닌가. 그녀가 모르는 결혼식의 규칙이 있었을지도 모른다. 하늘하늘한 슬립의 자락을 잡고 비올렛은 무거운 한숨을 폭 내쉬었다.

여전히 그녀는 불안했고, 머릿속은 또다시 부정적인 생각으로 가득 차기 시작했다.

그때 찰칵, 하며 문이 열리고 그토록 기다렸던 남편이 나타났다. 비올렛은 마치 맹수를 본 토끼처럼 움찔했다. 신방 안으로 들어온 남자는, 알고는 있었지만 새삼 더 커 보였다.

에셀먼드가 후, 하고 한숨을 내쉬며 들어왔다. 그 역시 목욕을 마친 상태인지 머리가 물에 살짝 젖어 있었다. 그는 거울 앞에 어정쩡하게 서 있는 비올렛을 보며 멈칫했다.

"……앤."

에셀먼드는 표정을 굳히며 이를 갈았다. 대체 앤이 무슨 잘못을 했단 말인가. 비올렛이 눈을 깜빡거렸다. 그의 시선이 슬립을 입은 비올렛의 몸에 닿아 있었다.

몸을 가리기 위해 입는 옷의 존재 가치를 정면으로 부정한, 반투명한 슬립 아래로 비올렛의 부푼 가슴과 허리가 보였다. 게다가 옷은 왜 그렇게 짧은지, 그 아래로 비올렛의 통통한 허벅지와 쭉 뻗은 두 다리가 보였다. 더욱 자극적이었던 것은, 그녀가 거울 앞에서 있었기 때문에, 거울에 뒷모습이 비춰 보인다는 것이었다. 앞모습도 뒷모습도 매우 자극적이었다.

에셀먼드는 애써 자제하며 물었다.

"몸은 피곤하지 않으십니까, 부인?"

아, 부인. 비올렛의 뺨이 붉게 달아올랐다. 말투는 변함없었지만, 그 역시 이제 그녀를 부르는 호칭이 달라졌다. 비올렛은 그것이 무척이나 낯뜨거웠다. 에셀먼드 역시 같은 감정을 느낀 듯 흠흠 헛기침을 했다.

"저도 괜찮아요, 경…… 아니, 에드는요?"

비올렛이 더듬거리자 에셀먼드가 이 정도는 아무것도 아니라고 말했다. 그런데 비올렛은 어쩐지 그가 난감해한다는 느낌을 받았다.

"피곤하면 이제 주무십시다."

에셀먼드가 언제나와 같은 무뚝뚝한 말투로 말했다. 비올렛은 흠칫 놀랐다. 어라, 아무것도 안 하는 건가? 비올렛은 당연히 그와 잠자리를 할 거라 생각했다.

에셀먼드가 비올렛의 손을 잡아끌었다. 끌려가면서도 비올렛은 '이게 아닌데?'라고 생각했다. 그리고 그녀는 더 이상 상황에 끌려가지 않기로 했다. 그동안 지겨울 정도로 상황에 끌려다녔기 때문이다!

"에드."

비올렛은 그를 불렀다. 에셀먼드가 왜, 라고 묻는 듯한 표정으로 비올렛을 보았다.

그에 멱살을 잡듯 그의 옷깃을 끌어당겨 발돋움해 입을 맞췄다. 갑작스러운 입맞춤에 그가 당황해하는 게 느껴졌으나, 에셀먼드는 이윽고 비올렛의 키스를 조용히 받아들였다. 보드라운 입술과 입술이 부딪혔다. 말캉한 혀와 혀가 얽히기 시작하며, 가벼운 키스가 금세 농밀해졌다. 비올렛이 에셀먼드의 입술을 살짝 깨물었다. 그러자 에셀먼드가 따끔한 듯 입술을 뗐다. 비올렛은 미소를 지으며 에셀먼드를 보았다. 그러자 그가 얼굴을 찌푸리며 말했다.

“그냥 가만히 자는 게 좋을 텐데요.”

겨우 키스를 한 것뿐인데, 그의 두 눈에 열기가 들어차 있었다. 그 반응에 비올렛은 만족스럽게 웃었다.

“하지만 초야인걸요? 에드가 안아 주지 않으면, 비웃음 받을 거야.”

그 말에 에셀먼드가 멈칫했다.

“초야가 아프다는 걸 알고는 있는 겁니까?”

아플 거라니. 마치 비올렛에게 심각한 사실을 알려 주는 듯한 말투였다. 심지어 지금의 그는 남편이 아니라 그녀를 지키는 가디언 같았다.

아무리 그래도 아픈 걸 모를 리가. 앤에게도 아니, 꽃의 거리에 있을 때도 귀에 박히게 들었던 사실이었다. 비올렛은 에셀먼드의 귀에 비밀을 속삭이듯 낮게 속삭였다.

“당신 때문에 아프다니 좋은데요, 전?”

그 말은 에셀먼드의 인내를 끊기에 충분했다. 조금 전의 입맞춤은 장난이었던 것처럼 에셀먼드는 비올렛을 거의 삼킬 듯 입을 마주쳐 왔다. 그의 몸이 겹쳐지며 비올렛의 몸이 뒤로 넘어가자, 곧바로 단단한 팔이 그녀의 몸을 지탱했다. 에셀먼드가 비올렛의 엉덩이를 받쳐 들었다. 그러자 자연히 그녀의 두 팔과 다리가 에셀먼드의 목과 허리를 휘감았다.

말캉한 혀가 들어오며 치열을 고르게 쓸었다. 그 뜨겁고 붉은 살덩어리가 비올렛의 작은 혀를 거칠게 탐하자 그녀는 자신도 모르게 읏, 하는 신음 소리를 흘렸다. 찌릿한 느낌이 등골을 타고 흘러내렸다. 술기운에 머리가 어지러웠다. 비올렛의 엉덩이에 폭신한 감촉이 느껴졌다.

분명 거울이랑 침대는 꽤 떨어져 있는데, 대체 어느 틈에 침대에……? 비올렛은 자신의 엉덩이가 침대 위에 있다는 것을 알고 깜짝 놀랐다. 그 반응에 에셀먼드가 입맞춤을 멈추며 비올렛에게 말했다.

"앤에게 이런 짓을 하지 말라 하십시오."

"이런 짓이라뇨?"

"이런 옷을 입는 것."

"이건 제가 선택했는데요?"

비올렛의 말에 에셀먼드가 입을 다물었다. 비올렛은 의아한 얼굴로 에셀먼드를 보았다.

"대체 왜?"

"그거야, 야하니까요."

"……."

에셀먼드가 황당하다는 표정을 지었다. 비올렛은 그 얼굴에 고개를 갸웃했다. 에셀먼드가 비올렛을 편안하게 앉혀 두고 말했다.

"왜 그래야 하는 겁니까? 누굴 유혹하려고?"

"그거야, 남편을 유혹해야 하잖아요."

"……."

"에드, 남편을 유혹하면 안 되는 건가요?"

비올렛의 의문 가득한 물음에 에셀먼드는 굳어 있었다.

"에드, 제가 뭘 잘못한 건가요?"

"아니 나는 좋습…… 아니."

그는 잠시 말을 이으려다 말았다. 비올렛이 미소를 지으며 에셀먼드의 허벅지를 붙잡고 일어나더니 이내 그의 목에 입을 맞추었다. 비올렛의 자색 눈동자가 은은한 촛불에 반짝이며 빛났다. 에셀먼드가 굳어 있었지만 비올렛은 개의치 않고 그의 셔츠 단추를 하나 풀었다.

비올렛이 그의 셔츠를 벗기는 데 성공한 것에 비해, 에셀먼드는 여자의 옷을 어떻게 벗겨야 할지 몰라 난감해하고 있었다. 얇디얇은 슬립이었다. 반투명한 레이스로 섬세하게 짜여진 그 옷은 분명 서툰 손길에 찢어질 것이다.

고민하는 게 확연한 표정에 비올렛이 잔웃음을 터트리며 그의 손을 끌어, 어깨에 매듭지어진 리본에 가져다 대었다. 그가 끈을 잡아당기자 스륵, 소리가 나며 어깨끈의 한쪽이 풀렸다. 겨우 옷을 벗기는 것임에도 에셀먼드는 신중하게 비올렛의 나머지 어깨끈도 풀었다. 사르락 거리며 비올렛이 입고 있던 슬립이 풀려 내렸다.

"에드."

비올렛이 다시 그의 목에 팔을 감고 입을 맞춰 왔다. 살과 살이 맞닿았다. 비올렛은 술기운에 몸에 열이 오른 상태였고, 그의 맨살 역시도 뜨거웠다. 비올렛은 홀릴 듯한 미소를 지으며, 에셀먼드를 바라보았다.

"너 정말……."

그는 탄식과도 같은 말을 하며, 비올렛의 위로 비스듬하게 몸을 숙였다. 그리고 그녀의 입술을 벌리며 빨아들였다.

그들의 첫날밤은 물론 아팠다. 그건 아주 당연한 일이었다. 에셀먼드는 서툴렀으며, 필연적으로 아플 수밖에 없는 신체적 특징도 존재했다. 비올렛을 안은 에셀먼드는 금욕적이고 이성적이었던 평소와는 달랐다.

"비올렛……."

비올렛은 아픔에도 그의 목소리를 들으며 행복했다. 서로를 애타게 원하던 그 뜨거운 밤, 비올렛은 에셀먼드의 이름을 애타게 불렀다.

비올렛은 고민에 잠겼다. 왜 그럴까 고개를 갸웃했지만 도대체 문제가 무엇이었는지 알 수 없었다.

초야를 치른 다음 날 아침, 비올렛은 잠에서 깨어나기도 전에, 에셀먼드에게서 아름다운 드레스를 선물 받았다. 하지만 이게 무슨 소용인가, 에셀먼드가 없는데.

문제는 또 그다음 날이었다. 에셀먼드는 밤늦게까지 돌아오지 않았고, 비올렛이 잠들어 있는 동안 잠시 '머물다' 갔다. 굳이 머물다라는 말을 쓰는 이유는 말 그대로 그가 있던 시간이 짧았기 때문이었다.

비올렛은 혼란스러웠다. 다음 날도 마찬가지. 그녀가 기다리다 잠들자, 그는 또 잠시 다녀갔다.

"앤."

비올렛이 머리를 빗어 주던 앤을 바라보았다.

"네, 마님."

앤이 빙그레 웃으며 말했다.

"그가 나한테 화난 걸까?"

"네?"

앤의 표정은 엄청 웃긴 농담을 들은 표정이었다. 풋, 하고 비웃기라도 할 태세였다.

"주인님이요? 저 웃기려고 하신 소리죠?"

"……."

"왜 그렇게 생각하시는데요?"

"아니야, 아무것도."

끄응, 착각인가. 하지만 사흘 동안 얼굴을 못 보는 건 좀 이상하지 않나. 비올렛은 생각했다.

"주인님이야 워낙 일 중독자시잖아요. 초야 뒤에도 그럴지는 몰랐지만."

비올렛은 이 저택에서 가장 센 사람이 앤이 아닐까 생각했다. 에셀먼드의 역성을 들어주고 있긴 했지만 어투는 '쯧쯧, 어휴, 한심해.'라고 말하는 것 같기 때문이었다.

"그래도 마님이 아프진 않은지, 식사는 거르지 않는지 제게는 꼼꼼하게 물어보시던 걸요? 황궁에 계실 때도 거의 매시간."

"진짜?"

"저 지금도 가서 주인님께 편지 써야 해요. 배달부가 기다리고 있거든요."

비올렛의 두 뺨이 홍조로 달아올랐다. 안심한 비올렛의 얼굴을 보며 앤이 피식 웃었다.

"이제 슬슬 혼인도 하셨겠다 대장군직을 위임받기로 해서 바쁘시잖아요."

"그렇지."

비올렛은 고개를 끄덕였다. 에셀먼드가 혼례를 서둘러서 그렇지 그는 지금 한창 바쁠 때였다. 브라운슈바이크 경이 건강에 이상이 생겼고, 젊은 나이지만 에셀먼드가 대장군직을 물려받기로 암암리에 결정되어 있었기 때문이었다.

나라의 군권이 전부 그의 손에 달리니 인수인계할 것이 한두 가지가 아닐 터였다. 기사단장에게 훈련 지침을 전달하고, 귀족들이 보유한 사병 조사와 더불어 왕실 기사 입단 시험 주최, 군사 훈련, 또한 그의 휘하에 있는 첩보부가 보고한 정보 분석 등. 해야 할 것이 많다는 건 알지만…….

그렇지만, 초야 후 그의 얼굴을 한 번을 보지도 못한 것은 좀 그렇지 않나. 비올렛은 한숨을 쉬었다.

비올렛의 일상은 평탄했다.

이제 비올렛을 천민이라고 업신여기는 사람은 없었다. 일단 그녀의 뒤에는 아그레시아 남서쪽을 관할하는 에르멘가르트 후작이 있었으며, 그녀는 국왕과 교황이 발에 입을 맞춘 '고귀한 자'였기 때문이었다. 중앙 귀족들도 양심은 있었는지, 그녀를 절대 천대하지 못했다. 그녀가 싸웠던 실체를 직접 봐 버린 이상 경외감이 없으려야 없을 수가 없었던 것이다.

이 평탄한 일상 속에서 비올렛을 가장 불안하게 만드는 게 있었으니, 바로 결혼식 이후로 에셀먼드와 제대로 마주한 적이 거의 없다는 것이었다. 요즘은 신혼여행이라고 결혼 후 둘이 여행도 다니고 한다는데, 이 남자는 왜 이리 일에만 열중하는 건지…….

아니, 욕심부리지 말자, 겨우 행복해졌는데. 비올렛은 깊은 한숨을 쉬었다.

에셀먼드의 마음이 벌써 식어 버린 건 아닐까?

애써 마음을 달래 보아도 그녀의 마음속에는 어두운 먹구름이 모락모락 피어났다.

그날도 비올렛은 일을 마친 에셀먼드가 귀가할 때를 맞춰서 현관으로 나갔다. 자신의 낭군님을 기다리며 현관에 오도카니 서 있자, 저택 정원을 걸어오던 그가 비올렛을 마주하고 미소를 지었다. 그는 비올렛이 귀가를 기다리자 기쁜 듯했다. 덩달아 흐렸던 비올렛의 마음도 환하게 개었다.

"에드."

이런 걸 보면 화가 난 건 아닌 것 같은데. 비올렛은 에셀먼드에게 뛰어들어 안기려고 했다. 몸에 폭, 안겨서 그의 온기를 느끼고 싶었는데, 에셀먼드가 비올렛의 허리를 턱 잡더니 들어 올렸다. 발이 허공에 뜨고 비올렛은 팔을 들어 에셀먼드의 목을 휘감았다. 하지만 비올렛의 몸은 에셀먼드와 맞닿아 있지 않았다. 겉보기엔 신혼인 후작과 후작 부인의 달달한 한때로 보였지만 당사자인 비올렛은 당황했다. 신체 접촉을 일부러 최소화하는 것 같지 않은가.

"아침은 드셨습니까?"

지금이 저녁인데 무슨 아침을 말하는 건가. 황당했지만 순순히 고개를 끄덕였다.

"점심은?"

지금 식사를 함께하자는 걸까? 비올렛은 고개를 갸웃하며, 먹었노라 대답하자 에셀먼드는 고개를 끄덕였다. 비올렛은 질문의 의중을 파악하려 골똘히 생각했다.

"저녁을 먹읍시다."

비올렛을 내려 준 그는 그녀의 볼을 쓸다가 흠칫하며 손을 뗐다. 그러더니 비올렛을 에스코트하지도 않고 먼저 안으로 들어가 버렸다.

비올렛은 이상하다고 생각했다. 분명히 손, 잡아 줬는데……. 다리도 긴 남자가 빠른 걸음으로 가 버리니 비올렛은 종종걸음으로 뒤를 쫓아야 했다. 배려 없는 속도에 비올렛의 속이 까맣게 타 내렸다.

식사 시간에도 그는 비올렛에게 거의 말을 걸지 않았다. 물론 그가 말이 없다는 것은 안다. 그렇지만, 어떤 말이라도 걸어 줬으면 했다. 비올렛은 어두운 얼굴로 식사를 하는 둥 마는 둥 했다. 에셀먼드가 그런 얼굴을 바라보고 있는지도 모르는 채.

언제나 오해와 오해를 거듭해 왔던, 소심한 이들이 결혼을 했다고 크게 달라지진 않는 법이었다.

시수일레와 대화를 통해 비올렛은 자신의 문제를 깨닫고 말았다. 결혼식 준비로 바쁜 모양이었는지 비올렛이 혼인을 한 후로 처음 찾아왔다.

"비올렛! 초야에 대해서 좀 알려 줘."

푸훗, 비올렛은 차를 뿜을 뻔했다. 시수일레의 눈은 초롱초롱 빛나고 있었다. 귀족이든 평민이든 천민이든 남녀 간 교합에 대한 관심은 계층에 상관없이 지대했다. 곧 결혼을 앞둔 여자는 결혼한 유부녀에게 그 호기심을 충족시키고 싶어 했다. 그 열렬한 기세에 비올렛은 당황했다.

"그 남녀 간의 교합 말이야."

"……그걸 왜."

"해 봤잖아."

아니 그건 백작 부인이 알려 주어야 하는 게 아닌가? 왜 나한테 이걸 물어보는 것인가. 아니, 친구이기에 쉽게 물어볼 수 있는 것인가? 비올렛의 얼굴이 귀까지 빨갛게 물들었다.

"막 아파?"

"아프지."

비올렛이 대답했다. 시수일레가 겁을 집어 먹었다. 비올렛은 차마 시수일레에게 견딜 만하다고 말할 수는 없었다. 그다음 날에도 둔통으로 앓았던 걸 생각하면 더더욱.

생각해 보면 대체 그 쾌락이라는 것은 어디 있는 것인가. 알게 뭐야, 한 번밖에 안 해 봤는데. 다시 떠오른 생각에 비올렛이 얼굴을 찌푸렸다.

"그…… 하기 전에는 어때? 어머니 말로는 여자는 얌전하게 남자의 손길을 받아 줘야 한다고 하더라고."

"어?"

그건 처음 듣는 소리였다. 비올렛은 눈을 동그랗게 떴다.

"여자가 적극적이면 헤픈 여자라고 싫어한대. 그래서 남자의 손에 말없이 따라야 한다고 들었어. 솔직히 말도 안 되는 것 같은데 어머니가 그러라고 하니까."

"아……."

"너도 그랬지? 그랬을 거야. 비올렛은 조용하잖아. 성녀이기도 했고."

차마 비올렛은 전혀 반대였다는 말을 할 수가 없었다. 잠자리를 가지지 않으려는 에셀먼드를 유혹하여 입을 맞춘 건 비올렛이었다. 심지어 먼저 손을 뻗어 그의 옷을 벗겼다는 사실도 떠올랐다.

비올렛의 가슴이 위험하게 뛰었다.

"그런데 또 웃긴 게 뭔 줄 알아? 그렇게 수줍게 행동하면서 어느 정도 선에서는 응해 줘야 한다더라고. 나는 그 선을 모르겠어."

"……."

"너무 웃기지 않아? 소극적이게 나오되, 또 어느 정도는 적극적이어야 한다니. 이런 고민, 남자들은 하나 몰라."

비올렛은 시수일레의 말이 귀에 하나도 들어오지 않았다. 그녀는 드디어 자신의 문제를 깨달았던 것이다.

비올렛은 꽃의 거리 출신이었다. 그곳에서 남자와 여자의 교합도 종종 보기도 했고, 처음에는 아프다, 나중에는 별 느낌 없다, 언니들이 스스럼없이 이야기하는 것도 주워듣곤 했다. 그리고 남자가 어떻게 해야 좋아하는지도.

첫날밤에 비올렛이 했던 행동은 그녀들의 방식이었다. 귀족들의 방식이 아니었던 것이다. 비올렛은 어렸을 적, 꽃의 거리 사람들이 얼마나 핍박받고 경멸당했는지 알고 있었다.

그들의 밤을 돈 주고 사던 남자들도 그녀들을 경멸하고 멸시했다. 이것은 뿌리 깊은 혐오였고, 비올렛이 단시간에 바꿀 수 있는 어떤 게 아니었다.

어쩌면 그제야 에셀먼드는 초야 때 비올렛의 신분을 강렬하게 자각했을지도 몰랐다. 그녀는 이제까지 성녀로 살아오며 여러 교육을 받았지만 교합이라는 영역에 대해 배울 일은 없었다. 그래서 그녀의 지식대로 했건만 이런 일이 벌어졌다. 그녀는 무의식중에 어렸을 때 보았던 대로 그를 유혹하고 적극적으로 행동했던 것이다.

비올렛은 언니들이 얼마나 천대받았는지 알고 있었다. 비올렛이 스스로를 더럽다 여기지 않다고 한들, 에셀먼드의 마음은 모르는 것이다.

에셀먼드에 대한 실망감이 물씬 들었다. 그를 유혹했을 때 에셀먼드가 지나치게 당황하더라니, 결국 그런 거였구나. 신분 따윈 상관없다면서도, 에셀먼드 역시 '헤픈' 여자를 멀리하는 흔한 남자였다. 죽음을 초월한 사랑이 알게 뭔가. 비올렛의 마음이 어둡게 가라앉았다.

비올렛은 잠에서 깨어났다. 옆에 그가 누워 있었다는 듯, 베개에 눌린 자국과 함께 그의 체향이 났다. 에셀먼드는 또 새벽에 나간 듯했다.

확실히 그의 일상은 이상했다. 아침, 동이 틀 무렵이면 나가서 저녁 늦게 들어왔다. 어쩌다 일찍 돌아오는 날에는 집무를 핑계로 집무실에서 나오지 않았기에 침실에 오는 시간은 매우 짧았다.

이런 식이라면 오히려 가디언이었을 때가 훨씬 나았다고 비올렛은 차갑게 생각했다. 비올렛은 몸을 움직여 그가 누워 있던 곳으로 손을 뻗었다. 시트는 싸늘하게 식어 있었다. 이것이 그의 마음일까. 비올렛의 눈에 눈물이 핑 돌았다.

앤이 세숫물을 떠오기 전 리체가 선물을 가지고 비올렛의 침실에 들어왔다. 비올렛의 눈 색깔을 닮은 자수정 목걸이였다. 섬세하게 세공된 백금 펜던트는 한눈에 봐도 귀해 보였다. 하지만 비올렛은 그것을 보지도 않은 채로 리체에게 치워 버리라 말했다.

"마님, 이거 주인님께서……."

"리체, 너는 내 의견보다 그 사람 의견이 더 중요한 거니?"

눈에 띄게 상냥하진 않더라도 짜증이 거의 없던 비올렛이었다. 리체는 비올렛의 답지 않은 날카로움에 놀라 목걸이를 얼른 치워 버렸다.

대체 선물은 왜 주는 것인가. 다른 사람들에게 얼마나 금슬이 좋은지 과시하려고 그러는 건가? 귀족들 사이에 이런 일들이 비일비재하다는 것은 알고 있었다. 그런데 그것이 자신이 될 줄이야. 목걸이는 대체 왜 줘? 비올렛은 짜증스럽게 생각했다.

비올렛은 침대 위에서 무릎을 세우고 얼굴을 파묻었다. 우울한 마음이 무럭무럭 피어올랐다. 세숫물을 가져온 앤이 그 모습을 목격하고 심각한 표정을 지었다.

오후가 되고 비올렛은 집사에게 '안주인의 살림이란 무엇인가'에 대해 배웠지만 어쩐지 내키지 않아 수업을 이르게 종료하고 쉬었다. 머리가 지끈거리며 아팠다.

기분 전환으로 시수일레를 찾아가려 했지만 백작가에 실례가 될 수 있다는 생각에 그러지도 못했다. 귀족가의 안사람이 즐길 수 있는 것은 쇼핑과 파티, 매사냥 정도였는데, 모두 다 비올렛에게 맞지 않았다.

비올렛은 결국 고양이들 몇 마리와 깃털 장난감을 가지고 놀아주는 것을 택했다. 그러다 결국 끙, 앓는 소리를 내고 이불을 뒤집어쓰곤 잠들어 버렸다.

비올렛은 자신의 머리카락을 쓰다듬는 손길에 의식을 차렸다. 누구의 손인지는 비올렛이 제일 잘 알았다. 비올렛이 슬며시 눈을 뜨자 손의 움직임이 멎었다. 비올렛은 흐릿한 시선으로 에셀먼드를 보았다.

"……몸이 안 좋습니까?"

평소와도 같은 말투에 어쩐지 눈물이 핑 돌았으나 그것이 원망스러워 비올렛은 몸을 뒤로 빼 그의 손길을 거부했다. 그리고 시선을 피했다. 에셀먼드의 짙은 눈썹이 모였다가 풀어졌다.

"부인?"

"……."

비올렛은 심지어 그를 등지곤 이불을 홱 뒤집어썼다.

"선물이 마음에 안 들었습니까?"

"……사실 안 봤어요."

비올렛의 말투는 쌀쌀맞았다. 그에 에셀먼드가 말했다.

"안 봤다고?"

에셀먼드 목소리 안에 부정적인 감정이 들어 있다는 것은 안다. 아마 그것은 '서운함'이리라. 뭐가 그렇게 서운하단 말인가. 서운한 건 오히려 자신이다. 비올렛은 속으로 꿍알거렸다. 미워 보이니 모든 게 다 미워 보였다. 비올렛은 힘든데 남편이라는 작자는 언제나 태연했다.

"부인."

"저 졸려요."

"……."

비올렛은 하아, 하고 한숨을 내쉬는 그의 숨소리를 들었다. 왜, 뭐가. 그 한숨 소리를 들으니 답이 보이지 않았다. 비올렛이 서러움에 눈물을 뚝뚝 흘렸다. 에셀먼드가 조심스러운 손길로 이불을 내렸다. 울고 있는 비올렛을 본 에셀먼드의 손이 멈칫했다.

"비올렛."

그 말에 비올렛은 결국 침대에 누운 채 다시 뱅글 돌아 에셀먼드를 보았다. 눈물을 닦을 생각도 하지 못하고 에셀먼드를 바라보자 그는 멍하게 굳어 있었다. 비올렛의 입술이 파르르 떨렸다.

"부인, 무슨……."

"제가 그렇게 보기 싫으시면 보기 싫다고 하세요."

"……."

"일부러 피해 다니는 거 다 알아요."

그에 에셀먼드가 미묘한 표정을 지었다. 비올렛은 그것이 들켰다, 라고 말하는 표정이라는 것을 단번에 깨달았다. 비올렛의 얼굴이 더욱더 싸늘하게 굳었다. 그녀는 참지 못하고 침대에서 벌떡 일어났다. 에셀먼드가 일어난 비올렛을 보며 말했다.

"지금 무얼 하시는 겁니까?"

"제 방으로 돌아가려고요. 알아서 피해드릴게요. 이젠 편하게 자세요."

그녀의 말은 후작가에서 묵었던 방으로 가겠다, 그러니까 즉, 각방을 쓰겠다, 이 말이었다. 에셀먼드가 비올렛의 손을 잡았으나 그녀는 그것을 뿌리치려 했다.

"부인."

에셀먼드의 나지막한 목소리에는 분노가 담겨 있었다. 하지만 알게 뭐야. 비올렛이 그를 보며 말했다.

"미안하네요. 그날 밤, 그게 그렇게 충격적이었다면 이야기하시지."

"……."

"뭐 어쩌겠어요. 제가 보고 배운 게 그런 건데. 그게 그렇게 싫으셨다면 그냥 이대로 따로 잠을 자는 게 나을 거예요. 그래도 화목한 부부처럼 행동할게요. 당신에게 폐가 되지 않도록……."

"비올렛!"

"……."

비올렛은 입을 꾹 다물고 에셀먼드를 째려봤다. 억울한 표정을 짓는 비올렛에게 에셀먼드가 물었다.

"도대체 무슨 소리를 합니까? 싫었다니?"

"제가 귀족들이 잠자리를 어떻게 하는지는 몰라서 그랬네요. 당신을 유혹하려고 적극적으로 행동했던 게 그렇게 얼굴도 안 보고 싶을 정도의 일이었나요? 제가 끔찍해질 만큼?"

에셀먼드의 얼굴에 낭패가 스쳐 지나갔다. 에셀먼드는 그제야 비올렛이 무엇을 오해하고 있는지 깨달았다. 얼굴이 붉게 달아오른 채 씩씩거리는 비올렛의 얼굴을 보며 에셀먼드는 어디서부터 어떻게 설명해야 할지 난감해졌다.

말하자면, 이런 것이다. 비올렛이 처녀였던 만큼, 에셀먼드도 여자와 잠자리를 해 본 적이 없는 동정이었다.

물론 3년 동안 전쟁터에 있으면서 꽃의 거리의 여자를 안을 기회는 많았지만, 그는 그런 것을 혐오했다. 이유는 당연히도 비올렛 때문이었다.

비올렛은 천출이며, 꽃의 거리 출신이었다. 꽃의 거리, 그러니까 그 여자들과 에셀먼드는 괴로운 기억으로 얽혀 있었다. 그리하여 에셀먼드는 몸을 파는 이들을 멀리했다. 그는 욕구를 가지며, 여자를 수단으로 그것을 푸는 남자들을 한심하게 여겼다. 그들은 사람이 아니라 짐승과도 같았다. 깊게 생각할 것도 없었다. 그것은 여자들에게 자행되는 또 다른 폭력이었다.

그리하여 그는 여자를 가까이하지 않았다. 그렇다고 해서 남녀 간의 교합에 대해 아예 모르는 것은 아니었다. 전쟁터나 기사단, 남자들만 가득한 곳에 있던지라 그들의 음담패설로 어느 정도는 지식을 습득했기 때문이다.

에셀먼드가 무욕이라고 해서 진정으로 무욕이었던 것은 아니다. 그도 혈기 왕성한 청년이었으며, 비올렛에게 욕정을 품은 적도 많았다. 그러나 에셀먼드는 자신의 욕구로 그녀가 상처 입는 걸 결단코 원하지 않았다. 다니엘이 그녀에게 저질렀던 짓 때문에 그는 더더욱 자신의 욕구를 통제했다.

마음이 통한 이후에도 마찬가지였다. 그는 비올렛을 사랑했고, 그녀를 소중히 여겼다. 그 일이 벌어져 자신이 죽기 몇 달 전에도, 그는 비올렛을 안고 싶지 않았다. 왜냐하면 한 번 그녀를 안으면 삶에 미련이 생길 것 같아서였다.

그렇게 에셀먼드는 '참는 것'에 익숙해졌다.

비올렛이 어떤 것을 선택하던, 에셀먼드는 무슨 수를 써서든 그녀의 옆에 머물렀을 것이다. 자신이 후작이 아니게 되더라도, 비올렛은 자신의 사랑이자 생명이자 삶의 또 다른 이름이었으니까.

—저 비올렛은, 에셀먼드 에르멘가르트를 원합니다.

비올렛도 그것을 알고 있었을 것이다. 충분히 보여 주었지 않은가. 그녀를 위해서 모든 걸 바쳤다. 모를 리가 없다. '그럼에도 불구하고' 비올렛은 자신을 선택했다. 자신을 바라보던 또렷한 보라색 눈동자는 결연했으며 그를 향한 갈망이 들어 있었다. 그가 그녀에게 줄곧 품어 왔던 그 짙은 감정…….

감정을 잘 숨기던 그녀가, 다른 이들 앞에서 그것을 선언하며 그 감정을 내보이기 시작했다. 그것을 느낀 순간, 그의 가슴에는 참을 수 없는 기쁨이 번졌다.

이 순간은 그의 인생에 얼마 안 되는 짜릿한 순간이었다.

그랬기에, 에셀먼드는 비올렛에게 더욱 조심스러워졌다.

성복이 아닌 새하얀 드레스를 입은 채 미소 짓는 비올렛을 보고 에셀먼드는 행복했다. 연회가 시작되고 밤이 깊어질수록 그의 얼굴은 심각해졌다.

합방, 초야.

짓궂은 남자들의 농을 차갑게 쳐 낸 에셀먼드는 얼굴을 찌푸리며 생각에 잠겼다. 그는 비올렛을 조금도 아프게 하고 싶지 않았다.

그러나 이 속도 모르는 아내는 술을 마셔 발그레한 얼굴을 하고 있었다. 참 예쁜 붉은 빛이었다. 마치 사탕처럼 빨아 삼키고 싶을 정도로. 제 생각대로 한다고 한들 이젠 그 누구도 말릴 수 없을 테다. 그를 얽매던 제약 따위가 사라졌으니. 하지만 그는 충동을 억누르기 위해 얼른 그녀를 쉬라고 보내 버렸다. 자고 있을 줄 알고 갔더니 이번에는 도발적인 옷을 입은 채 그를 시험에 들게 했다.

그는 초야를 치르는 처녀가 큰 고통을 느끼는 것을 알고 있었다. 아무리 그래도 아내와 관련된 일, 그 정도 지식은 있어야 함이 맞았다. 게다가 혹시 안 좋은 기억을 상기시킬까 봐 조금은 망설여졌다. 그리하여 그는 비올렛이 마음의 준비가 되면 합방을 하자고 생각했었다.

그러나 일은 벌어졌다. 그녀가 아무것도 모른 채 순진했다면 에셀먼드는 그녀를 재웠을 것이다. 그러나 비올렛은 그에게 스스로 안겨 들었다. 당연하겠지만 사랑하는 여자, 아내가 먼저 좋다고 달려드는데 싫어하는 남자가 있을 리가 있겠는가. 그리하여 에셀먼드는 비올렛의 깜찍한 짓에 의해 그 단단한 결심을 버려야만 했다.

술에 약한 비올렛은 술기운 때문에 과감해졌다. 쪽, 쪽, 입을 맞추며 매달려서 옷을 벗기는 비올렛을 보고 당황했지만, 그래도 에셀먼드는 좋았다. 어디서 보았는지 학습된 지식을 실천하려고 노력하는 것처럼 보였기 때문이었다.

그가 이성을 잃은 건 필연적인 결과였다.

그러나 모든 일이 끝나고 몸져누운 비올렛을 보며, 에셀먼드는 자신의 육체가 비올렛에게 흉기가 될 수 있다는 것을 깨달았다. 비올렛은 그를 '참았다.' 여기서 욕망을 채운 것은 오로지 자신뿐이었다.

자신만 좋은 이 행위가 비올렛에게는 무슨 이득이겠는가. 아프지 않은 것처럼 행동하는 비올렛을 보니 그는 죄책감이 앞섰다. 비올렛은 부드럽고 약한 몸을 가지고 있었다.

—냉정과 이성이 경의 최고의 장점 아니셨습니까?

예전, 비올렛이 에셀먼드에게 그렇게 말한 적이 있었다. 사실 비올렛이 이자카 앞에서 그렇게 말했을 때, 에셀먼드는 나름의 상처를 입었다.

지금의 비올렛이 눈물 젖은 얼굴로 미소를 짓든 말든, 이성은 경의 최고의 장점이라고 말하던 비올렛의 차가운 모습이 그의 머릿속을 떠돌아다녔다.

지금의 에셀먼드는 비올렛이 말하는 최고의 장점을 상실한 짐승놈이었다. 그는 자신이 인간쓰레기처럼 느껴졌다.

자신에 대한 혐오감과 비올렛에 대한 미안함을 느꼈으나, 그를 미치게 하는 것은 그다음이었다.

'늦게 배운 도둑이 날 새는 줄 모른다'라는 아그레시아의 격언이 있다. 에셀먼드는 그 도둑이었다. 쾌락을 알아 버린 신체는 비올렛을 볼 때마다 달아올랐다.

비올렛의 뺨을, 가녀린 목을, 쇄골을 보며 쉴 새 없이 욕망을 느꼈다. 드레스 아래에 있는 육체를 상상하며 화들짝 놀란 적도 있었다. 그의 머릿속에는 그 밤이 떠나지 않았다.

비올렛이 잠이 들었을 때, 에셀먼드는 조심스럽게 침실에 들어갔다. 잠든 그녀를 보며 빙그레 미소 짓던 에셀먼드의 얼굴이 별안간 굳었다. 발정기의 짐승 새끼도 이 정도는 아닐 것이다.

에셀먼드는 잠든 비올렛을 보면서 속으로 전쟁터에서 병사들이 불렀던 군가를 부르기 시작했다.

'깨어나라 신성한 왕국,
솟아올라라, 대륙의 기상!
우뚝 선 용맹함으로,
나아가라 조국의 전사들이여!'

깨어나긴 뭘 깨어나고 솟아오르긴 무엇이 또 솟아오르는가. 우뚝 서기는 무엇이! 나아가라니 어디로. 에셀먼드는 나중에 군가의 가사를 바꾸기로 결심했다.

-부인을 안는 건 남편의 당연한 권리다. 고마워해야 하는 거 아닌가?

에셀먼드는 늙은 남자 귀족들의 말을 혐오스럽게 들어 넘겨 버렸다. 먼저 결혼해서 배울 점이 있다고 생각했더니, 영 쓰레기 같은 말밖에 없었다.

비올렛이 자신과 결혼으로 묶였다고 해서 함부로 다뤄서는 안 된다. 비올렛은 소중하고 또 소중한 여자였다. 아파하는 것은 원하지 않았다. 그리고 비올렛의 몸에 취해, 이성을 잃고 덤벼드는 짓은 절대 하고 싶지 않았다.

짐승 놈이 되는 것은 초야 때, 한 번뿐이었다. 그러나 비올렛을 만나면 그 결심이 흔들렸다.

그래서 에셀먼드는 비올렛을 피했다. 잠든 아내의 모습을 보고 있노라면, 또 그때의 유혹적인 비올렛의 얼굴이 떠올라서.

아내는 자신의 욕정을 풀어 주는 인형이 아니었다. 그는 비올렛을 보면서 그런 마음을 품는 자신을 용서할 수가 없었다.

비올렛의 얼굴이 보고 싶어 오랜만에 함께한 저녁 식사였다. 비올렛의 어두운 얼굴을 보고, 에셀먼드의 오해는 완벽하게 정점을 찍었다. 비올렛은 그와의 합방을 두려워하는 것이다. 아팠을 것이다. 그렇게 참혹한 몰골을 했는데. 왜 여자의 몸은 그렇게 작고 여리단 말인가. 그는 거의 탄식에 잠겼다. 에셀먼드는 영원히 비올렛을 안지 않기로 결심했다. 짐승 같은 욕정도 억누르면 아마 괜찮아질 것이다. 시간이 오래 걸리진 않을 것이다.

하여 에셀먼드는 비올렛을 아예 피하기로 했다. 그의 욕정을 억누를 시간이 필요했으므로.

그러나, 쉽게 끝나지 않았다. 잠든 모습을 보는 것만으로도, 그녀의 보드라운 뺨과 가느다란 목, 심지어는 손의 감촉만 느껴도 몸이 달아올랐다. 전부 어쩔 수 없는 선택이었다. 그는 비올렛의 앞에서 위험한 짐승이 되어 가고 있었다.

만약 이런 고민을 비올렛에게 얘기한다면, 비올렛이 고통을 감수

하고서라도 자신을 받아들일 것을 알기에 절대 말할 수 없었다.

대신 에셀먼드는 비올렛에게 매일 선물을 주었다. 카탈로그를 보며 비올렛이 착용할 모습을 상상하며 선물을 주는 것은 생각 외로 기분 좋은 일이라고 생각했다. 덕분에 그는 애처가라는 소문이 돌 정도로 매일 그녀를 위한 선물을 사는 것을 즐겨 했다.

백금의 자수정 목걸이는 그가 아주 어렵사리 구한 것이었다. 에셀먼드는 비올렛의 눈동자 색을 닮은 자수정 목걸이를 그녀가 분명 좋아할 것이라고 생각했다.

왜 사내들이 여성에게 구애할 때 이런 걸 바치는지 알겠다. 이것은 때늦은 구애였지만 에셀먼드는 그 시간이 행복했다.

가주가 쇼핑 중독이 되어 에르멘가르트 가에서 어마어마한 거금이 빠져나갔으나, 이 정도는 별거 아니었다. 선물을 받고 기뻐할 비올렛의 얼굴을 생각하면 바쁜 일정에도 기분이 나아지곤 했다.

그러나 자수정 목걸이를 선물했던 그 날, 에셀먼드는 비올렛이 싫어하며 치우라 했다는 일을 전해 들었다. 어디가 아픈 것인지 수업도 일찍 종료하고 부쩍 우울해한다는 앤의 보고마저 들어왔다.

순간 불길한 생각이 들었다. 에셀먼드의 머릿속에 죽어 버린 비올렛의 모습이 떠올랐다. 기적으로 인해 되살아났지만 후유증이 있는 것은 아닐까?

비올렛이 죽은 모습은 에셀먼드가 거의 느끼지 않는 '공포'의 가장 큰 부분이었다. 에셀먼드는 그리하여 조퇴라는 초강수를 두었다.

그리고 지금 이 상황, 비올렛은 에셀먼드에게 화를 내며, 그의 입장에서는 기도 차지 않은 오해를 하고 있었다.

"내가 부인을 끔찍해한다니, 설마 정말 그렇게 생각하십니까."

에셀먼드가 얼굴을 찌푸리며 말했다. 그가 비올렛을 피했다는 것을 들켰지만 비올렛은 그 탓을 그녀 자신에게 돌리고 있었다.

에셀먼드는 무슨 일이 있으면 비올렛이 가장 먼저 스스로를 비하한다는 것을 알고 있었다. 솔직해지지 못한 자신 때문이었다. 자신은 배려해서 한 행동이었지만, 그것이 그녀를 괴롭게 했다면, 그는 더 이상 침묵할 수 없었다. 그것이 그녀와의 관계에서 배운 점이었다. 짐승 새끼가 되더라도 제대로 말해야 했다. 안 그러면 사태는 더욱 심각해질 터였다.

"저를 먼저 안는 것도, 내 옷을 벗기는 것도 좋습니다만."

"좋습니다만?"

비올렛이 화가 난 말투로 그를 따라 말했다. 조그마한 몸에 겨우 말만 따라 했을 뿐인데도 그 기세가 어마어마했다. 에셀먼드는 그 기백에 짓눌렸다.

"부인의 몸에게 제 몸은 흉기입니다."

"무슨 말을 하는 건가요?"

비올렛이 소리쳤다. 이 사람은 지금 무슨 소리를 하는 건가? 에셀먼드가 멋쩍은 표정으로 말했다.

"언제나…… 안고 싶다고 생각하고 있습니다. 다만 성욕의 자제가 힘이 듭니다. 이대로 가다가는 당신을 아프게 할 거라는 판단하에 잠시 거리를 두고 있는 것뿐입니다."

하. 비올렛은 낯뜨거운 말에 입을 뻐끔거렸다. 언제나 안고 싶다니, 이게 무슨 말인가. 게다가 아파하니 그런 거라니. 그녀의 두 뺨이 달아올랐다. 그 모습을 오해한 건지 에셀먼드가 말을 덧붙였다.

"그렇지만 금방 끝날 겁니다. 부인이 싫은 게 아닙니다."

"……."

비올렛의 침묵은 에셀먼드를 더욱 불안하게 만들었다.

"죄송합니다. 내가 당신에게 욕정 해서……. 저는 당신이 장점이라고 말하는 이성이 없는 남자입니다……."

비올렛은 허탈한 표정으로 에셀먼드를 보았다. 그는 표정이 없어 보였다. 하지만 지금 그의 목 뒤가 빨갛다는 걸 그녀가 모르겠는가. 대역죄라도 지은 것 같은 에셀먼드를 보며 비올렛은 무슨 말을 해야 할지 할 말을 찾지 못했다. 부인에게 욕정 해서 죄송하다는 남편이 세상에 또 있을까.

"에드."

"……."

"저기, 여보."

"말씀하십시오."

"나 참. 그게, 괜찮다는 건 아닌데, 나빴다면 제가 싫다고 말했겠죠."

비올렛은 황당했다. 결국 에셀먼드는 비올렛을 아프게 할까 봐 피해 다녔다는 말이 되었다. 생각해 보니 그에게는 충격일 수도 있었다. 본래 그는 비올렛의 고통에 민감했다. 비올렛보다 비올렛의 상처와 아픔에 전전긍긍하는 게 그였다. 그렇지만 이 정도로 심할 줄은 몰랐다.

당연한 상황임에도 놀라서 피했을 그를 생각하니 어쩐지 웃음이 나왔다. 게다가 그가 이성을 잃을 정도로 저에게 매료되었다는 것도 만족스러웠다.

남편의 실종은 바로 이것 때문이었나. 그제야 마음이 사르르 풀린 비올렛은 에셀먼드의 허리를 꼭 껴안았다. 그는 거부하지 않았다.

아, 이제야 살 것 같다. 부유하는 마음이 안정됨을 느끼며 비올렛은 속삭였다.

"에드 정말이에요, 진짜로 전 괜찮아요."

"……."

에셀먼드는 비올렛의 말에 또 속아 넘어갈 뻔했다.

"그러면 평생 저랑 안 잘 거예요?"

"그럴 생각이었습니다."

"진짜로? 제가 원하는데도?"

"그건 아닙니다."

바로 즉답이 나왔다. 비올렛은 피식 웃었다. 그리고 발돋움을 해 그의 입술에 키스하기 시작했다. 에셀먼드가 기다렸다는 듯이 그 키스에 응해 왔다. 비올렛이 그를 침대에 밀어 넘어트렸다. 비올렛은 누운 에셀먼드의 코끝에 장난스럽게 입을 맞췄다.

"연습해 봐요, 우리."

"……."

"처음이라 서투른 거죠. 잘 할 수 있을 거야."

비올렛의 자안은 천진한 장난꾸러기 같으며, 도발적이었다. 에셀먼드는 비올렛을 올려다보며 생각했다.

아, 자신은 아내의 도발에 절대 이성을 유지할 수 없을 것이다.

"보양식을 준비해야겠어요."

앤의 아침은 요새 매일 아침마다 요리사에게 내려가 '보양식'을 만들라고 하는 것으로 바뀌었다. 그녀는 거의 누워서 죽은 듯이 잠을 자고 있는 비올렛을 떠올렸다.

요새 살짝 위태로운 것 같더라니, 걱정할 필요는 없는 것 같았다. 걱정할 게 있다면 비올렛의 건강 상태랄까.

"중간이 없다니까."

앤은 투덜거리듯 말했다. 에셀먼드는 금욕적인 남자였다. 그러나, 금욕적이라 해서, 자신의 아내에게도 금욕적인 남자는 아니었던 것이다. 그리고 며칠 후, 병든 닭같이 시름시름 누워 있는 마님을 가엾게 여긴 앤은 그냥 매일 보양식을 만들어 올리라고 했다.

– 첫날밤 結

2. 과거의 꿈

2. 과거의 꿈

비올렛은 입술을 깨물며 숨을 골랐다. 머리끝까지 치밀어 오르는 화는 점점 가라앉아 서글픔이 되었다.

다시 에셀먼드가 돌아올까 생각했지만 그런 기척은 없었다. 덮쳐오는 자괴감에 그녀는 두 손으로 얼굴을 감쌌다.

부부 싸움이라. 사실 그들 사이에 '싸움'은 성립하지 않았다. 그들의 관계는 일방적이었기 때문이었다.

보통 에셀먼드의 무뚝뚝함에 비올렛이 일방적으로 화를 냈고, 그는 당황해서 그녀를 달래곤 했다. 하지만 이번에는 상황이 달랐다. 먼저 화를 낸 이가 에셀먼드였기 때문이다.

사건은 이러했다. 겨울을 맞이하여 영지에 들른 후작 부부는 하드퍼드 백작 모녀가 방문하겠다는 일종의 통보를 들었다.

"하드퍼드 백작 부인께서 방문하신다고 합니다."

집사의 말을 들은 에셀먼드의 기색이 눈에 띄게 싸늘해졌다.

엄밀히 말하자면 하드퍼드 백작 모녀가 향하려 했던 곳은 에르멘가르트가의 본성이 아닌 에르멘가르트 가문의 봉신인 그레덴 남작가의 영지였다.

가는 길에 가볍게 머물겠다는 게 이들이 요청하는 것이었다.

비올렛은 에셀먼드가 그들의 방문을 허용치 않을 것임을 알았다. 그렇기에 비올렛은 에셀먼드의 어깨를 잡고 고개를 저었다.

갑작스러운 방문은 충분히 무례했으나, 거절할 명분이 없었다. 백작 부인, 캐롤라인 하드퍼드는 에셀먼드의 '혈연'이었다.

같은 영지에 있음에도 이 여자를 본성에 초대하지 않는다면 에르멘가르트 가문이 구설수에 오르게 된다.

하드퍼드라는 이름은 참 껄끄러운 이름이었다. 다니엘과 연관이 되어 있었고, 아나블라가 이 가문의 일원이었다. 비올렛은 감히 그들과의 인연을 악연이라고 칭했다.

"부인."

에셀먼드의 얼굴에 대고 비올렛은 미소를 지었다.

"괜찮을 거예요."

비올렛은 에셀먼드의 어깨를 잡은 후 백작 모녀를 모셔 오라는 명을 내렸다. 그에 에셀먼드가 무어라고 말하려 했지만 비올렛은 고개를 저었다.

"어차피 한 번은 마주해야 했어요."

"……."

"언제까지 피하고 도망칠 수는 없잖아요."

그와 혈연으로 이어진 이상 어찌 되었든 한 번은 마주해야 했다. 에셀먼드를 위해서, 그리고 앞날을 위해서 비올렛은 참기로 했다.

"무슨 일이 있으면 바로 쫓아낼 겁니다."

에셀먼드가 낮은 목소리로 말했다. 비올렛은 고개를 끄덕였다.

"오랜만입니다, 후작 부인."

에셀먼드에게 인사한 이들은 의외로 순순히 비올렛에게 예의 바르게 인사했다. 아나블라 역시 얌전히 예의를 차리자 살짝 날카로웠던 에셀먼드의 태도도 누그러졌다.

비올렛은 빙그레 미소를 지었다. 다행이다. 이들도 분별력은 있는 모양이었다. 방문을 허용해서 다행이었다. 이들을 쫓아냈으면 호사가들 입에 어떻게 오르내렸을지 생각만 해도 끔찍했다.

"어서 들어오세요."

때문에 비올렛 역시 이들에게 너그러워질 수 있었다. 그러나 비올렛은 이들이 치맛자락을 잡으며 굴욕감에 떨고 있다는 것을 모르고 있었다.

"각하!"

"무슨 일이지?"

"가노트에 화재가 발생했습니다."

"규모는?"

"델몬트 자작이 수습하고 있습니다만 지원이 필요한 모양입니다. 날이 건조하여 불길이 주거 구역까지 크게 번진 모양입니다."

그 말을 들은 에셀먼드의 얼굴이 굳었다. 화재는 영주가 직접 나서야 할 정도로 큰일이었다. 하지만 이곳에는……. 에셀먼드는 비올렛을 바라보았다.

"하브일 경을 보낸다."

"각하. 이 건은 직접 나서심이……."

"다녀오세요."

비올렛의 말에 에셀먼드는 얼굴을 찌푸렸다. 또, 라는 표정이었다. 그러나 아까 미소를 지으며 그를 부드럽게 설득했던 비올렛은 이번에는 차갑게 얼굴을 굳혔다.

"지금 저 때문에 이러시는 거면 저는 당신에게 정말 실망할 거예요."

"……."

"한낱 쓸데없는 감정싸움 하나 때문에 영지민들을 방치하겠다는 건 아니겠죠? 설령 제가 괴롭고 힘들더라도 당신이 가야 하는 자리예요."

비올렛의 차가운 말에 부관이 눈을 둥그렇게 뜨며 그녀를 바라보았다.

비올렛은 말수는 적었으나 대부분 온화한 얼굴이었다. 특히나 남편인 후작 옆에서는 항상 미소를 지었다. 그런 그녀가 저런 표정을 짓다니…….

"나는 당신이 괴로운 게 중합니다."

에셀먼드가 단호하게 말하자 비올렛의 눈동자가 노골적인 실망의 빛을 띠었다. 열 사람의 죽음보다는 비올렛의 몸에 나 있는 조그마한 생채기가 중요하다는 거겠지. 소중히 여기는 그 마음은 정말로 고마웠다.

"제 앞가림도 못 해서 내 사람이 다른 이를 외면하게 만드는 멍청이가 되고 싶지 않아요."

"……."

"이성이 당신의 장점이잖아요. 이성대로 행동해요."

비올렛의 딱딱한 표정은 더 이상 타협이 불가능하다는 것을 의미했다. 제아무리 고집이 센 에셀먼드라도 저런 비올렛의 뜻은 꺾을 수 없었다. 성격이 비슷한 두 사람이니 그것을 더욱 잘 알았다.

"금방 돌아오겠습니다."

"……."

"이 성의 모든 권한은 부인에게 있음을 잊지 마시길 바랍니다."

"알았어요."

"그리고……."

"그리고?"

에셀먼드는 비올렛을 바라보다 입을 꾹 다물며 바깥으로 나섰다. 사태가 급박한 모양인지 행동하는 에셀먼드의 발은 빨랐다. 말을 타고 성을 나서는 에셀먼드를 보며 비올렛은 그가 다치지 않길 바랐다.

예상대로, 이들의 태도가 변한 것은 그가 출타한 지 하루도 되지 않아서였다.

"비록 출가했지만 에르멘가르트 가문과의 혈연은 이어져 있답니다. 어려운 점이 있으면 제게 물어보세요."

뼈가 있는 말이었다. 하드퍼드 백작 부인이 턱을 높이 치켜들었다.

"비록 부족했지만, 저 역시도 성도에서 월궁의 사람들을 이끈 적이 있습니다. 제 일에 사사로이 백작 부인의 도움을 청할 수는 없지요.”

내 일은 내가 알아서 하겠다. 비올렛이 내뱉는 말에 하드퍼드 백작 부인의 얼굴이 굳었다. 그것이 심기를 상하게 한 모양인지.

하드퍼드 모녀가 성안 곳곳을 누비기 시작했다. 에셀먼드의 눈치를 보아서 가만히 있었던 것인지, 도움이 필요 없다는 거절에 심사가 뒤틀린 건지는 알 수 없었지만 한 가지 확실한 건 비올렛을 괴롭히기로 작정했다는 것이었다.

이곳은 어떻게 고쳐야겠다, 어떻게 고치는 게 낫겠다, 세련되지 못하다. 그들은 하나하나 걸고넘어졌다. 비올렛은 그저 참고하겠노라며 모녀, 특히 백작 부인의 말을 흘려 넘겼다.

어차피 그들이 묵는 건 며칠뿐이었고, 이것에 일일이 대응해서 갈등을 만들고 싶지 않아서였다. 이것은 그녀에게서 흘러나온 여유였다.

앤이 이따금 걱정 어린 시선으로 비올렛을 보았으나, 정말 비올렛은 전혀 신경 쓰지 않았다. 그녀를 신분으로 은근슬쩍 긁는 말을 해도 마찬가지였다. 그러한 점에서 하드퍼드 백작 부인은 비올렛보다 한참 아래였다.

문제는 아나블라에게 있었다. 아나블라는 예쁘장한 외모에도 불구하고 혼인하지 못했다. 물론 그것은 그녀가 자초한 일이었다. 당시 권력을 주름잡던 체자레 티게르난이 있었던 그 자리에서 감히 성녀인 비올렛을 모독했으니, 자신의 아둔함을 광고한 것과 마찬가지였다.

1년간 사교계 출입 금지라는 불명예스러운 낙인은 1년이 지나도 사라지지 않았다.

지금 그녀는 젊고 아름답지만 아마 평생 독신으로 늙어 죽을 것이다. 혼인이 인생의 전부라고 생각하는 아나블라는 자신의 인생이 망했다고 생각했다. 그리고 그녀는 모든 원인을 비올렛에게 돌렸다. 저 천민이 성녀랍시고 추앙받는 꼴도 눈꼴 시려서 못 보겠는데, 이제는 후작가의 안주인으로 들어와 그녀의 위에 서다니. 게다가 자신의 어머니에게 저렇게도 반항하다니! 가만두지 않을 것이다. 얌전한 척 어머니를 거들었던 아나블라의 머릿속에 묘안이 떠올랐다.

"후작 부인, 추모의 방에 가게 해 주시겠어요?"

추모의 방은 성의 지하에 자리해, 역대 가주들의 초상화와 함께 석면에 기다란 가계도가 새겨져 있는 곳이었다. 비올렛은 미묘한 표정을 지으며 고개를 끄덕였다.

그렇게 추모의 방에 가게 된 아나블라는 초상화를 보더니 통곡하기 시작했다. 그에 비올렛은 깜짝 놀랐다.

"다니엘 오라버니의 이름이 없어!"

"얘, 아나블라, 그 이름은 말하면 안 되는 거란다!"

"우리끼리만 있는데 뭐 어때요? 외숙부가 이곳을 보면 대체 뭐라고 할까? 눈도 못 감고 계실지도 몰라……! 에이든 오라버니는 라이셀 가문에 들어가 버리고, 다니엘 오라버니는 죽어 버렸으니 말이야! 이건 모두 에셀먼드 오라버니가 다니엘 오라버니를 내치고 성도를 떠나 있었던 탓일 거야!"

비올렛은 후작의 초상화를 보고 입술을 깨물었다. 비올렛을 직접적으로 비난하지는 않았으나 이 말만으로도 비올렛은 극심한 불편함을 느꼈다.

"아나블라, 그만하렴. 이미 죽어 버린 사람은 돌아오지 않는단다. 못마땅한 구석이 있더라도 어쩌겠니."

비올렛은 후작의 초상화를 바라보았다. 근엄한 표정으로 검을 잡은 채 정면을 응시하는 그 모습. 죽은 이를 바라보는 게 마음이 편하지는 않았다.

그래, 맞다. 지금 이 현실은 후작이 원하지 않았던 모습이다. 아나블라는 비올렛의 속을 긁는 데 제대로 성공했다. 옆에 서 있던 앤이 비올렛의 얼굴을 바라보았다.

"마님. 저건……."

"아니야, 그대로 둬."

장본인인 자신이 어떻게 저 통곡을 막는단 말인가. 에셀먼드가 이곳의 모든 권한을 주었지만, 저들의 입을 막을 권한은 그녀에게 없었다.

"후작님께서는 얼마나 후회하시고 계실까?!"

아나블라가 소리쳤다. 그 '후회'라는 것이 무엇을 뜻하는지 명확하지 않았기에 따로 문제를 삼을 수 없었다. 백작 부인이 비올렛을 바라보았다. 양해해 달라는 듯 미안한 미소를 짓고 있었지만, 그녀 역시 통쾌한 표정을 짓고 있었다.

"마님."

"죽은 자는 추모를 받아야지. 나조차도 하지 않았던 거야. 내가 저걸 어떻게 막겠어."

"……."

"그이는 물론 다른 이들에게도 말하지 마. 내 얼굴에 먹칠만 하는 거니까."

비올렛의 씁쓰레한 말에 앤은 할 말을 잃었다. 그렇게 한동안 그들은 추모의 방에서 죽은 이들을 추모했다. 애써 덮였던 상처가 선연히 모습을 드러내기 시작했다.

에셀먼드는 사흘 후, 새벽에 돌아왔다. 일주일 정도 걸린다고 들었음에도 너무나 일찍 왔다. 우울함에 잠 못 이루고 하늘에 떠 있는 별 구경을 하고 있던 비올렛은 에셀먼드가 방에 들어오자 활짝 웃으며 안겼다. 그는 부드럽게 웃으며 비올렛의 이마에 입을 맞췄다.

"왜 이렇게 일찍 왔어요?"

"걱정돼서."

노골적인 표현에 비올렛의 두 뺨이 꽃처럼 붉게 물들었다. 며칠 동안 헤어져 있을 거라 생각했던 에셀먼드를 이렇게나 일찍 보니 너무나 행복했다.

"화재는 어떻게 됐어요?"

"급한 건 수습하고 돌아왔습니다."

"더 있다가 오지 그랬어요?"

"건물의 재건은 제가 없어도 처리할 수 있는 겁니다. 당신이 걱정되고 보고 싶어서 빨리 왔습니다."

"……."

"이런 내가 이성이 없어 보여서 싫습니까?"

에셀먼드는 '이성이 장점'이라는 비올렛의 말에 집착했다. 항상 비올렛에게 감정적으로 행동하는 주제에 꼭 이성적이지 못해서 싫으냐고 물어본다. 비올렛은 그런 그가 귀여웠다.

"아니에요, 기뻐요."

그녀는 발돋움을 하고 에셀먼드의 입에 쪽, 하고 가볍게 입술을 맞댔다. 에셀먼드 역시 미소를 지었다.

"정말 아무 일도 없었습니까?"

"네, 정말 아무 일도 없었답니다."

속을 긁는 일이 있었지만 그것은 후작과 관련되어 있는 일이다. 이런 일을 미주알고주알 일러바칠 수도 없었다. 에셀먼드가 기분이 좋을 리가 없었다. 다니엘과 후작에 대해서 관련되어 있다면 더더욱.

그래서 비올렛은 더욱 환하게 웃으며 에셀먼드에게 달라붙어 반가움을 마구마구 드러냈다. 평소보다 더욱더 과장되게 활달한 비올렛을 본 에셀먼드의 미간이 아주 살짝 좁아졌다 펴졌다.

사건은 그날 벌어졌다. 하드퍼드 백작 모녀는 에셀먼드의 귀환에 헐레벌떡 도망치듯 목적지로 떠났다. 추모의 방에서 벌인 일을 알면 에셀먼드가 대로할 것이 뻔하기 때문이었다.

선대 후작과 다니엘을 건드리는 것으로 비올렛의 속을 며칠 동안 긁어 대며 이들은 그녀를 괴롭히겠다는 목적을 달성했다.

에셀먼드 역시도 그것을 문제 삼지는 못하리라. 그들은 비올렛이 죽은 이에 대해서는 예전처럼 주눅 든 천민으로 되돌아간다는 약점을 잡았다.

비올렛은 그들이 돌아가자 후련함을 느꼈다. 내심 자신이 여유가 생겼다는 것을 느껴서 뿌듯하기도 했다. 그러나 에셀먼드는 다른 모양이었다.

에셀먼드는 저 모녀가 빨리 떠나는 데 이유가 있다고 생각했다. 그리하여 집사에게 하나도 빠짐없이 고하라고 했다. 집사는 신이 나서 그들이 얼마나 무례하게 굴었는지 전부 다 일러바쳤다. 그리고 비올렛이 얼마나 당당하게 처신했는지도.

에셀먼드는 분노했지만 비올렛이 그들의 무례함을 잘 쳐 냈기에 그것을 억누를 수 있었다. 오히려 그날의 소심하고 여렸던 어린 소녀가 사라진 것 같아 안심이 되기까지 했다.

"앤, 무슨 일은 없었나?"

"네?"

"집사에게 다 들었다."

앤이 유도 신문에 넘어간 건지 일부러 넘어간 척한 건지는 중요하지 않았다. 중요한 것은 비올렛이 서재에서 책을 읽고 있는 틈을 타 에셀먼드가 앤에게 모든 일의 진상을 들어 버렸다는 것이었다.

쾅, 하고 방문이 열리자 비올렛은 깜짝 놀라 방문을 보았다.

"에드?"

서재의 문이 열렸다 닫혔다. 서재 내에 싸늘한 침묵이 감돌았다. 에셀먼드의 두 눈엔 분노가 서려 있었고 숨소리는 빨랐다. 비올렛은 에셀먼드가 사흘간의 일을 알았다고 직감하며 한숨을 쉬었다. 더 잘 숨길 수 있었는데. 이 성은 원래 그의 것이니 당연한 걸지도 모른다.

"부인."

나직한 부름이었지만 비올렛은 그가 얼마나 화가 났는지 감히 짐작조차 할 수 없었다. 의자에서 일어난 비올렛은 담담히 말했다.

"저라도 화가 났을 거예요. 하지만 이건 알아주세요. 당신이 신경 쓰는 게 싫었을 뿐이에요."

에셀먼드는 아무 말이 없었다. 비올렛은 아주 조심스럽게 그의 얼굴을 보았다. 에셀먼드는 눈에 띌 정도로 분노하고 있었다.

"나는, 당신이…… 그 어린 시절에서 벗어났다고 생각했습니다."

"……."

"그 서재 속에서 나간다고 하지도 못한 채로 혼자 울고만 있던 그 애가 아니라고…… 그렇게 믿었기에."

"……."

"그래서 그자들의 방문을 허락했던 겁니다."

"……."

"지금 이 행동이 대체 어린 시절과 다른 게 무업니까."

비올렛의 눈이 커졌다. 에셀먼드는 예전, 그런 말을 한 적이 있었다. 다니엘이 비올렛에게 가했던 언어폭력을 들었을 때, 괴로운 표정으로 그렇게 말했다.

—도대체, 너는 언제까지 어린 시절 그대로 머물 생각이지!

에셀먼드는 비올렛에게 말했어야 했다고, 도움을 청했어야 했다고 말했던 것이었다. 그리고 지금도. 에셀먼드는 그녀의 어린 시절 상흔을 보면 견딜 수 없어 했다.

"진정해요, 에드. 그때와 지금은 달라요."

"대체 무엇이!"

에셀먼드가 소리쳤다. 그의 목소리가 갈라졌다.

"나는 언제나 당신이 모든 일을 당하고 나서 한참 후에 그것을 알게 됩니다. 알고는 있는 겁니까?! 그렇게 종아리가 터지도록 매를 맞고 나서 그것을 알고, 목이 졸리고, 모욕을 당하고 난 뒤에 그것을 알고, 신분이 사라져서 헤어짐에 괴로워했다는 것도 나중에서야 알았고. 지금도, 당신이 고모님과 아나블라에게 사흘 동안 모욕을 당했음에도 나중에서야 그것을 알았습니다. 피할 수 없었다면 우선 내게 말해 줬어야 했습니다. 처음부터 성에 발을 들이게 해서는 안 되었습니다. 대체……!"

"에드, 그게 아니에요. 아나블라와 하드퍼드 백작 부인은 혈연이고…… 그리고, 그 사람과 선대 후작님은 가족이라……."

"너 역시 내 가족이라는 생각은 안 해 본 모양이지? 네가 내 아내라는 것도, 내가 네 남편이라는 것도?!"

"에드, 그런 말을 하는 게 아니잖아요! 우리가 가족이 아니라는 게 아니라……!"

결국 비올렛 역시 언성이 높아졌다. 에셀먼드는 지금 지나치게 흥분해 있었다.

"에드, 혈연은 어찌할 수 없이 이어지는 거예요. 아나블라가 후작님이나 다니…… 엘을 걸고넘어진다면, 분명 당신에게 상처였을 거예요, 그리고 백작 부인과 영애에게 화를 냈다면 에드의 기분도 좋지 않았을 테니까."

"지금도 내가 그리 좋은 기분이 아니라는 걸 알아줬으면 좋겠는데."

"비꼬지 말아요."

에셀먼드의 빈정거림에 비올렛이 단호하게 대답했다. 생각해 주는 건 좋다. 하지만 이성은 차려야 하는 것 아닌가?

"당신은 언제나 나보다 내 혈연에 지나치게 매달리는 경향이 있습니다. 당신이 신경 쓸 필요도 없는 일입니다."

그에 비올렛은 화가 났다. 어떻게 신경을 쓰지 않을 수 있겠는가? 에셀먼드의 혈연이다. 그의 '혈연'이었기에 비올렛은 신경 쓰고 배려해 준 것이었다.

내가 신경 쓸 일이 아니라고?

비올렛은 그 말이 꼭 자신과 에셀먼드를 분리하는 것처럼 느껴졌다. 분명히 그녀를 염려했기에 화를 냈다는 것을 알고 있음에도 자신의 마음을 몰라주니 더욱더 속상했다.

"당신이야말로 지나치게 혈연에 냉정하군요. 제가 신경 쓸 필요가 없다면 당신이 신경을 써야 했을 텐데요."

"……."

"나는 아무것도 모르잖아요. 그런데 어떻게……. 그리고 제가 왜, 견뎌 내고 이겨 내야 하는 건데요?"

에셀먼드가 혈연에 대해 어떤 감정이든 품는 것은 자유였지만, 비올렛은 그가 어떤 '감정'인지 모르고 있었다.

그에게 아버지란 어떤 존재였나. 아버지의 여동생은? 그리고 사촌 동생은?

양녀로 온 비올렛보다 더욱 오랜 시간 동안 알고 지내 왔을 것이다. 에셀먼드는 다 버릴 수 있다고 말했다. 그것이 그들이 '소중한데' 버리는 건지, 별로 소중하지 않은데 버리는 건지 어떻게 안단 말인가.

더군다나 세간의 평가야말로 혈연에 민감했다. 친족 살해자라는 꼬리표가 평생 따라다니며 손가락질의 대상이 되는 것만 봐도 그랬다. 비올렛은 에셀먼드가 친족을 박대한다는 오명을 뒤집어쓰지 않기를 바랐다.

"그렇군요. 신경 쓰지 못해 미안합니다."

에셀먼드는 뒤도 돌아보지 않고 서재를 나가 버렸다. 혼자 서재에 남아 있던 그녀는 자신이 그에게 상처되는 말을 했을지도 모른다고 생각했다. 갑자기 자괴감이 들었다. 이게 뭘까. 항상 행복으로 들떠 있었던 감정이 가라앉는 것 같았다.

비올렛은 처음으로 각방이라는 것을 썼다. 에셀먼드 역시 따라오지 않았다. 그에 비올렛의 심장은 쿵 떨어져 내렸다. 역시 그에게 잘못했을지도 모른다. 비올렛의 눈에 눈물이 핑 고였다.

난들 그 사람들이 좋은 줄 아나. 나라고 당신한테 모든 걸 털어놓고 기대고 싶지 않은 줄 아나.

한없이 기대는 관계가 아니라 옆에 서고 싶어서 노력한 건데, 그것도 모르고. 푸에엥. 비올렛은 훌쩍이며 잠에 빠져들었다.

[쯧쯧, 기껏 잘 살라고 해 놨더니. 안심이 안 되는구먼.]

"제리, 제리! 일어나!"

비올렛은 자신의 몸을 흔드는 손길에 눈을 떴다. 눈을 뜨자마자 느껴지는 것은 거친 침대 시트의 감촉이었다. 응, 이게 뭐지. 비올렛은 손을 들어 시트를 만져 보았다. 까슬했다. 그녀는 부스스한 얼굴로 눈을 떴다.

"제리, 너 안 일어나면 혼날걸?"

비올렛은 자신을 내려다보는 소녀를 보며 눈을 동그랗게 떴다.

"앤?"

분명 앤이다. 자그마한 소녀였지만 저 말투, 저 얼굴은 분명히 앤이었다.

"그래, 나야. 어서 청소해야지! 이러다가 아버지가 널 혼내면 어떡하니?"

"아버지? 집사님 말하는 거야?"

"그래! 이 답답아!"

무슨 일이 벌어졌는지 파악하기도 전에 그녀는 자신이 살고 있던 집을 청소해야 했다. 사실 거부하려고 했으나, 어쩐지 몸이 저절로 움직였다.

물걸레를 쭈욱 빨아 와서 계단 난간을 닦던 그녀는 한숨을 쉬었다. 어쩌다가 일이 이렇게 된 건가. 비올렛은 아침의 일을 떠올렸다.

앤이 내민 거울을 본 그녀는 자신이 어린 소녀의 모습이라는 것을 깨달았다. 갈색 머리카락, 보라색 눈동자. 분명 어린 비올렛의 모습이었다.

그럼에도 그녀는 '제리'라는 인물이 되어 있었다. 제리는 집사의 절친한 친구의 딸이고, 무슨 사정에 의해 이곳에 맡겨지게 되었다고 한다.

그 전날 분명 목소리를 들었던 것 같은데…… 분명 그게 문제임이 틀림없다. 그놈의 목소리가 항상 모든 것의 원흉이었다.

그러니까, 이건 신의 농간이라는 뜻이다. 전직 성녀의 감으로 알 수 있었다.

적당히 주위에 맞춰 주며 탐색한 결과, 그녀는 약 17년 전 과거에 왔다는 것을 깨달았다. 그리고 여기서 에셀먼드는 여덟 살이었다.

비올렛은 그때의 자신이 어떠했는지 생각해 보았다. 그러나 생각이 날 리가.

"제리, 이리와!"

"응, 갈게!"

비올렛은 물걸레를 들고 앤을 따라나섰다.

어서 이곳을 빠져나갈 방법을 생각해야 했다. 순간 그녀의 머릿속에 현실의 남편이 스쳐 지나갔다. 지금쯤 에셀먼드는 무엇을 하고 있을까. 자신을 찾고 있을까? 그녀는 우울하게 입술을 깨물었다.

"에이든 도련님, 거기 서세요!"

비올렛은 신이 이곳에 저를 의도적으로 둔 것에 대한 상념에 빠져 있었다. 그때 누군가가 물로 닦은 부분을 밟고 슝, 뛰어 내려갔다.

또 더러운 발자국이 기껏 닦아 놓은 계단에 찍혔다. 비올렛은 고개를 들어 그 소년을 보았다.

비올렛은 앤이 왜 에이든에게 가차 없는지 알 것 같았다. 쪼끄만 아이의 뒤통수를 보며 비올렛은 얼굴을 찡그렸다. 그러다 무거운 한숨을 쉬었다.

현재 후작은 아이들을 데리고 영지에 내려와 업무를 보고 있었다. 2년에 한 번, 약 두 달 정도 거했으니 아마 지금이 그 기간일 것이다.

사용인들이 후작 부부가 살아 있는 듯 이야기를 나누는 것을 들은 비올렛은 어쩐지 후작의 생존에 찝찝함을 느꼈다가, 불현듯 의문이 떠올랐다.

그녀를 만날 수 있을까?

초상화 속 후작 부인을 떠올린 그녀는 쓸데없는 생각이라며 고개를 젓고 복도를 쓸었다.

"새로 온 아이니?"

상냥한 목소리에 비올렛은 숙였던 허리를 들었다. 햇빛이 쏟아지며 연분홍색의 드레스를 입은 여자가 서 있었다. 한눈에 알 수 있었다. 후작 부인이었다.

그녀의 머리카락은 화사한 빛을 띤 레몬색 금발이었고 눈동자 색은 안개가 낀 호수 같은 회색에 가까운 푸른 눈이었다.

그 아름다운 얼굴이 다니엘을 닮아 비올렛은 숨이 턱 막혔다. 초상화는 그녀의 외모를 반도 담아내지 못했다.

"어……."

"마님께서 부르시지 않느냐!"

시녀장의 호통에 비올렛은 정신을 차렸다.

"처, 처음 뵙겠습니다."

"앤처럼 귀여운 아이네. 너무 떨 것 없단다. 자네들도 마찬가지야. 어린 애가 미숙한 건 당연한 거야."

"……."

"미숙한 쪽이 당연한 건데 다들 왜들 그러는 건지……."

비올렛은 후작 부인의 얼굴에 서린 씁쓸한 기색을 발견했다. 그러나 그것도 잠시, 그녀는 비올렛의 머리를 쓰다듬었다.

"이 아이에게 힘든 일은 시키지 말도록 신경 써 줘."

어리숙한 비올렛을 챙겨야 한다고 생각했는지 앤은 그녀를 자주 데리고 다녔다. 온 지 사흘이 지났음에도 비올렛은 정작 보고 싶은 사람은 한 번도 보지 못했다.

"왜 안 보이지?"

그녀가 간절하게 보고 싶은 이는 바로 그녀의 남편이었다. 어떻게 돌아가야 하는지 방법은 못 찾았지만 어찌 되었든 과거로 온 거라면 제 남편의 어릴 적 모습을 한 번은 꼭 보고 싶었다.

그러나 앤의 배려인지, 비올렛은 에셀먼드는커녕 그녀가 아는 모든 인물들의 코빼기도 보지 못했다. 스쳐 지나가듯 만났던 에이든 역시 마찬가지였다.

다니엘은 어렸을 적 몸이 아프다더니 언제나 방에만 있었고, 후작 부인도 간호에만 전념한다고 했다.

후작은 집무실에 있거나 영지 시찰만 했으며, 에셀먼드는 훈련과 공부 이외엔 나갈 일이 없었기에 볼 수 없었다. 에이든은…… 사실 그렇게 만나고 싶지 않았다.

작위적으로 만나는 것도 힘든 게, 사용인들은 통로가 따로 있었기에 저택의 인물들과 만날 일이 거의 없었다.

사용인들은 그림자 같은 존재구나. 비올렛은 다시 돌아간다면 이들에게 더 잘해 줘야겠다고 생각했다.

비올렛이 에셀먼드를 만난 것은 아주 우연한 일이었다.

그녀는 심부름을 다녀오라는 집사의 말을 듣고 마구간에 갔다. 그때 비올렛은 마구간에 가면 토미를 만나지 않을까, 하는 생각에 긴장한 채였다.

그러나 토미는 보이지 않았다. 비올렛은 그제야 안도의 한숨을 내쉬었다. 생각해 보니 아직 마을이 망하지 않았으니, 토미가 있을 리가 있는가. 비올렛은 어색하게 웃었다. 그러던 그녀는 이 생활에 환멸을 느꼈다.

저벅저벅, 말이 투레질을 하는 소리와 둔탁한 걸음 소리가 들렸다. 비올렛은 고개를 들어 마구간의 입구 쪽을 바라보았다.

곧 그녀의 온 사고가 정지했다.

에셀먼드가 서 있었다.

말을 타고 왔는지 흑마를 데려온 에셀먼드는 말고삐를 마구간 할아버지에게 쥐여 주고 있었다.

고대하던 에셀먼드의 얼굴을 본 비올렛은 할 말을 잃은 채 입술을 깨물었다. 눈물이 저절로 고이기 시작했다.

비올렛은 종종 그의 과거 모습이 얼마나 귀여울지 상상하곤 했었다. 하지만 기대했던 것 자체가 어리석은 짓이었다. 그에게 어린아이의 귀염성이라는 게 있을 리가 없었다. 그 얼마나 안이한 생각이었는지.

어릴 때부터 엄격한 후계 교육을 받았던 그가 제가 생각하던 이상적인 어린아이의 모습과 부합했을 리가 있을까. 그는 골격부터 남다른 모양인지 여덟 살 남자아이임에도 불구하고 키가 컸다. 족히 열 살은 넘어 보였다.

젖살 따윈 찾아볼 수 없는 갸름한 볼, 단정한 얼굴, 그러나 언제나 보이던 그 눈동자, 처음 만났을 때의 그 황폐한 눈동자, 눈동자, 눈동자…….

지친 기색마저 찾아볼 수 없는 그 얼굴에 비올렛은 입술을 꼭 깨물었다. 처음 만났던 열다섯 살의 그와 여덟의 그가 이렇게나 똑같다니…….

그때 에셀먼드의 시선이 비올렛에게 향했다. 어떠한 감정조차 찾아볼 수 없는 눈이었다. 어린아이의 모습이지만 분위기는 이미 어린아이가 아니었다. 비올렛은 오랫동안 그와 눈을 마주하고 있었다.

"제리, 어서 인사 드리거라! 도련님이야!"

마구간 할아버지가 호통을 쳤다. 비올렛은 그제야 정신을 차리고 허리를 숙여 인사했다.

"도련님 죄송합니다. 이 아이가 온 지 얼마 되지 않아 서투릅니다."

마구간 할아버지가 애써 사과했다. 그러나 에셀먼드는 그 사과에 아무 말도 하지 않고 등을 돌려 걸어가 버렸다.

"다신 그러지 말거라."

"죄송해요."

비올렛은 용무를 끝마쳤으므로 꾸지람을 듣고 마구간을 나섰다. 에셀먼드의 작은 뒷모습이 보였다. 비올렛은 걸음을 빨리해서 그를 쫓듯이 걸어갔다.

그가 걸음을 천천히 했으므로 비올렛은 그를 금방 따라잡을 수 있었다. 거리가 가까워지자 비올렛은 늘어트린 에셀먼드의 손에 붉은 피가 있다는 것을 깨달았다.

허리춤에 매달린 너덜너덜한 검 손잡이가 이유인 듯했다. 비올렛은 에셀먼드의 상처를 보고 입술을 깨물었다.

비올렛의 온 정신이 상처에 가 있었다. 지금은 제가 성녀가 아니라는 게 아쉬울 따름이었다.

"언제까지 쫓아올 거지?"

한참 상념에 빠져 있을 때쯤 들리는 목소리에 정신을 차렸다. 에셀먼드가 뒤를 돌아보고 있었다. 비올렛은 눈을 깜빡였다. 그를 당연하게 따라가고 있었다. 왜냐고 물어보면 에셀먼드니까, 쫓아가는 게 당연했다. 하지만 지금의 그녀로서는 당연하지 않았다. 비올렛은 자신을 바라보는 차가운 눈동자를 보며 잠시 동안 혼란을 느꼈다.

"손……."

비올렛은 자신도 모르게 입을 열었다. 에셀먼드가 자신의 손바닥을 바라보더니 비올렛을 보았다. 그게 뭐가 어떻냐고 물어보는 것 같았다.

"상처가 있어서요."

비올렛의 말에 에셀먼드는 손을 내리고 그녀의 얼굴을 빤히 보더니 등을 돌려 자신의 방으로 가 버렸다. 에셀먼드의 대답을 기다리던 비올렛은 그에 충격을 받았다. 그는 주제 넘는다는 말조차도 하지 않았다.

그녀의 걱정이 얼마나 주제넘은 것인지 행동으로 보여 준 것이다.

대꾸조차 필요하지 않을 정도로 그녀가 얼마나 보잘것없는 신분인지…….

하녀의 걱정 한마디에 대답씩이나 해 줄 정도로 그가 다정한 성격이 아니라는 걸 깜빡했다.

비올렛은 씁쓸한 미소를 지었다.

어서 남편을 보러 돌아가고 싶었다.

[시간이 지나면 돌려보내 줄게. 좀 더 즐기는 게 어때?]

귓가에 들리는 목소리에 비올렛은 얼굴을 찡그리며 잠에서 깨어났다. 간절히 돌아가길 소원하며 잠이 들었기에 신이 계시라도 내려 준 모양이었다. 잠결에 대체 무슨 조화냐고, 뭘 바라냐고 묻는 말에 그 목소리는 이렇게 대답했다.

[내 유희지. 난 해야 할 일이 없는 의지거든.]

비올렛은 어쩐지 이 존재가 어떤 존재인지 알 것 같았다. 사실 너무 확실했다. 하도 당한 게 많기에 비올렛은 그때 생각나는 온갖 욕을 다 퍼부었다.

[좋은 일을 해도 욕을 먹는군.]

그놈의 좋은 일이 뭔지 참 궁금할 따름이었다.

잠에서 깬 비올렛은 앤의 손에 끌려가 얼른 얼굴을 씻었다. 비몽사몽으로 들리는 오늘의 일정을 들은 비올렛은 잠이 확 깼다.

“주인마님을 뵙는다고?”

“응.”

“대체 왜?”

“그거야 불러오라고 하셨으니까. 너 저번에 마님 뵌 적 있지? 기억에 남으셨나 봐.”

“어?”

“왜 나한테 말 안 했어?”

“그거야 그냥…….”

“여튼 그냥 따라와.”

앤을 따라가면서 비올렛은 의아한 표정으로 물었다.

“그러니까 나를 왜 부르시는 거야?”

“마님께서는 아가씨를 가지고 싶어 하셨거든. 그래서 우리같이 어린 여자애들과 이야기하는 걸 좋아하셔. 네가 아주 마음에 드나 봐.”

얼핏 그 이야기를 들은 것 같더니 정말인 모양이었다. 하긴, 막내로 낳은 게 에이든 같은 아이라면 자신이라도 딸을 낳고 싶어 할 것 같긴 했다.

"둘째 도련님 몸이 많이 안 좋으셔서, 마님의 기분이 많이 상하셨거든. 그래서 기분 전환이 되어 주는 거야."

"우리가?"

"아니, 네가."

"앤!"

비올렛이 당황한 표정을 짓자 앤이 꺄르르 웃었다. 앤의 눈을 보자 비올렛은 따스함을 느꼈다.

하녀로서 언제나 비올렛에게 존대를 써 오던 앤이었다. 저렇게 편한 얼굴을 보니 어쩐지 울컥했다.

"싫어?"

"아니, 가야지."

"그래 마님께선 친절하니까 안심해도 돼."

앤은 비올렛을 다정하게 안심시켰다.

후작 부인이 있는 방에 도착한 비올렛은 미묘한 마음을 감출 수가 없었다. 비올렛이 불과 며칠 전까지 거하던 곳이 저 방이었기 때문이었다.

후작 부인의 방은 삭막한 성과 다르게 어쩐지 따스한 빛깔의 색이었다. 하녀들의 단장을 받고 있던 후작 부인이 비올렛과 앤의 방문에 고개를 돌렸다.

비올렛은 고개를 숙이다 살짝 들어 그녀의 얼굴을 보았다. 레몬 빛깔처럼 밝은 금발에 새파란 눈동자를 지닌 여자가 보였다.

저번처럼 스쳐 지나가는 만남이 아니기에 후작 부인의 얼굴을 더욱 자세히 관찰할 수 있었다. 보면 볼수록 그녀는 다니엘과 똑같은 얼굴이었다.

비올렛은 후작 부인을 보며 생각했다.

이 사람이 에셀먼드의 어머니구나. 다니엘과 에이든의 엄마이자 죽은 후작의 하나뿐인 부인이구나.

“어머, 왔구나.”

비올렛은 앤의 눈짓에 후작 부인 앞에 가서 인사를 드렸다. 예법상 결례를 범하지는 않았지만 이 사람이 어떤 사람인지에 대해서는 주의가 필요했다.

생각해 보면 에셀먼드는 후작 부인에 대해 이야기한 적이 없었다. 에이든 역시 어렸을 적 어머니의 기억이 별로 없는 모양인지 언급은 없었다.

“더 가까이 오렴. 겁먹지 않아도 된단다. 우리 예전에도 봤었지?”

상냥한 목소리였다. 다니엘이 가진 상냥함은 후작 부인을 닮았다던데, 비올렛은 왜 후작가의 사람들이 다니엘의 다정한 성격에 약했는지 깨달았다. 외모뿐만이 아니라 다니엘의 말투와 표정은 후작 부인을 꼭 닮아 있었다.

“예쁜 보라색 눈동자를 가졌구나.”

“감사합니다, 부인.”

비올렛이 얌전하게 말하자. 후작 부인은 만져 봐도 되니? 라며 비올렛에게 양해를 구하고 비올렛의 머리카락을 매만졌다. 앤을 슬쩍 보니 가만히 있으라고 눈짓했다.

후작 부인이 하녀에게 손을 뻗자, 눈치 빠른 하녀가 빗을 주었다. 후작 부인은 비올렛의 머리카락을 쓸어 주었다. 자신도 모르게 긴장이 풀린 비올렛은 후작 부인의 얼굴을 바라보았다. 짙은 미소가 되돌아왔다.

에드는 다정하고 상냥한 어머니를 가졌었구나. 비올렛은 자신의 어머니를 떠올리며 아릿한 미소를 지었다. 신이 그녀를 이곳에 데려다 놓은 것은 아마 이런 것을 보라는 게 아닐까. 에드의 어머니라는 것만으로도 비올렛은 이 사람에 대해 호감이 일었다. 아마 병으로 얼마 지나지 않아 세상을 떠났기에 그럴지도 몰랐다.

"콜린, 옷 좀 가져다주겠니?"

"제가 가져올게요."

"앤, 너도 거기 있으렴."

왜? 후작 부인의 말에 앤은 도망가려다가 들켰다는 표정으로 입술을 쭉 내민 채 방에 있었다. 폴린이라는 하녀가 빙그레 미소를 지었다.

"친구 데려왔다고 도망 못 가."

"알았다구요."

앤이 툴툴거리자 후작 부인이 웃음을 터트렸다. 흔히 있는 일인 모양이었다. 시간이 지나자 비올렛은 왜 앤이 도망가려는지 이유를 알았다.

"예쁘구나."

비올렛은 앤을 원망스럽게 쳐다보았다. 어쩐지 앤이 드레스나 예법에 대해서 남들보다 잘 아는 게 많다고 생각했더니, 이런 경험 때문에 그랬구나. 후작 부인은 정말 딸을 원한 모양이었다.

여자아이가 없는 후작가에 어린아이용 드레스가 이렇게 많을 줄이야. 그리고 후작 부인이 앤을 아꼈다고는 들었는데 이런 방법으로 아낄 줄은 정말 몰랐다.

비올렛은 정확히 열한 벌의 드레스를 갈아입었다. 싫은 티를 낼 수 없었던 것은 권력 문제가 아니라, 후작 부인의 창백한 얼굴이 옷을 갈아입을 때마다 기쁨으로 반짝였기 때문이었다.

"너무 사랑스럽구나."

결국 앤과 비올렛은 쌍둥이처럼 색깔만 다른 연노랑 색과 하늘색 드레스를 입었다.

머리까지 예쁘게 다듬느라 시간이 오래 걸렸다. 인형 놀이와 비슷한 걸까. 그렇다기에 후작 부인은 세심하게 그녀들을 신경 썼다. 그녀들이 힘들까 봐 티 테이블에서 간식도 챙겨 주는 것은 물론이었다.

"제리는 이 옷이 익숙한가 보구나?"

"네?"

"간식을 먹는 모습도 아가씨처럼 우아하구나."

그럴 만도 한 게 비올렛은 이러한 예법이 숨 쉬듯 익숙했다. 자신도 모르게 태가 나오는구나. 열 살 때 그녀는 분명 예의범절을 모른다고 비웃음 받았는데. 그녀는 과거를 떠올리며 쓴웃음을 지었다.

"아버지께서 귀족 나으리들을 몇 번 뵈셔서 저도 아가씨들을 뵐 기회가 있었어요. 그중 다정하신 아가씨께서 제게 알려 주셨어요."

비올렛이 대충 둘러대자 후작 부인은 더 물어보지 않았다. 그녀는 앤을 보며 말했다.

"앤, 집사에게 말했잖니. 집안일은 따로 안 해도 된단다. 손이 상하잖니."

"아니에요. 제가 좋아서 하는걸요. 아버지를 돕고 싶어요."

앤은 어른스럽게 웃었다. 자신은 열 살 때 울기만 했는데, 앤은 역시 어렸을 적부터 참 똘똘했구나. 후작 부인의 배려라고 마냥 집안일을 하지 않았다간 사용인들의 불만이 클 것이다. 앤은 집안일을 '좋아서' 한다는 말을 하며 후작 부인의 특혜를 거절했다.

"제리도 마찬가지야. 듣자 하니 이 집에 잠깐 있을 사람인데, 힘든 집안일을 시키는 것도 그렇잖니. 역시 작은 일이라도 일을 시키는 건 좀 그렇구나. 집사에게 말해 두겠다."

"저는……."

"제리, 감사하다고 해야지."

"어?"

앤이 팔꿈치를 치자 비올렛은 감사하다고 했다. 이래도 되는 건가. 비올렛이 조심스럽게 앤을 바라보자 앤은 고개를 끄덕였다.

"부담스러워할 것 없단다. 이 후작가가 네 도움 하나 없다고 돌아가지 않는 건 아니니까."

후작 부인이 화사하게 웃자 비올렛은 기묘한 죄책감이 들었다.

똑똑.

그때 노크 소리가 들렸다.

"어머님, 접니다."

들려오는 목소리에 비올렛은 눈을 커다랗게 떴다. 에드였다!

비올렛은 후작 부인의 웃던 얼굴이 굳어 가는 것을 보았다. 대체 왜? 후작 부인이 대답하기도 전, 문이 열리며 누군가가 두다다다 뛰어들어 와 후작 부인의 품에 안겼다.

설마 에드가?

비올렛은 후작 부인의 품에 안긴 소년, 아니 남자아이를 바라보았다. 품에 안긴 이는 당연히 에이든이었다. 후작 부인의 얼굴에 다시 미소가 서렸다.

"에이든, 이 장난꾸러기 같으니라고!"

"어머니! 으어어엉!"

"우리 아가, 무슨 일이니? 왜 울어?"

"있잖아, 내가, 형아, 형아랑 놀고 싶은데 형이 안 된대."

에이든이 훌쩍였다. 어휴, 철없기는. 철없는 게 당연하겠지만. 비올렛은 한숨을 쉬며 문가에 서 있는 에셀먼드를 보았다.

"오늘 훈련은 마쳤습니다, 어머니."

그러나 후작 부인의 시선은 에셀먼드에겐 아주 잠시 머물 뿐, 에이든에게 기울어져 있었다.

"오늘도 고생했구나. 이후 무슨 수업이 있니?"

"정치학을 공부할 예정입니다."

왜 서로 마주 보지 않는 걸까. 후작 부인은 어색한 시선으로 에셀먼드의 얼굴을 피하고 있었다. 그런데도 그는 후작 부인의 얼굴에서 시선을 떼지 않았다. 외면, 단절로 이루어진 관계였다. 피 한 방울 섞이지 않은 자신과 앤에게는 그렇게나 다정한데, 왜? 이해할 수 없었다.

"어머니, 나, 형아랑 놀고 싶어!"

에이든이 말했다.

"안 된단다. 형은 매우 바빠."

"치."

에이든이 혀를 찼다. 그러나 후작 부인에게는 그것조차도 예뻐 보이는 모양이었다.

비올렛은 무심결에 에셀먼드의 손을 바라보았다.

손엔 피딱지가 져 있었다. 비올렛은 눈을 동그랗게 떴다. 아니, 이 사람은 아프면 아프다고 해야지! 설마 어제 치료를 받지 않은 건가?

그때 에셀먼드와 비올렛의 눈이 마주쳤다. 에셀먼드의 시선에 아주 살짝 못마땅한 빛이 떠올랐다. 그녀가 익히 잘 알고 있는 얼굴이었다.

아니, 왜. 그녀가 진짜 열 살 때도 드레스를 입었을 때 그는 그런 표정을 지었다. 안 어울리나? 라는 생각이 들다가 비올렛은 에드가 여덟이며, 그가 받아야 할 관심을 자신이 받았다는 것을 깨달았다.

아니라고 말하고 싶었다. 그러나 성인이 아닌 아직 아이인 에셀먼드가 그 눈빛을 알아챌 리가 있겠는가. 그는 비올렛의 시선이 그의 손에 머무르는 것을 알고 손을 뒤로 숨겼다.

"흥, 어차피 에드 형아는 재미없어. 안 놀 거야. 다니엘 형이 건강해지면 놀 거야."

비올렛은 에이든을 노려보았지만 에이든은 아직 철없는 아이였다. 다섯 살짜리 아이가 무엇을 알고 말할 수 있을까.

"형 재미없어. 형 미워. 형 안 볼 거야. 맨날 놀아 주지도 않고. 이제부터 우리 형 아니야."

에이든의 철없는 말이 방을 울렸다. 후작 부인은 에이든의 머리를 쓰다듬으며 달래고 있었고, 여전히 에셀먼드를 보고 있지 않았다.

에셀먼드가 허리를 숙여 인사하더니 등을 돌려 자신의 방으로 돌아갔다. 오로지 비올렛만이 그의 뒷모습을 보고 있었다.

"아, 잘됐다. 너한테 일 시키는 것도 미안했는데. 마님께서 말씀해 주셨으니 이제 놀 수 있어."

"응."

앤의 말에 비올렛은 멍하게 대답했다. 비올렛은 에셀먼드의 모습이 머리에서 떠나지 않았다. 괜찮은 걸까?

"도련님 말이야. 다친 것 같지 않았니? 아까 보니까 팔에 상처가 있던데, 피가 보였어."

앤에게 넌지시 말했으나, 앤의 표정은 평온했다.

"도련님이 알아서 하시겠지."

"응?"

"치료도 알아서 잘 받으실 거야. 도련님은 다르거든."

그게 무슨 말이야. 비올렛은 앤에게 너무나 큰 실망을 느꼈다.

"마님과 첫째 도련님, 사이가 안 좋으시니?"

"아니? 원래 그러셔."

앤은 대수롭지 않은 듯 말했다. 앤은 이 상황에 이상함을 느끼지 못하고 있었다.

비올렛은 앤에게 따지려고 울컥 올라왔던 마음을 가라앉혔다.

화를 낼 사람을 정확히 하자. 사실 앤에게 화가 난 건 아니잖아.

비올렛은 어머니와 자신의 관계를 다시금 떠올렸다. 자신의 어머니는 분명 다정했다.

하지만 에셀먼드의 어머니와 에셀먼드의 관계는 정상적으로 보이지 않았다.

상처를 받은 것도 모른 채 뒤돌아 가 버리는 에셀먼드의 모습에 가슴이 아팠다.

'찾아갈까?'

비올렛은 망설였다. 에셀먼드가 자신을 차갑게 거절할 것을 알고 있었기 때문이다. 그는 허락되지 않은 자가 다가오면 무척이나 냉정하고 매몰찬 태도를 보이곤 했기에.

그가 오히려 지금의 자신을 싫어하게 되면 어떻게 한단 말인가.

그렇게 망설이던 비올렛은 고개를 저었다. 지금 그에게 외면당하는 게 그의 상처를 그대로 두는 것보다 중요한가? 에셀먼드는 외면당할 것을 알면서도 비올렛에게 다가왔다. 심지어 그녀 때문에 전쟁터도 나간 사람이다. 그래서 비올렛은 에셀먼드에게 다가가기로 결정했다.

에셀먼드가 검술 수련 때문에 말을 끌고 성 뒷문으로 나갔다는 말을 들은 비올렛은 성문으로 향했다.

그러다 그녀는 나가려고 할 때마다 필연적으로 가로막히는 우연을 떠올리고 멈칫했다. 일단 나갈 수는 있는 것일까? 그냥 그가 귀환할 때까지 기다리는 게 좋지 않을까?

"아, 제리야. 이것 좀 문지기에게 전해 주겠니?"

그때 마구간 할아버지가 비올렛에게 다가왔다. 그녀가 의아한 표정을 짓자 할아버지가 빙그레 웃으며 말했다.

"도련님이 이걸 놓고 가셨더구나."

비올렛은 주머니에 있는 간식과 물통을 보았다.

"뒷산이라고 하면 알 거다."

"할아버지, 제가 전해드릴게요."

"저런, 아이가 산에 직접 올라가면 못써. 말을 타고 가야 한단다."

"저 다른 길 알고 있어요, 저기서 돌아서 가면 올라갈 수 있잖아요."

비올렛도 그 뒷산은 잘 알았다. 산치고는 경사가 완만하며, 길이 잘 닦여 있는 곳이었다.

"어린애가 이건 위험하지 않니."

"도련님도 가셨는걸요. 그리고 저는 마님께서 아무 일도 안 시키셔서 사실 좀 불편해요."

마구간 할아버지는 난감한 표정을 지었다.

"산에서 바람도 좀 쐬다 오고 싶어요. 마님께는 그렇게 제가 말씀드리면 되잖아요. 제발요, 네?"

그렇게 애교 아닌 애교를 부리자 마구간 할아버지가 고개를 끄덕였다. 대신 할아버지는 비올렛에게 아주 꼼꼼하게 길을 알려 주며 확인까지 했다.

'잠깐, 성문 바깥을 나가도 된다는 신호인가?'

성을 나가려면 문지기에게 붙잡히거나, 앤이 부르거나, 집사가 부르는 둥 계속해서 우연이 일어났다.

그렇다면 지금은 나가도 된다는 뜻이 아닐까?

비올렛은 조심스럽게 성문 밖으로 발을 내디뎠다.

아무도 그녀를 가로막지 않았다. 심지어 문지기들은 조심하라는 주의를 주며 그녀를 내보내 주었다.

드디어 자유를 되찾았지만 비올렛의 발걸음은 착실히 뒷산을 향하고 있었다.

뒷산은 그녀가 에르멘가르트 영지에서 가장 좋아하는 곳이었다. 예전 그와 함께 풍등을 처음으로 날렸던 장소이기 때문이었다.

비올렛이 아는 장소에 그가 있다는 사실만으로도 심장이 두근거리며 뛰었다. 그때까지도 비올렛의 기분은 좋았다.

하지만 산을 오를 수록 비올렛의 얼굴은 점점 굳어 가기 시작했다.

비올렛이 알고 있던 이 산의 지리는 몇십 년이 지난 뒤의 길이었다. 새로운 나무가 자라나고, 게다가 비올렛의 키 높이까지 달라져 버렸기에 묘하게 낯설었다.

긴가민가하다 이 길로 가고 저 길로 가고, 그러다 완전히 낯선 곳에서 길을 잃어버렸다.

이럴 수가, 이건 너무해. 이건 신의 농간이다. 심지어 잘린 나무의 나이테도 보이지 않아 방향도 확인할 수 없었다.

비올렛은 주위를 두리번거렸다. 곧 해가 질 듯했다. 저녁이 되면 어떡하지? 뒷산에서 길을 잃어버리다니. 비올렛은 기가 막혀 멍하게 하늘을 바라보았다. 구름이 유유자적하게 흘러가고 있었다.

"에드."

만약 그가 있었다면 어떻게 되었을까. 저를 찾으러 왔겠지. 그녀가 어디에 있든 분명 그녀를 발견했을 것이다. 그는 그런 사람이었으니. 비올렛은 갑자기 자신의 남편이 무척 보고 싶었다. 마지막에 화를 내던 그의 얼굴이 눈에 선했다. 자신이 이곳에 있다면 에드는 어디에 있을까. 왜 자신은 여기 있지? 이들의 행복이 마음에 차지 않았던 걸까? 또다시 이런 시련을 내려 준 것일까?

비올렛이 몇 번째인지 모르는 한숨을 쉬고 고개를 푹 숙일 때였다. 풀숲이 바스락거리는 소리가 났다. 그에 비올렛이 몸을 움찔했다.

산짐승인가? 예전에는 짐승들과 대화를 할 수 있었기에 이들은 전혀 위협이 아니었지만 지금은 다르다. 지금 그녀는 아무것도 못 하는 어린 여자아이일 뿐이다.

비올렛은 엉거주춤한 자세로 일어났다. 별안간 큰 덩어리가 불쑥 나타나자 비올렛은 눈을 질끈 감은 채 꺄악, 하고 주저앉아 비명을 질렀다. 그러나 아무 일도 일어나지 않았다. 비올렛은 꽉 감았던 눈을 조심스럽게 떴다. 자신의 앞에 자리한 두 발이 보였다. 비올렛이 그대로 고개를 올려 바라보자 그곳엔 에셀먼드가 자신을 내려다보고 있었다.

"어……."

"……."

에셀먼드의 얼굴에는 한심하다는 기색까지 서려 있었다. 꼭 그를 처음 만났을 때의 표정 같았다. 민망함이 살짝 가시자 비올렛은 반가움에 가슴이 뛰었다. 지금 이 상황, 에드를 부르니 그가 달려와 준 것 같지 않은가.

에셀먼드가 손을 뻗었다. 손을 잡으라는 걸까? 비올렛은 자신도 모르게 그의 손을 꼭 잡았다. 하지만 에셀먼드는 불쾌하다는 듯 그 손을 놔 버렸다. 졸지에 그녀는 다시 엉덩방아를 찧었다.

"너에게는 위계가 없는 건가?"

손을 잡아달라는 태도에 에셀먼드는 어이가 없는 듯했다.

그는 비올렛의 다른 손에 들려 있던 물통을 가져가 버렸다. 비올렛은 순간 너무 서운해서 눈물이 핑 핑 돌았다.

바보, 멍청이, 정말 정말 바보야. 가서도 절대 용서하지 않을 거야. 이러니까 내가 화가 나지! 정말 다시 만나기만 해 봐, 어렸을 적 당신 정말 얄미워! 계속 각방 쓸 거야! 죄 없는 미래의 에셀먼드까지 욕하던 비올렛은 눈물 젖은 눈으로 비틀거리며 일어나 에셀먼드의 뒤를 따랐다.

"왜 따라오지?"

에셀먼드가 비올렛에게 물었다. 그 물음에는 귀찮다는 기색이 서려 있었다. 비올렛은 자신이 품었던 분노와 반대로 말할 수밖에 없었다.

"길을 잃어버렸어요, 도련님."

에셀먼드가 말없이 그녀를 바라보더니 입을 떼려할 때였다. 비올렛의 예상 대답은 당연히 '내 알 바 아니다'였다. 그녀는 재빨리 말을 가로챘다.

"도련님이 없으면 저는 죽고 말 거예요."

"……."

"저 좀 데려가 주세요."

에셀먼드가 가끔씩 뻔뻔스러운 것에 약하다는 것을 알고 있던 비올렛은 에셀먼드의 눈을 보며 간절하게 말했다. 아까까지 퍼부었던 분노와 다른 비굴한 부탁이었다.

"따라와."

비올렛은 에셀먼드가 검을 휘두르는 장면을 보았다. 청년일 때의 그보다는 못했지만 깔끔하면서도 매서웠다.

천재라더니 정말 천재가 맞구나. 비올렛은 나무 밑동에 쭈그려 앉아 그걸 보고 있었다.

에셀먼드가 하녀 하나 때문에 수련을 포기할 수도 없고, 그렇다고 알아서 가자니 그녀는 길을 모르고. 결국 절충안은 수련이 끝나기까지 얌전히 기다리는 것뿐이었다. 덕분에 비올렛은 에셀먼드의 모습을 마음껏 볼 수 있었다.

손은 괜찮은 걸까. 원래 목적은 에셀먼드의 손을 치료하려고 한 것이었지만…….

'지금 물어보기 더 어려워.'

어떻게 남편인 그보다 지금의 그한테 말을 걸기 더 힘든 것일까. 고작 손이 괜찮냐는 질문 하나도 못하다니 한심했다. 비올렛이 다시 결심하며 에셀먼드를 불러 세우려던 그때, 비올렛의 눈이 커졌다.

에셀먼드가 힘껏 휘두른 검을 실수로 놓치고 말았기 때문이었다. 그리고 문제는 그 검이 비올렛을 향해 날아오고 있다는 것이었다. 비올렛은 자신도 모르게 살짝 몸을 틀어 검을 피했다. 검은 아슬아슬하게 비올렛을 스치고 지나가 나무에 푸욱 살벌하게 박혔다. 비록 에셀먼드에게 맞춘 작은 검이었지만 사람 머리 하나정도는 뚫을 수 있는 살상력은 가지고 있는 검이었다.

비올렛은 깜짝 놀라 튕겨 오르듯 자리에서 일어나 에셀먼드에게 달려갔다. 에셀먼드가 검을 스스로 놓칠 리가 없다. 비올렛이 하얗게 질린 채 말했다.

"역시 손이 아픈 거죠?! 상처 입으신 거잖아요!"

에셀먼드 역시 황당한 표정이었다. 그는 비올렛의 표정을 보더니 놀란 표정이었다.

"너야말로 너, 지금……."

"에드, 어서 손 주지 못해요? 이렇게 아픈데 상처 입은 손으로 검을 휘두르면 어떻게 해요! 크게 다치면 어떻게 하려고! 누구 말대로 정말 어이가 없군요."

"……."

에셀먼드는 비올렛의 박력에 손을 뻗은 그대로 자신의 손을 보여주고 있었다. 비올렛은 입술을 깨물었다.

그의 조그마한 손에 손바닥을 가로지르는 상처가 나 있었다. 피딱지가 졌던 상처가 벌어져 다시 선혈을 흘리고 있었다.

설마, 치료도 안 하고 계속 검술 수련을 했단 말인가. 정말 어떻게 이럴 수 있단 말인가. 후작도 정말 너무했다. 정말로 너무했다. 귀한 후계자 아니야? 아들에게 이토록 신경을 안 쓸 수가 있나. 저택 사람들도 이상했다. 비올렛은 입술을 꾹 깨물며 속상한 마음을 감춘 뒤 말했다.

"기다려요."

역시 이곳에 오기를 잘했다.

비올렛은 물통에 있는 물을 가져와 에셀먼드의 손을 씻어 내고 상처에 호, 호, 입김을 불었다. 그러곤 가방을 꺼내더니, 깨끗한 천으로 피를 훔쳐 내고 붕대를 감기 시작했다.

에셀먼드는 그 손길을 가만히 받아들이고 있었다.

"한 손으로 붕대 감는 거 어렵죠? 다음부터는 이거 그대로 두지 말고 의원한테 말하셔야 해요."

"……."

"아셨어요?"

비올렛이 도끼눈을 뜨고 쳐다보자 에셀먼드가 황당하다는 표정을 지었다. 그러거나 말거나 비올렛은 그냥 하고 싶은 대로 했다. 이대로 검을 들어 에셀먼드가 비올렛의 목을 치겠는가 어쩌겠는가.

비올렛은 엄지손가락에 나머지 붕대를 고정시키고 손등에 매듭을 묶어 깔끔하게 마무리했다.

"다 됐어요."

목적을 달성했다며 생글생글 웃던 비올렛의 표정이 굳었다. 그러고 보니 상처에 대해서 지나치게 날카로운 반응을 보이던 에셀먼드였다. 애녹시 글로리 때의 일을 기억하면, 그는 상처에 대한 관심을 정말로 싫어했다. 하쉬샤신의 자객에 상처를 입었을 때도 그랬다. 에드가 이것으로 화를 내면 어떡하지? 진짜 목 잘리는 거 아닐까?

비올렛의 얼굴에 불안감이 스쳤다. 에셀먼드의 시선이 붕대가 감긴 손으로 향했다. 그는 마치 확인이라도 하듯 손을 접었다 폈다.

"너, 네가 검에 맞을 뻔했다는 건 알고 있나?"

비올렛은 그에 눈을 동그랗게 떴다. 그러고 보니 그랬다. 그를 걱정하느라 정작 자신이 검에 맞을 뻔했다는 것은 생각하지도 못했다.

"죄송해요. 방해하려고 거기 있었던 건 아니었어요."

에셀먼드의 얼굴에 순간 미묘한 표정이 지나갔다. 뭐지, 남편인 그가 가끔 비올렛을 볼 때 지었던 표정이었다. 무언가 안 맞을 때 그는 저런 표정을 짓고는 했다.

"그리고 방금 에드라고……."

"아, 아아! 죄송합니다, 도련님!"

비올렛의 얼굴이 사색이 되었다. 자신도 모르게 놀라서 그의 이름을 불러 버렸다. 에셀먼드는 비올렛을 지나쳐 땅바닥에 꽂힌 검을 들었다. 설마 즉결 처분이라도 내리려는 건가. 비올렛은 눈을 껌뻑였다. 그러나 에셀먼드는 검을 집어넣은 채 말했다.

"돌아가지."

다행히 그는 문제 삼을 생각은 없어 보였다.

해가 저물고 있었고, 비올렛은 에셀먼드의 뒤를 열심히 따라가고 있었다. 정신없이 쫓아가다가 돌부리에 걸려 넘어질 뻔했다. 하지만 에셀먼드는 뒤도 돌아보지 않았다. 정말 무정하기도 해라. 누구 남편인지 몰라도 정말 다정한 남편감이다. 평생 같이 살 사람은 아주 행복할 거야, 그냥.

비올렛은 툴툴거리며 그를 따라 내려갔다. 그러다 다시 나무뿌리에 툭 하고 발이 걸렸다. 그런데 발이 빠지지 않았다.

에셀먼드가 점점 더 멀어지기 시작했다. 비올렛은 한숨을 쉬었다. 그래도 여기서부터는 혼자 갈 수는 있을 것 같다. 그렇게 발을 빼려고 낑낑대는 순간 에셀먼드가 불쑥 나타났다.

"또 길을 잃어버릴 생각인가?"

그 말에 비올렛은 고개를 저으며 퉁명스럽게 말했다.

"이제 알 것 같으니까 먼저 가셔도 돼요."

에셀먼드는 그 말을 무시한 채 가까이 걸어와 비올렛의 손을 잡아 지탱해 나무뿌리에 끼인 발을 빼는 걸 도와주었다.

빼자마자 언제 그랬냐는 듯 에셀먼드가 다시 발걸음을 서둘렀다. 그에 비올렛의 몸이 덩달아 끌려갔다.

에셀먼드가 잡은 손을 놓지 않았기 때문이었다. 깜짝 놀라 에셀먼드를 바라보자 그가 말했다.

"한 번만 더 멀어지면 정말로 그대로 두고 가겠다."

멀어지는 걸 허용하지 않겠다는 듯, 그 손은 비올렛의 작은 손을 단단히 붙잡고 있었다. 비올렛은 그에 미소를 지었다. 다정한 사람. 매정하다니 그럴 리가. 이렇게나 따스한 사람인데. 역시 결혼할 사람은 행복할 거다.

"고마워요, 도련님."

예전에는 성녀였기 때문에 절대로 부르지 말라고 했던 '도련님'이라는 호칭을 부르며 비올렛은 에셀먼드의 손을 잡고 산을 내려갔다.

에셀먼드의 뒷모습을 바라보는 비올렛의 뺨이 붉게 물들었다. 어린 남편과의 데이트라. 자신처럼 특별하고 행복한 경험을 한 사람은 없겠지. 비록 비올렛 혼자만의 데이트였지만, 그녀는 만족스레 웃었다.

산에서 다 내려온 비올렛은 말을 타려는 에셀먼드를 보며 말했다.

"성에서 뵈어요, 도련님. 감사했어요."

"……타라."

"네?"

"타라고 말했다."

"어, 제가 타도 돼요?"

"두 명이 탄다고 해서 지탱하지 못할 말은 아니야."

그게 그걸 말하는 게 아닌데. 에셀먼드는 비올렛에게 손을 내밀었다. 당연하다는 듯 내민 손을 잡고 비올렛은 말의 안장에 능숙하게 올랐다. 에셀먼드가 그 뒤에 탔다.

"성에 가기 전에 내려 줄 테니 내가 먼저 들어간 다음에 들어가도록 해."

혹시나 그녀가 혼날 것을 대비해서 배려해 준 말이었다. 비올렛은 고개를 끄덕였다.

말이 가볍게 저녁의 거리를 걷기 시작했다.

저녁 바람이 상쾌하게 불어왔다. 비록 에셀먼드가 아주 작은 호의로 한 행동이었지만 비올렛의 가슴은 행복으로 벅차올랐다. 봄의 해는 저물고 있었다.

비올렛은 멍하게 창밖을 바라봤다. 후작 부인이 일을 하지 않아도 된다는 호의를 베풀었지만 그녀도 눈치는 있었다. 자신은 이곳에 온 하녀지 어디에서 데려온 귀족 영애는 아니었다.

적당히 소일거리를 도와주던 비올렛은 성으로 돌아가던 중, 후작 부인이 위층 성 테라스에 마련된 테이블에서 누군가와 차를 마시는 것을 보았다.

라이셀 백작 부인이었다. 비올렛의 기억보다 훨씬 젊은 그녀는 생동감 있는 표정으로 웃고 있었다. 이제 보니 그녀는 시수일레와 정말 많이 닮았다.

중간에 사이가 소원했었지만, 백작 부인은 에셀먼드의 아내가 된 비올렛을 가장 많이 도와준 조력자였다. 비올렛은 반가운 마음이 들어 위를 올려 보았다. 그때 마침, 차 시중을 드는 하녀가 비올렛을 보며 얼굴이 환하게 펴지더니 얼른 올라오라며 손짓했다. 비올렛은 발걸음을 서둘렀다.

"내가 정말 화장실이 급해서 그러는데, 대신 시중 좀 들어 줄 수 있겠니? 잠깐이면 된단다. 가져다 달라는 것만 가져다주면 돼."

"그럼요. 차 시중은 익숙한걸요."

비올렛이 자신 있게 말했다. 물론 차 시중을 '받는 데' 익숙하단 말이었지만 비슷한 거 아닌가. 비올렛의 말을 들은 하녀의 얼굴이 환하게 개였다. 비올렛은 차 시중을 들 때 앤이 서 있던 데가 어디였는지 생각하며 테라스 뒤의 커튼에 조용하게 서 있었다.

"다니엘은 건강이 점점 좋아진다면서? 다행이다."

"그래, 정말 다행이지."

주로 다니엘에 대한 대화였다. 별로 좋아하는 화제는 아니라 비올렛은 불편한 감정을 꾸역꾸역 참았다.

"어디 몸이 좋지 않은 건 아니지? 듣자 하니 쉬지 않고 간호한다던데."

"아니야, 조금 피곤해서 그래."

라이셀 백작 부인과 후작 부인은 친밀한 관계였구나. 그래서 백작 부인은 비올렛을 교육시키기 위해 후작가로 왔던 것일까? 자신이 알던 사람과 죽은 이의 친분 관계를 새삼 알게 된 비올렛은 알 수 없는 기분에 휩싸였다.

그때, 에셀먼드가 복도로 들어오고 있었다. 어머니에게 인사를 하러 온 모양이었다. 비올렛은 반가움에 미소 지었다. 하지만 반가워하는 비올렛과 달리 에셀먼드는 그녀를 흘낏 보다 그대로 커튼 너머 테라스 바깥으로 나갔다.

그래, 뭐 한 번 상처를 치료한 사이라고 친밀해질 인간은 아니지. 여덟 살이라도 마찬가지다. 비올렛은 속으로 입술을 삐죽였다.

"백작 부인을 뵙습니다."

"어머, 에셀먼드. 오랜만이네요. 여전히 성실하군요"

"좋게 봐 주셔서 감사합니다."

백작 부인의 칭찬에 에셀먼드가 딱딱하게 대꾸했다.

"오늘 훈련을 마치고 돌아왔습니다, 어머니."

"그래, 수고했구나. 오늘은 무엇을 하지?"

"수학을 공부할 예정입니다."

"어서 들어가 보렴."

너무나 짧은 대화였다. 남이어도 이렇게 삭막하게 대화하지는 않을 터.

에셀먼드가 다시 걸어 나오더니 비올렛을 스쳐 지나갔다. 여기서 에셀먼드를 동정하듯 쳐다봤다간 그의 자존심을 상하게 할 수도 있었다. 그래서 비올렛은 차라리 에셀먼드에게 시선을 주지 않기로 했다. 그가 돌아가자 그녀는 고통스럽게 얼굴을 일그러트리며 그의 뒷모습을 보았다. 대화는 다시 이어졌다.

"에드는 정말 의젓하구나."

라이셀 백작 부인이 감탄했다.

"그 애야 언제나 완벽하지."

후작 부인의 목소리에는 뿌듯함이 묻어 있었다. 에셀먼드를 싫어하는 것은 아닌 것 같은데?

그러나 뒤이어 나오는 말에 비올렛은 눈을 크게 떴다.

"한 번도 그이의 기대를 어긋나게 한 적이 없어. 정해진 시간에 일어나고, 먹으라고 하는 것은 아무리 쓴 약이더라도 먹고, 참으라고 하면 참고, 공부하라고 하면 하고. 정말 완벽한 아들이야. 내 배로 낳은 게 믿기지 않을 만큼."

"아리아나?"

"나는 에드가, 가끔 내 배로 낳았어도 내 자식이 맞나 하는 생각이 들어."

그에 비올렛의 심장이 쿵 떨어지는 느낌이 났다. 그 충격은 라이셀 백작 부인도 마찬가지였는지 그녀는 한참 동안 아무런 말도 없었다.

"너, 그건……."

"알아, 내가 잘못된 거. 내 아들인데, 내가 어떻게 그 애를 사랑하지 않을 수 있겠어."

"……."

"하지만 그 앤 아이의 느낌이 들지 않아. 언제부턴가 꼭 내 자식이 아닌 것 같단 말이야. 어렸을 때는 그래도 웃었는데, 지금은 웃지도 않아."

"……그건."

"그래, 나 때문이야. 그이 때문이고! 우리가 그렇게 만들었어."

"……."

"그게 에르멘가르트 가문의 가풍이니까. 그 애만 보면 마음이 아파. 그러면서도 거리감이 느껴져. 매번 볼 때마다 그 애는 내가 아는 아들이 아니라 다른 자식이 돼. 다니엘과 에이든과는 달라……."

"아리아나. 너, 좀……."

"난 다니엘만으로도 충분히 힘들어. 알잖아, 나는 그 가여운 애를 이미 한 번 버렸어. 에드까지 생각하기엔 너무 버거워. 그 애는 그런 것 따윈 상관없어하는 것 같으니까. 그이가 이미 그 앨 그렇게 만들어 버렸어."

어떻게, 상관이 없을 수 있겠어! 비올렛은 입술을 깨물었다. 처음으로 화가 나 그녀는 고개를 돌렸다. 도저히 참을 수 없었다. 테라스에 가서 뭐라고 퍼부어 주려던 찰나 다시 목소리가 들렸다.

[다시 돌아가고 싶어?]

'뭐?'

[여긴 그런 곳이거든. 하녀 '제리'가 제리의 역할을 하지 않거나, 일어난 과거를 주제넘게 바꾸려 한다면 이곳에 있을 수 없어.]

귓가에 키득거리는 웃음소리가 들렸다.

[네가 노력해도 과거는 바뀌지 않아. 그냥 네 존재와 기억만이 사라질 뿐.]

비올렛은 들리는 음성에 현실의 '비올렛'으로 돌아갈 수 있는 방법을 알게 되었지만 차마 돌아갈 수 없었다. 입술을 꽉 깨물었다. 내가, 어떻게 당신을, 어떻게 당신을 두고 돌아가.

미래의 에셀먼드가 있다고 해도 지금의 에셀먼드를 두고 갈 수는 없었다. 누가 저 어리고 고독한 소년을 봐줄 수 있겠는가. 상처를 입어도 입었다고 말하지 않는 저 어린 소년을…….

'에셀먼드가 나를 기다리고 있나요?'

[이곳과 거긴 시간의 흐름이 다르거든. 몇 시간도 안 지났을 거야.]

'설마 거짓말은 아니겠지?'

비올렛의 생각에 답하기라도 하듯, 다시 목소리가 들려왔다.

[나는 언제나 거짓은 말하지 않았단다.]

그 말에 비올렛은 한숨을 쉬며 벽에 기댔다. 그녀는 돌이킬 수 없어지기 전에 화를 가라앉혔다. 괴로워하는 후작 부인과 그녀를 위로하는 라이셀 백작 부인. 비올렛은 후작 부인이 괴로워하고 있다는 것을 알았다.

그래, 괴롭겠지. 에셀먼드를 여섯 살 때부터 교육으로 내몰았다. 그녀라고 좋은 기분은 아니었겠지. 그렇지만 적어도 외면해서는 안 되지 않나. 그녀가 외면한다면 대체 누가 에셀먼드를 받아 줄 수 있단 말인가. 비올렛은 그에게 '가족'이란 게 어떤 의미인지, '혈연'이라는 게 어떤 의미인지 생각했다. 그에게 혈연이란 조금 더 가까운 존재 그 이상도 이하도 아니었다. 그것은 그가 매정해서 그런가? 아니, 이 사람들이 그렇게 만들었기 때문이었다.

비올렛의 눈에 다시 눈물이 맺혀 흘러내리기 시작했다. 그와 그녀는 정말 달랐다. 이제 얼굴도 잘 기억나지 않는 부모가 그녀에게 주었던 애정이 있기에 그녀는 혈연이 없었음에도 혈연의 소중함을 알았다.

비올렛은 부유한 환경은 아니었지만 분명 사랑받았다. 하지만 그는 어떨까? 그도 그 나름 사랑을 받았을 것이다. 그러나, 옳은 사랑인 걸까.

사랑을 제대로 습득하지 못한 에셀먼드가 자신을 마음에 담으면서 사랑을 하기 시작했다. 비올렛은 이제야 그의 마음을 조금은 알 것 같았다. 그에게 있어 그녀는 혈연보다 더 값진 '가족'이었던 것이다. 제대로 된 사랑을 주지 못한 혈연들이, 어떻게 비올렛보다 중했겠는가.

나는 이제껏 그를 제대로 이해하지 못했구나.

자책감이 그녀를 감쌌다. 도움도 안 되는 혈연이라는 이들이 가족인 비올렛을 상처 입혔을 때 그는 무슨 생각을 했을까?

—당신이야말로 지나치게 혈연에 냉정하군요. 제가 신경 쓸 필요가 없다면 당신이 신경을 써야 했을 텐데요.

자신의 말에 에셀먼드가 얼마나 상처 입었을까. 서로 간 이해할 수 없는 영역이란 게 존재한다는 걸 알면서도 또 이렇게 상처를 주고야 말았다. 비올렛은 흐르는 눈물을 닦았다.

마침 하녀가 들어왔다. 일을 다 마쳤는지 하녀는 비올렛의 얼굴을 보며 의아한 표정을 지었다. 비올렛은 생긋 웃으며 아무 일도 없었노라며 그녀를 안심시키고, 곧바로 에셀먼드의 방으로 달려갔다. 에셀먼드가 보고 싶었다.

그러나 에셀먼드의 방문은 닫혀 있었다. 제리가 아닌 비올렛이라면 저 방문을 여는 것은 아주 쉬운 일이었을 것이다. 하지만 하녀 제리는 에셀먼드에게 다가갈 어떠한 명분도 없었다.

그녀가 한숨을 쉬며 뒤로 물러나 방으로 돌아갔다. 사용인 통로로 향하는 도중, 비올렛은 계단을 올라오던 에셀먼드와 마주쳤다.

"……어."

에셀먼드는 서재에 다녀오는 길인 듯 책을 한껏 안고 있었다. 에셀먼드가 비올렛을 보고도 지나치려 하자 그녀가 황급히 그를 불렀다.

"도, 도련님!"

의외로 에셀먼드는 그녀의 말을 무시하지 않고 그대로 서 있었다.

"서재에 다녀오시는 길이신가요?"

"그래."

그의 손에 들려 있는 책은 오늘 공부한다던 수학 관련 서적이었다. 어라, 보통은 이런 건 사용인을 시키지 않나. 그러고 보니 검술 연습도 왜 혼자 나갔지? 그때 에셀먼드가 비올렛에게 책을 건넸다. 그녀는 무심결에 그것을 받아 들었다.

"엥?"

"방까지 들어."

"……."

뭐지 이 뻔뻔함은. 아니 뻔뻔한 건 아니다. 하녀에게 이런 일을 시키는 것은 당연한 일이었으니까. 에셀먼드에게 있어 자신은 여자가 아니라 하녀였으니. 알고는 있었지만 뭔가 기분이 나빴다.

'무거워!'

심지어 책은 그녀에게는 좀 무거웠다. 아까까지 에셀먼드에게 품었던 애틋한 마음이 살짝 쪼그라드는 것을 느끼며 비올렛은 자신이란 인간의 쪼잔함을 억누르려고 노력했다.

이건, 당연, 한 거야. 이건, 당연, 해. 하녀인걸, 나는 하녀인걸! 에셀먼드의 아내라는 정체성이 사라지는 순간이었다. 비올렛은 나중에 돌아가면 에셀먼드에게 '저는 하녀인걸요.'라고 뒤끝 있게 행동하고 싶을 정도로 입술이 튀어나왔다.

에셀먼드가 방문을 열자, 비올렛은 두리번거리다 책상 위에 책을 올려놨다. 팔이 부르르 떨렸다.

비올렛이 옅은 한숨을 내뱉으며 고개를 들자, 에셀먼드와 눈이 마주쳤다. 자신의 얼굴을 보고 있던 걸까? 눈이 마주쳤음에도 그는 얼굴을 피하지 않았다.

"힘들지는 않았나?"

"도련님을 모시는 일인데요."

툴툴거리는 비올렛의 대답에 에셀먼드가 한쪽 눈썹을 올렸다. 그는 뭔가 못마땅하면 저런 얼굴을 하곤 했다.

"힘들어, 힘들지 않아?"

"힘들어요. 무겁고요."

"여전히 예의가 없다."

"거짓말을 하는 것보다는 낫죠."

마치 시험해 보는 듯한 에셀먼드의 말에 비올렛이 입술을 삐죽이며 말하다 붕대가 감겨 있는 그의 손을 보고는 얼굴을 굳혔다.

"앗, 설마, 도련님. 손이 아직도 안 나아서 그런 건가요?"

"그건……."

나 바보인가. 얼마 전에 손을 다친 걸 알아 놓고는 책 한 번 들라는 말에 서운해했단 말인가. 비올렛은 입술을 깨물었다.

"손 주세요."

"……."

"어서요."

에셀먼드는 비올렛의 엄한 표정에 의외로 순순히 손을 내밀었다. 비올렛은 꼼꼼하게 그의 손을 매만졌다. 단단하게 매여 있어야 할 붕대가 느슨하게 되어 있었다. 마치 며칠 전 갈아 준 붕대를 가지고 계속 생활한 것처럼.

"도련님, 앞으로는 책을 들어 줄 사람을 구하시는 게 좋을 것 같아요. 덧나면 검을 못 쓰시잖아요."

상처 입는 것에 상당히 자존심 상해 하는 에셀먼드를 알고 있기에 비올렛은 아주 조심스럽게 말했다.

"검술은 쉬고 있으니 걱정……."

"미안해요. 제가 헤아렸어야 했어요."

"아니……."

"붕대 갈아 드릴게요."

에셀먼드는 후, 하고 작게 한숨을 쉬더니 붕대와 연고가 있는 곳을 가리켰다. 그의 방에 붕대가 상비되어 있다면 그는 얼마나 다쳐왔던 것일까. 비올렛은 마음이 아팠다.

"손 주세요."

어렸을 적, 에셀먼드가 활을 연습하느라 다친 비올렛의 손을 치료해 준 적이 있었다. 불현듯 그때의 기억이 났다. 그는 어떤 마음으로 비올렛을 치료해 주었던 것일까.

에셀먼드의 붕대를 풀자 적당히 딱지가 진 상처가 보였다. 비올렛은 후, 하고 안도의 한숨을 쉬었다. 그간 무리하지는 않았는지 상처가 덧나진 않았다. 신관들에게 치료받았다면 이럴 일은 없었을 텐데. 하다못해 자신에게 성력이 남아 있기라도 했으면…….

아쉬운 걸 계속 떠올려 봤자 더욱 아쉬울 뿐이다. 상념을 떨친 비올렛이 집게손가락으로 연고를 떠 에셀먼드의 손바닥에 살살살 발라 주었다.

"쓰라리지는 않죠?"

에셀먼드가 얌전히 고개를 끄덕였다. 비올렛은 호, 호, 숨을 불며 연고의 습기가 마르길 기다렸다.

비올렛의 숨결이 닿자 그가 손바닥을 움찔, 하는 게 느껴졌다. 비올렛은 그가 귀여워 작은 웃음을 터트렸다. 그러자 걱정에 찌푸려졌던 얼굴이 활짝 펴지고, 입가에는 부드러운 곡선이 서렸다. 아주 짧은 찰나의 미소.

어린 소년이 자신도 모르게 그녀의 얼굴을 뚫어지라 바라보는 것도 모른 채 비올렛은 그의 손을 치료했다.

"상처를 자주 치료한 적이 있나 보지?"

"네, 뭐 그랬어요."

그쪽 붕대 갈아 준 적도 있었고, 제가 다쳐서 붕대를 감았던 적도 있었어요. 그렇게 말할 수는 없던 비올렛은 그저 애매하게 말을 흐리며 웃었다.

"도련님, 아프면 아프다고 말하셔야 해요. 그게 여의치 않으면 저에게라도 말하세요."

자신의 마음이 전해지길 바라며 말을 건네자, 에셀먼드가 조용히 입을 열었다.

"네가 뭐라고."

어린아이의 말이다. 심지어 에셀먼드는 오만한 귀족이다. 어린 에셀먼드에게 있어 이러한 호의는 부담스러우며 거북할 거라는 것을 알고 있었지만 어쩐지 상처가 난 듯한 마음에 비올렛은 씁쓸한 미소를 머금고 고개를 숙였다. 그에 에셀먼드의 입매가 딱딱하게 굳었지만 비올렛은 혼자만의 우울한 생각에 빠져 있느라 눈치채지 못했다.

"아무것도 아니니까. 아무것도 아니니까 그래도 된다는 거예요."

"……."

에셀먼드는 무어라고 입을 벌리며 말하려고 했다. 하지만 비올렛은 에셀먼드의 '네가 뭐라고.'라는 방금의 말에 상처받았다.

어린아이의 말에도 이렇게 상처를 받는데 예전, 에셀먼드는 그를 밀어내는 비올렛에게 얼마나 상처를 받았을까. 비올렛은 에셀먼드에게 인사한 뒤 방을 나섰다.

그래서, 비올렛은 그녀의 뒤통수를 노려보듯 쳐다보는 소년의 중얼거림을 듣지 못했다.

"대체 네가 뭐라고……."

소년은 붕대를 감은 손을 꽉 쥐었다. 그 깃털 같던 숨결을 붕대 안에 고스란히 간직하려는 것처럼.

"예뻐! 예뻐!"

비올렛은 눈을 게슴츠레 뜨고 자신에게 소리치는 남자아이를 바라보았다. 에이든이었다. 그는 환하게 웃으며 그녀의 드레스 자락에 붙었다. 비올렛은 드러나지 않게 한숨을 내쉬었다.

시간이 남아 한가한 후작 부인이 비올렛을 불러 전처럼 옷 입히기 놀이를 한 탓이었다. 하여 지금 비올렛은 긴 머리를 땋아서 동그랗게 말아 리본으로 고정시킨 전형적은 그 시대 아이의 모습을 하고 있었다.

열 살, 후작가에 들어갔을 때도 이런 머리는 안 해 봤던 것 같은데. 비올렛이 머리를 매만졌다.

"제리 예뻐."

에이든이 비올렛을 보며 히히 웃었다.

비올렛은 이 꼬맹이를 보았다.

꼬맹이 에이든의 눈빛은 장난기로 반짝였고 볼은 토실토실했다. 에이든과 에셀먼드가 닮았다는 걸 생각하면 에셀먼드도 어렸을 적에 이랬을까? 후작 부인의 말대로라면 그도 어렸을 적엔 웃었을 것이다.

"고마워요, 도련님."

"아니야. 예뻐."

두 아이의 모습에 후작 부인이 빙그레 미소를 지었다. 드레스를 입은 비올렛은 에이든이 응석 부리는 것을 꽤나 잘 받아 주고 있었다. 마치 남매처럼. 후작 부인의 표정은 꿈결에 폭 파묻힌 것 같았다. 마치 이상적인 어떤 것을 보는 것처럼…….

비올렛은 그런 후작 부인을 보며 생각에 잠겼다. 후작 부인은 어떤 사람인 걸까. 앤의 말에 따르면 그녀를 이렇게 친딸처럼 아껴주었다고 했다. 그녀에게도 그녀 나름의 꿈이 있었겠지. 이렇게 딸을 낳아 오순도순 살아가는 꿈. 후작 부인이 꿈꾸었던 미래에 에드 같은 아들은 추호도 없었던 것일까?

"제리, 빨리 나 봐 줘."

에이든은 백작 부인의 사랑을 듬뿍 받았다. 마치 밝은 부분만 흡수한 것처럼. 그리고 이렇게 사랑을 당당히 요구한다.

그것은 후작 부인의 온전한 애정이 닿았기 때문일 것이다.

비올렛은 에이든의 볼을 매만졌다. 하녀들의 조심스러운 손길과 다르게 퍽 과감한 손길에 에이든이 히죽 웃었다.

"제리, 진짜 예쁘다."

나 예쁜 거 나도 아니까 조용하렴. 비올렛은 서늘한 미소를 지었으나, 지금의 에이든은 그런 걸 전혀 몰랐다.

비올렛이 웃어 준 것만으로도 신나는지 비올렛의 손을 잡고 깡총깡총 뛰었다. 비올렛이 드레스를 입었다는 게 좋은 모양이었다.

"마님, 제가 이래도 되는 걸까요?"

비올렛이 조심스럽게 물었다. 후작 부인은 미소를 지었다.

"보기 좋구나. 에이든도 사실 놀 또래가 필요했지. 에이든은 어째서인지 앤을 무서워하거든.”

어째서인지 왜 모르는 거지. 에이든을 보는 앤은 어렸음에도 가끔 이마에 핏줄이 선 얼굴로 그를 보고는 했고 감이 좋은 에이든은 그런 앤을 무서워했다.

이 녀석이 자신도 무서워해 주면 얼마나 좋을까.

비올렛이 에이든에게 나름 친절했던 것은 그래도 에드가 어렸다면 이런 모습일까 생각했기 때문이었다. 그리고…….

‘뭐, 오빠니까.’

오라버니니까. 에이든을 싫어했지만, 또 아주 싫은 건 아니었다.

“제리, 나랑 오늘 놀아 줄 거야?”

“네, 네.”

신이 난 에이든이 정신 사납게 팔을 붕붕 흔들고 있었다. 그때 똑똑 하는 정갈한 노크 소리가 들리더니 문이 열리며 에셀먼드가 들어왔다.

항상 들어오자마자 후작 부인을 보았던 에셀먼드의 시선이 어쩐지 비올렛에게 가 있었다. 이윽고, 그의 시선이 비올렛의 손으로 향했다. 에이든이 비올렛의 손을 잡고 흔들고 있었다.

“무슨 일이니?”

“고모님이 방문하신다고 아버님께서 연락하셨습니다.”

“오늘 말이니?”

“네.”

“언제나 오시기 전에 내게 미리 기별을 넣어달라고 그렇게 부탁을 드렸건만…… 어디라고 하시니?”

“주도의 외곽에서 계신다고 하십니다.”

“알았다. 마중을 나가자꾸나.”

후작 부인은 기분이 상한 듯했다. 하드퍼드 백작 부인이 거의 통보식으로 영지를 방문했던 게 비단 비올렛에게만 적용된 건 아니었던 모양이다.

후작 부인은 안 좋은 표정을 숨기지 않고 자리에서 일어났다. 비올렛은 '마중을 나간다'라는 말을 듣고 골몰히 생각에 잠겼다.

마중을 나가야 할 때가 아니었기 때문이었다.

백작 부인이 어느 방향에서 오는지 모르는데 지금 나간다면 엇갈릴 확률이 높았다. 지금 나간다는 걸 귀족들의 방식으로 생각해 봤을 때, 길이 엇갈렸다는 핑계로 조금 늦게 들어갈 심산인 듯했다.

"제리, 너는 에이든을 돌보려무나."

"네."

보통 에이든을 돌보는 보모가 있어서 언제나 그와 놀아 주었지만 그 보모는 오늘 외출 중이었다.

후작 부인과 그녀를 따르던 하녀들이 부산스럽게 떠난 후, 비올렛은 에셀먼드와 에이든과 함께 방에 남았다. 에셀먼드의 시선이 비올렛에게 날아와 꽂혔다.

"도련님, 우린 저기 저 뜰에 나가서 놀까요?"

"그래!"

참 착하기도 하지. 언제까지 이 사고뭉치가 착할지는 모르겠지만.

그러다 비올렛은 자신의 옷차림에 생각이 미쳤다. 이러니저러니 해도 그녀는 하녀였고, 귀족의 드레스를 입고 있었다. 추후 문제가 될 소지가 있었다.

"아, 저 옷 갈아입어야 하는데 기다려 주실 수 있으세요?"

"싫어."

"도련님."

"하녀 옷 안 예쁘단 말이야."

"정말……."

"옷 갈아입지 마. 명령이야."

"도련님."

"예쁘니까 그렇단 말이야."

이 나이대의 아이들은 참 영악하기도 했다. 명령이라는 말을 들어 버린 이상 옷을 갈아입을 수가 없다. 도움을 청하듯 에셀먼드를 보았지만, 웬걸, 그는 비올렛을 쳐다보고 있지도 않았다. 그게 꼭 외면이라도 하는 것 같았다.

비올렛은 한숨을 내쉬었다. 그러면 에이든을 적당히 달래 줄 수 있는 사람에게 맡긴 뒤 하드퍼드 백작 부인의 눈에 띄지 않게 옷을 갈아입는 게 낫겠다. 어린 하녀인 제리와 백작 부인이 마주할 일은 없을 테니까.

비올렛은 그렇게 생각하며 바깥으로 나갔다.

그러나, 불행히도 에이든을 맡아 줄 이는 아무도 없었다. 백작 부인의 갑작스러운 방문에 비상이 걸렸기 때문이었다. 하녀 중 한 명에게 말을 거니, 하녀가 절박한 표정으로 말했다.

"제리, 에이든 도련님 꼭 잘 모셔 주렴! 꼭! 도련님까지 사고라도 치신다면 우린 모두 큰 벌을 받게 될 거야. 너도 도련님 성정 알지?"

그렇게 손을 잡고 당부까지 하니 비올렛으로서는 겨우 옷을 갈아입겠다는 사소한 이유만으로 에이든을 떠넘길 수 없었다.

언제나 알고는 있었지만 이런 결정 하나하나에 번거로운 건 사용인들이구나. 비올렛은 돌아가면 이들에게 잘해야겠다고 이미 몇 번이나 했던 다짐을 새삼 또 했다.

여하튼 후작 부인이 명령한 이상 비올렛은 에이든을 잘 돌봐야 했다. 그래도 이 장난꾸러기를 대체 어떻게 해야 하나 고민한 끝에 비올렛이 말했다.

"도련님, 저는 여기에 온 지 얼마 안 돼서 여기가 어떤 곳인지 몰라요. 도련님은 잘 아시죠?"

"나야 잘 알고 있지!"

"그러면 제게 성을 구경시켜 주실 수 있으세요?"

초롱초롱, 비올렛이 눈을 빛내며 말했다. 에이든은 비올렛의 얼굴을 보더니 낯빛이 환해졌다. 나이가 많은 비올렛이 알려달라고 말하니 그것이 기쁜 듯했다. 에이든은 우쭐한 표정을 짓더니 비올렛의 손을 끌고 성을 안내해 주겠다고 했다.

우선 여기에 관심이 쏠렸으니 장난을 치거나, 아니면 떼를 쓰는 일은 없을 듯했다. 에이든의 손을 잡고 따라가며 비올렛은 제발, 에이든이 자신의 이런 모습을 기억하지 못하길 바랐다.

에이든은 성내의 부엌, 자신이 가장 좋아하는 방이 무엇인지, 이곳은 어떤 곳인지 비올렛에게 설명하려 했다. 비올렛은 제대로 호응하여 에이든의 설명을 들어 주었고, 에이든은 자신이 가르쳐 줄 수 있는 게 있다는 것에 무척 흥분했다.

비올렛은 그런 에이든이 안쓰러웠다. 에이든도, 다니엘도, 에셀먼드 역시도 모두 또래의 친구가 없었으니.

"쩌기 가자!"

"어디요?"

"연무장!"

"연무장?"

에이든이 가장 좋아하는 곳은 기사들이 훈련하는 연무장이었다.

에이든의 손에 이끌려 가면서 비올렛은 에이든이 무엇을 그렇게 중요시하게 여겼는지 들으며 미소 지었다. 그녀가 지나가는 돌바닥의 돌금, 피어나던 꽃 하나. 특이한 나무의 향기, 어느 곳을 가면 괴물처럼 그림자 지는 창문 장식.

에이든이 관심을 가졌던 물건들은 너무나 사소한 것이었지만 비올렛은 그것이 싫지 않았다. 마치 자신의 어릴 적을 보는 것 같아서였다.

그의 남편도 에이든의 나이 때 그랬을까. 알 수 없었지만, 그건 그다지 상관이 없었다. 여덟 살의 그를 만나는 것도 그녀에겐 귀중한 행운이었기 때문이었다.

연무장에 다다르자 훈련하는 기사들이 보였다. 익숙한 풍경이었다. 에르멘가르트 가는 무가였기에 이런 훈련은 늘상 있는 일이었다.

그녀가 에셀먼드의 아내이자 후작 부인으로서 이곳에 살아갈 때와 다를 것이 없는 풍경이었다.

비올렛은 에셀먼드의 휘하에 있던 기사들의 젊은 모습을 보았다. 수련기사로서 훈련을 받고 있는 그들이 비올렛이 이곳에 있을 때 관록이 있는 기사가 되었다는 것도 참 재미있었다.

에이든은 열심히 비올렛에게 '검'에 대해 설명해 주려고 했다. 이미 알고 있는 사실이었지만 비올렛은 에이든의 혀 짧은 말을 귀 기울여 들어 주었다. 조금 밉긴 해도 에이든의 어린 모습을 보는 게 나름 즐거웠다.

바람은 산들산들 불었고, 그늘 아래서 기사들은 검을 맞대고 있었다. 비올렛은 그 모습을 보며 에셀먼드를 떠올렸다. 지금 그녀의 에셀먼드는 무엇을 하고 있을까? 그리고 어린 에셀먼드는 무엇을 하고 있을까?

난리가 난 후작가의 사용인들과 다르게 비올렛은 오랜 시간 동안 평온한 일상을 보내고 있었다.

"이제 일어날까요?"

시간이 지나자 비올렛은 에이든에게 말을 건넸다. 에이든 역시 가만히 앉아 있는 것이 지루했는지 순순히 일어났다.

"제리, 재미있었어?"

"네, 재미있었어요."

비올렛의 웃음에 에이든이 마주 미소를 지었다. 이제 정말 성에 들어가서 옷을 갈아입어야 한다. 아마 사람들도 여유가 생겼겠지. 그들이 발걸음을 옮길 때였다.

"여긴 언제나 덥군."

"……?"

익숙한 목소리에 비올렛의 심장이 크게 뛰었다. 재수가 없으래야 이렇게 없을 수가 있나! 비올렛은 들리는 목소리에 몸이 빳빳이 굳었다. 하녀들을 대동하고 온 사람은 분명히 하드퍼드 백작 부인이었다. 비올렛은 순간 도망갈까 생각했다.

"고모님이야?"

"네."

에이든이 얼굴을 확 찡그리며 비올렛에게 조심스레 물었다.

"도망갈까?"

비올렛이 고개를 끄덕이던 그때 하드퍼드 백작이 곧장 다가왔다.

"에이든!"

"……."

에이든이 얼굴을 찡그리며 비올렛 뒤에 숨었다. 덕분에 드레스를 입은 비올렛의 모습이 하드퍼드 백작 부인에게 여과 없이 드러났다. 시선이 느껴지자 비올렛은 치맛자락을 쥐는 귀족식 예법이 아닌, 허리를 숙여 인사하는 평민의 예법으로 인사했다.

"그쪽 아가씨는 누구시죠?"

하드퍼드 백작 부인이 얼굴을 찌푸리며 물었다. 비올렛은 입술을 깨물었다. 그녀를 따르는 하녀들의 안색도 파리하게 질렸다.

하드퍼드 백작은 후작 부인과 '엇갈렸다'라는 말에 자신이 무시를 당했다고 생각하여 현재 트집거리를 물색하고 있던 중이었다. 그 와중에 비올렛이 눈에 띈 것이었고.

"저는…… 이곳에서 주인님의 은혜를 받아 일하게 된 제리라고 합니다."

"일하게 되었다고? 그럼 사용인이란 말이냐?"

그 물음에는 짜증과 더불어 불쾌한 기색이 서려 있었다.

"평민이 지금 귀족의 드레스를 입어?! 이건 누가 입힌 거지?"

비올렛은 어떻게 해야 할지 망설였다. 여기서 '후작 부인이 입으라고 했어요.'라고 한다면 뒷일이 어떻게 되는 걸까. 후작 부인이 그 자체로 좋은 소리를 듣지 못할 게 뻔했다. 이것은 그녀의 은밀한 취미였으니까. 차라리 아까 에이든의 말을 무시하고서라도 옷을 갈아입었어야 했다. 마주치지 않을 거라고 지나치게 방심했다.

"어서 말하지 못해?"

"……."

비올렛은 그 말에도 대답할 수 없었다. 하드퍼드 백작 부인은 손가락을 들어 그녀의 옷을 툭, 툭, 쳤다.

"하잘것없는 계집이 지금 귀한 것을 탐내 걸쳤단 말이냐?!"

비올렛은 그것에 기분이 상했다. 하지만 거기서 화를 냈다간 결과가 어떻게 될지 감히 짐작조차 되지 않았다. 평민인 제리는 여기서 당해야 한다. 반항이라도 했다가는 '목소리'대로 그녀는 돌아갈 것이다.

"어서 말하지 못할까!"

짝!

"아읏!"

마치 눈에서 불꽃이 튀는 듯했다. 파열음과 동시에 볼에 화끈한 통증이 일었다. 그에 뒤에서 나온 에이든이 놀라 악, 하고 소리쳤다.

"제리 잘못 아니에여!"

비올렛의 뒤에 숨어 있던 에이든이 그제야 나오자 백작 부인이 얼굴을 찌푸렸다.

"에이든! 이 고모에게 인사를 안 하다니, 너도 예의가 없구나!"

"제리 잘못 아니야! 제리 때리지 마!"

에이든이 할 수 있는 것은 그저 울음을 터트리는 것밖에 없었다. 당연히 울음은 이 상황을 해결하는 데에 효과적이지는 않았다. 다만 기사들의 시선이 모두 그녀에게로 향했고, 하드퍼드 백작은 졸지에 소녀의 뺨을 때리고, 조카까지 울린 사람이 되었다. 기사들은 정중한 표정이었지만 그 눈엔 무언의 비난이 담겨 있었다. 하드퍼드 백작 부인의 얼굴이 붉게 물들었다.

"네 이년! 지금 네가 주제도 모르고 이 후작가의 삼남을 꼬드겨!?"

찰싹, 다시 한번 뺨 세례가 날아들었다. 열 살의 어린 여자아이에게 참으로 모진 매질이었다. 비올렛은 이때 정말로 화가 났다.

내가 왜 이 사람에게 맞아야 하는가? 언제나 그랬다. 언제나! 어린 비올렛에게도, 후작 부인이 된 비올렛에게도, 언제나 그녀에게 모욕을 주지 못해 안달했다! 내가 왜 맞아야 하는데! 그녀의 몸이 분노로 부들부들 떨렸다. 지금 그녀는 어린 비올렛이 아니었다.

"그만두십시오."

익숙한 목소리에 그들의 시선이 그곳으로 쏠렸다. 언제 왔는지 에셀먼드가 저편에 서 있었다. 에이든이 와앙, 하고 울음을 터트리며 이 순간 가장 믿을 만한 에셀먼드에게 달려갔다. 비올렛은 손으로 뺨을 감싼 채 에셀먼드를 쳐다보았다. 그는 비올렛을 힐끔 보더니 백작 부인과 시선을 마주하며 말했다.

"어머님께서 들이신 예동(例童)입니다."

예동은 왕족이나 귀족의 자제들의 사회성을 위해 귀족가에서 데려온 또래의 시종이었다. 귀족가의 자제들에게 본이 되기 위해 철저한 예법 교육을 받아야 했지만, 그렇다고 그 자제들을 함부로 야단칠 수 없기에 이들은 모두 '평민'이었다.

"예동? 에르멘가르트 후작가에?"

수도에서도 예동이 사라지는 추세인데 이 촌구석에서 예동을 어떻게 구하겠는가? 특히나, 후계자의 사회성을 극단적으로 제거하는 에르멘가르트 가문에 '친밀감'을 형성하는 예동이 있을 리가 없었다.

"어머님께서 원하신 일입니다."

에셀먼드가 단호하게 말했다. 비올렛은 어이가 없었다. 지금 순 거짓말을 눈 하나 깜짝 안하고 하고 있지 않은가! 거짓말임에도 에셀먼드가 진지한 얼굴을 하고서 고저 없는 음성으로 말하자, 하드퍼드 백작의 얼굴에 당혹감이 서렸다. 예동의 뺨을 때린 것이다. 아무리 귀족이라도 예동에게는 함부로 신체적 위해를 가하지 못했다. 예동으로서 있을 동안 이들은 준귀족과 다름없었기 때문이다.

"누구의 예동이지?"

"제 예동입니다."

그 말에 백작 부인의 붉은 입술이 비틀렸다.

"에드, 남자의 예동을 여자가 하는 게 말이 된다고 생각하니?"

"제가 춤을 추는 실력이 서투르기 때문입니다."

"춤? 네가?"

"네. 제가."

그렇다면 말이 되었다. 춤 상대는 당연히도 여자였기 때문이었다.

"그렇다면 대체 왜 이 계집애는 내게 예동이라는 점을 숨긴 거냐."

"제가 부족하여 예동을 데려온 것을 알리고 싶어 하지 않았으니까요. 어머님은 함구를 명하셨습니다."

쳐다보는 시선에 비올렛은 고개를 끄덕였다. 백작 부인은 매서운 시선으로 그녀를 노려보았다. 그러다 백작 부인이 말했다.

"그렇다면 네가 얼마나 제대로 된 아이인지 보자꾸나. 후작 부인께서 데려온 아이라면 분명 뛰어나겠지?"

에셀먼드가 무어라고 말을 하려 했지만 비올렛이 먼저 움직였다. 허리를 꼿꼿이 편 채, 빠르지도 느리지도 않은 손놀림으로 그녀는 드레스 자락을 붙잡고 무릎을 살짝 굽혔다.

치맛자락이 우아하게 팔락이며 머리카락이 흘러내렸다.

하녀 제리가 귀족 영애가 되는 순간이었다. 뺨을 맞아 볼은 부었지만 겁에 질린 그녀의 눈동자는 어느새 아무 일도 없었다는 듯 담담하게 변해 있었다.

"부족한 재주나마 가지고 있어 도련님께 도움이 되기 위해 잠시 몸을 의탁하고 있습니다. 자격에 대해 의문을 가지신다면 백작 부인께 보여 드려야 함이 옳습니다. 백작 부인께 무엇을 보여 드려야 할는지요."

부드러운 말씨. 손에 익은 듯한 그 우아함은 백작 부인이 보기에도 어색하게 흉내만 내는 정도가 아니었다. 게다가 비올렛은 하드퍼드 백작의 얼굴을 똑바로 바라보고 있었다. 예동들은 모두 자신이 모시는 주인의 눈을 피하지 않는다. 하드퍼드 백작 부인은 할 말을 찾지 못했다.

"제리."

에셀먼드의 부름에 비올렛은 그에게 걸어갔다. 걸음 하나하나마저 흠이 없었기에 백작 부인은 차마 아무런 말도 하지 못했다.

"어머님께 따로 말씀드리지는 않겠습니다."

"그래, 그래 주면 고맙겠구나."

백작 부인은 민망한지 몸을 돌려 본성으로 돌아갔다. 하녀들이 백작 부인의 뒤를 따랐다. 차츰 정리가 되는 것 같아 비올렛이 몸을 돌렸다.

"너는 그대로 남고. 하벨, 에이든을 데려가도록 해."

에셀먼드가 사용인들 중 한 명에게 명령하자 에이든이 그에게 붙잡혔다. 에이든은 훌쩍이다가 힘이 빠졌는지 얌전하게 하인의 품에 안겨 사라졌다.

연무장 쪽 소란을 보기 위해 왔던 기사들은 알아서 돌아가 훈련을 재개했고, 비올렛과 에셀먼드만이 남아 있었다.

비올렛은 가슴이 두근거렸다. 그가, 비올렛이 아무것도 아니라고 생각하는 것 같던 그가 자신을 구해 주었다. 그것만으로도 가슴이 두근거렸다. 에셀먼드는 언제나처럼 그녀를 무표정한 얼굴로 바라보고 있었다. 그럼에도 비올렛은 그 얼굴이 사랑스러워 보였다.

뽀뽀라도 해 주고 싶었다. 미래의 그는 언제나 그런 걸 좋아했지만 지금 그는 싫어하겠지. 그때, 에셀먼드의 입이 열렸다.

"그게 다 안 어울리는 드레스를 입어서 벌어진 일이다."

역시 에셀먼드는 괜히 에셀먼드가 아니었다. 위로 한마디는 해주지 않을까, 라고 기대했던 마음이 산산조각 났다. 비올렛은 그 서늘한 말에 눈에 눈물이 핑 돌았다.

드레스를 입었던 어릴 적 비올렛에게도 에셀먼드는 드레스가 어울리지 않는다고 했었다. 언제나 그는 드레스가 비올렛과 어울리지 않는 것이라고 말했다. 그리고 지금 또 드레스가 안 어울린다고 말한다.

심지어 드레스를 입었기에, 이런 꼴을 당하는 게 정당하다는 식으로 말하고 있었다. 가장 싫은 사람에게서 부당하게 뺨을 얻어맞은 것도 화가 나는데, 누구 때문에 이곳에 남아 이 수모를 당했는데 자신이 가장 사랑하는 사람은 이런 소리나 하고 있다.

"무슨……."

이젠 정말 몰라. 비올렛의 눈에서 눈물이 뚝뚝 떨어져 볼을 타고 흘러내렸다. 흑, 하고 숨을 들이마시는 비올렛은 결국 울음을 터트리고야 말았다. 그녀의 나이가 스물이 넘었지만 뭐 어쩌겠는가. 지금 제리는 열 살짜리 애인데. 울어도 된다. 비올렛은 어릴 때의 자신이 가장 하고 싶었던 일을 했다.

"정말 해도 해도 너무……. 흐어어어엉!"

바로 울음을 터트리는 것. 산적들에게 잡혀간 이후로 비올렛은 이렇게 제대로 운 적이 없었다. 어린 시절 삼킨 눈물이 터져 나오듯, 비올렛은 이 야속한 어린 남편 앞에서 부끄러움도 모르고 흐느끼기 시작했다.

"진짜 저한테 이러는 거 아니에요. 진짜 못됐어……."

"잠깐."

"내가 정말 왜 이렇게 맞아야 하는데! 정말 진짜 당신 용서 안 할 거야, 정말로!"

그놈의 안 어울린다는 소리는 언제까지 들어야 하는 거지. 비올렛은 엉엉 울었다.

혹, 그녀가 운다고 죽인다면 돌아가서 에셀먼드와 끝을 내 버릴 것이다! 비올렛은 속으로 소리치며 울고 또 울었다.

"내가 때린 것도 아닌……."

"도련님이 더 나빠요, 진짜!"

그럼에도 그녀가 마음껏 울었던 것은, 그것을 들어 주는 에셀먼드가 바로 앞에 서 있었기 때문이었다. 정말 싫었다면 자리를 떠날 에셀먼드였지만 그는 떠나지 않았다.

눈물에 흐려진 시야 때문에 에셀먼드의 표정이 그 나이의 어린아이답게 당황한 얼굴이었다는 것도, 그의 손이 자꾸 올라갔다 부끄러움에 내려가고 있다는 것도 비올렛은 눈치채지 못했다.

"괜찮아?"

"응."

앤이 비올렛의 뺨에 고약을 발라 주었다. 비올렛은 입술을 꾹 깨물었다.

"마님께서 매우 미안해하셨어. 나중에 백작 부인께서 돌아가시면 찾아오래."

"……."

"저런, 마음이 많이 상했구나."

앤의 다정한 염려에 비올렛이 서러운 듯 훌쩍이며 고개를 끄덕였다. 앤이 그런 비올렛을 꼭 안아 등을 토닥여 주었다.

"나, 안 어울려?"

"응?"

"이 옷 말이야. 나한테 안 어울려?"

"제리, 갑자기 무슨 소리야?"

"첫째 도련님이 이 안 어울리는 드레스를 입어서 그런 거라고 하셨어."

고약을 바르던 앤의 손이 멎었다.

"정말? 그런 소리를 하셨다고?"

"그래."

"그런 말을 하실 분이 아닌데."

"……."

"도련님이 그런 말을 하는 거 정말 본 적이 없어."

"나한테는 그랬어."

"알았어, 알았어."

비올렛이 억울한 듯 말하자 앤이 그녀를 달래 주었다. 그렇지만 여전히 마음은 달래지지 않았다.

며칠간 비올렛은 방에서만 지냈다. 후작 부인의 명령이 있었는지 다행히 그 누구도 비올렛을 찾지 않았다. 그녀는 방에 틀어박힌 채 무릎을 꼭 쥐고 미운 어린 남편에게 분노를 불태웠다.

하드퍼드 백작 부인이 사라질 때까지는 이곳에 있을 생각이었다.

그러나 비올렛은 의외의 인물의 호출에 강제로 바깥에 나가야 했다.

"어쩐 일이세요?"

"들어라."

에셀먼드가 자신의 짐을 비올렛에게 주었다. 비올렛은 기가 막혀 눈만 깜빡거렸다.

"오늘도 뒷산에 갈 거다."

"……이거 왜 저한테 시키세요. 저번부터 여쭤보고 싶었는데, 왜 자꾸 혼자 다니세요. 시종이라도 있어야 하는 거 아니에요?"

그러고 보니 저 사람, 아직 여덟 살인데, 저렇게 혼자 돌아다녀도 되는 건가? 무슨 일이 있으면 어떻게 하려고. 에르멘가르트 가는 대체 무슨 만용으로 저 어린아이를 혼자 돌아다니게 한단 말인가.

"잔소리가 많다. 이 도시에 나를 해칠 사람은 없다."

"……잔소리 아닌데요. 저 말고 다른 시종 찾아가라는 소리였어요."

"너로 정하겠다."

뭐, 이, 이런 사람이 다 있어?! 어리다고 봐줬더니 어린 남편은 참 막무가내였다. 에셀먼드는 반박 따윈 받지 않겠다는 듯 걸어가 버렸다.

"저, 저기요, 도련님!"

"어려서부터 시종 없이 아무것도 못 하는 어리석은 귀족은 되지 말라고 하셨다."

"……."

"그건 무능해지는 지름길이라고. 남의 시중에 익숙해지면 탈이 난다."

"……."

"시종을 들이지 않는 건 그 때문이야."

에셀먼드는 비올렛을 바라보며 말했다. 비올렛은 황당해졌다.

에셀먼드가 시종도 없이 이렇게 혼자 행동해야 하는 건 애석하고 안쓰러운 일이었다. 하지만…….

"그래서 왜 갑자기 시종을 정했는데요!"

지금 본인의 말이 모순된다는 건 알고 있는 건가?

이 고집불통 꼬맹이는 도통 대답해 주지 않았다. 비올렛은 이를 악물며 에셀먼드를 따라가야 했다. 그가 간 곳은 예의 그 뒷산이었다. 뒷산 참 좋아해 진짜. 그렇게 좋아하는 뒷산에 왔음에도 비올렛은 냉소적으로 생각했다. 지금은 모든 게 다 미워 보였다.

비올렛은 짐을 내려놓은 채 쭈그려 앉았다. 검이라도 수련할 생각이겠지. 그녀는 에셀먼드를 돌아보지도 않은 채 이내 무릎에 얼굴을 파묻으며 생각에 잠겼다. 그냥 돌아가 버릴까. 역시 자신을 사랑해 주는 남편이 있는 곳으로 가는 게 좋을지도 몰랐다.

아니 거기 가서도 드레스가 안 어울린다는 소리나 듣겠지. 저치가 커서도 똑같지, 얼마나 달라지겠는가. 그렇게 생각하다 비올렛은 문득 아무 소리도 나지 않는 걸 깨닫고 고개를 들었다.

"왜 아무 소리도…… 우왁!"

비올렛은 답지 않게 비명을 질렀다. 에셀먼드가 바로 옆에 걸터앉아 있었기 때문이었다.

"뭐, 뭐예요!"

"……."

"검, 수련 안 하세요?"

"검을 수련하러 나온 거 아니다."

"그러면요?"

"그냥……."

에셀먼드는 말끝을 흐리며 비올렛의 얼굴을 바라보았다. 그녀가 알던 에셀먼드도 말을 다 하지 않는 성격이었지만, 어렸을 때도 이럴 줄이야. 비올렛은 속이 터질 것 같았다.

"춤 연습하러 나온 거다."

"엥?"

"너는 내 예동이니까."

쥐어짠 변명치고는 형편없었다. 비올렛은 듣는 둥 마는 둥 하며 앞을 보았다. 그가 조금 편해진 건지 이런 무례에도 에셀먼드가 그녀를 해치지 않을 거라는 확신이 있었다.

"제리."

"……."

비올렛은 처음으로 에셀먼드가 이곳에서 자신의 이름을 부르자 움찔했다.

"내 말이 들리지 않는 건가?"

"들려요. 알고도 무시하는 거예요."

비올렛의 말에 에셀먼드는 할 말을 잃은 표정을 지었다.

"내게 화가 난 건가?"

"네."

"왜지? 널 때린 건 내가 아니다."

"백작 부인은 당연히 화나요. 그리고 도련님한테도 화가 나고요."

"내게는 대체 왜?"

"드레스가 어울리지 않는다고 했으니까요. 그래서 맞은 거라고 말했으니까요."

비올렛은 그렇게 말하며 기다란 머리카락을 손으로 꼬았다.

"당신은, 항상 드레스가 어울리지 않는다고 해요."

"나는…… 항상 그런 말을 하지 않았어."

어린 에셀먼드가 당황한 표정으로 말했다. 그러나 비올렛은 에셀먼드의 얼굴을 쳐다보지 않았다. 의도적인 무시. 이것은 비올렛의 거절이었다. 다정하게 눈을 마주쳐 오며 미소를 짓는 소녀. 누구도 신경 쓰지 않는 손의 상처에 호호 숨을 불어 넣어 주는 다정한 소녀의 외면.

에셀먼드의 입술이 살짝 떨렸다.

"어울리지 않는다는 게 아니야."

"네?"

비올렛이 돌아보자, 에셀먼드는 굳은 표정으로 비올렛을 보고 있었다. 에셀먼드에게 느껴지는 조바심에 비올렛이 눈을 크게 떴다.

"그냥, 싫었다."

"뭐가요?"

"……."

에셀먼드는 침묵을 지켰다. 비올렛은 눈을 깜빡이며 에셀먼드를 보았다. 이번에는 에셀먼드가 비올렛의 시선을 외면한 채 하늘만 보고 있었다.

"뭐가 싫었는데요."

"……."

"저, 에드?"

"너는 왜 나를 자꾸 에드라고 부르지?"

비올렛은 에셀먼드의 말에 입을 꾹 다물었다.

"귀족가의 이름을 함부로 부르는 평민은 없어."

"알았어요, 안 부를게요."

비올렛의 말에 에셀먼드가 입을 다물었다.

"너는 대체 뭐지?"

"……."

"너는, 평민이 아닌 것 같다."

에셀먼드가 비올렛을 관찰하듯 바라보자 비올렛이 딴청을 피웠다.

"집사의 친구의 딸이라고 하던데 정말이냐?"

"정말이에요."

그렇게 말하며 보는 에셀먼드는 어린 꼬마였지만 관찰하는 눈빛이 제법 매서웠다.

"그것보다 도련님, 아까 싫었다는 게 무슨 말이에요?"

"……화가 풀린 거 아니었나?"

"무슨 소리예요. 아직 아무 말도 못 들었는데."

"어울리지 않는 게 아니라고 솔직하게 말하며 사실을 정정했다."

에셀먼드의 말에 비올렛은 황당하다는 표정을 지었다. 어디서부터 이 사람을 가르쳐야 할까.

"정정해도 마음이 상한 건 변하지 않아요. 그리고 솔직하신 것도 아니고. 왜 거짓말을 하신 건데요?"

비올렛이 입술을 삐쭉였다.

"네가…… 그냥 거기서 웃고 있는 게 싫었다."

그게 무슨 말이지? 비올렛은 자신도 모르게 입을 벌렸다. 설명을 요구하는 듯한 비올렛의 얼굴을 보며, 에셀먼드가 낮은 목소리로 말했다.

"정말이다. 이유는 몰라. 그냥 싫었다."

"……."

"그래서 어울리지 않는다고 말했다. 그래서…… 그래서 맞은 거라고 네게 말했다."

"……."

"잘못했다. 분명 네게 해서는 안 되는 말이었다."

툭 뱉듯 말하며 고개를 돌린 에셀먼드를 보며 비올렛은 그가 제 나이처럼 보이는 구석을 발견했다. 심지어 그가 '사과'까지 했다. 그냥 하는 말은 아닌 듯 진심이 느껴졌다.

비올렛의 마음은 이미 사르르 풀렸으나 그녀는 일부러 퉁명스러운 말투로 물었다.

"그러니까, 혹 제가 에이든 도련님께 웃어 주고 있어서 싫었다는……?"

"……."

아니라면 아니라고 부정할 법도 한데 부정하지 않았다. 비올렛은 눈을 크게 떴다. 어딘지 모를 희열이 들었다.

"도련님, 저한텐 도련님이 제일이에요!"

"뭐?"

갑자기 비올렛의 어투가 다정해지자 에셀먼드는 의아한 표정을 지었다.

"사고뭉치 에이든 도련님은 싫어요. 첫째 도련님이 제일이야."

"……."

"정말이에요."

비올렛은 진심을 담아 눈을 반짝이며 에셀먼드를 보았다. 그가 조금 더 컸다면, '네가 나의 뭘 보고?'라는 말로 반문하거나, 거짓이라고 치부했겠으나, 에셀먼드는 여덟 살. 그는 아직 단순한 아이였다. 짙푸른 눈에 생기가 서렸다.

"정말?"

"정말."

"내가 첫째라서 그런 게 아니라?"

"아니에요. 도련님이 길 잃은 거 구해 주셨잖아요. 다리도 빼 주고. 말도 태워 주고."

비올렛이 필사적으로 그럴듯한 이유를 끄집어내자, 에셀먼드의 두 뺨이 빨갛게 달아오르며, 푸른 눈동자가 흔들렸다. 순식간에 무표정한 얼굴에 생기가 서렸다. 비올렛은 그것이 기뻤다. 그러면서도 서글펐다.

"드레스가 안 어울린다는 게 그런 의미였어요?"

"……."

비올렛은 드레스가 어울리지 않는다고 했던 에셀먼드를 떠올려 봤다. 어린 비올렛에게도, 그가 전쟁터에서 돌아온 후 벌어진 파티에서도, 또 어느 가을의 파티에서도. 에셀먼드는 그렇게 말했다. 비올렛은 항상 궁금했다. 그러나 이젠 대답을 알 수 있을 것 같다. 이 꼬맹이가 진실을 말해 주었으니까.

"거짓말쟁이네."

비올렛이 웃음기 어린 표정으로 말했다. 에셀먼드가 기분 나쁘다는 표정으로 비올렛을 바라보자, 비올렛이 에셀먼드의 손을 잡았다.

"사랑스럽게도 말이야."

비올렛이 아주 작게 중얼거렸다. 에셀먼드가 그 말이 무엇인지 곱씹기도 전에 비올렛이 그의 손을 쓰다듬었다.

"도련님, 그건 질투라고 하는 감정이에요."

"질투라니? 무슨 소리를 하는 거지?"

에셀먼드에게서 '질투'라는 감정에 대한 혐오가 느껴졌다.

"질투를 느낀다고 화가 나거나 부끄러운 게 아니에요."

"……."

"그냥, 제겐 솔직해져 봐요. 질투가 난다고 뾰족하게 말하면, 상처만 받거든요."

"상처 입었어?"

"네. 그동안 아주 많이."

비올렛이 속삭이는 듯 말했다. 그녀는 에셀먼드를 바라보았다.

그의 남편은 자신의 이야기를 잘 하지 않았다. 아주 간간이 듣는 정보가 전부였다.

다니엘은 자신이 후작가에서 동떨어진 사람이라고 말했지만 그건 에셀먼드도 마찬가지였다. 사랑이란 없는 척박한 곳에서 열심히 살아온 그였다.

감정 표현에 서투른 그가 할 수 있는 표현이라고는 한정적인 것이었을 테다. 그래서, 그는 미운 말을 했다.

"전 도련님이 좋아요."

비올렛은 진심을 담아 말했다.

"……알았어, 알았으니 안 그러겠다. 그런 말 하지 마."

그 말에 비올렛이 손을 놓았다. 조용한 정적, 비올렛의 얼굴은 온화한 미소를 띠고 있었다. 애정에서 비롯된 따스한 분위기에 좀처럼 적응할 수 없었던 소년은 수수께끼 같은 하녀 아이에게 물었다.

"너는 질투를 해 본 적이 있나?"

"당연하죠."

비올렛은 망설이지 않고 대답했다.

"누구를?"

에셀먼드의 물음에 비올렛은 소년의 얼굴을 뚫어져라 보았다.

새삼, 첫 만남 때보다 대화가 길어졌구나.

심지어 그는 자신에 대해 궁금해하며 알고 싶어 하고 있다. 비올렛의 마음이 따스하게 물들었다.

"……."

오랜 침묵에 소년의 얼굴이 찌푸려지자 비올렛이 웃음을 터트렸다. 맑은 웃음소리가 산에 퍼졌다. 비올렛은 치맛자락을 툭툭 털더니 자리에서 일어났다.

"도련님."

"……."

"춤춰요."

"응?"

"춤 연습하려고 저 부르셨다면서요."

"……."

"그러니까 어서 춤춰요."

에셀먼드에게 손을 내밀자, 그가 비올렛의 손을 잡았다. 따스한 온기가 느껴졌다.

"이게 내 대답이에요."

"뭐?"

비올렛이 빙그레 웃었다.

질투. 비올렛은 질투라는 감정을 너무 많이 느껴서 감히 질투를 느낀 대상을 하나로 정의할 수가 없었다. 비올렛은 자신과 다른 이들을 모두 질투했다. 특히 가장 질투한 이를 꼽자면, 에셀먼드의 약혼녀였던 패트리샤였다. 그리고 그다음으로 질투한 이는…….

"저 도련님 첫 춤 상대죠?"

아나블라였다.

그날, 모든 게 무너지고 어그러진 그 날엔 에셀먼드의 성년식이 열렸다. 남자의, 그것도 가문 후계자의 성년식은 크게 치러지곤 했다. 작고 상처 입은 소녀의 어둑한 마음과 반대로 그 무도회는 환상적으로 아름다웠으며, 후작가에는 반짝거리는 생기가 서렸다. 이때는 후작도, 이목을 고려해 하드퍼드 일가를 초대했다. 비올렛 역시도 그 연회에 참여했었다.

물론 그녀는 사람들 사이에 모습을 드러내지 않았다. 그저 숨어서 볼 뿐이었다. 연회에 참여한 에셀먼드의 상대가 된 아나블라를. 화려한 드레스를 입고 에셀먼드의 상대가 된 아나블라는 무엇보다 빛나고 아름다웠다. 그리고 성인으로서 인정받게 된 에셀먼드는 너무나 근사해 보였다. 빛나고 아름다운 것들의 조합. 그의 손을 잡고 그와 첫 춤을 추는 사랑스러운 아나블라. 그리고 속은 썩어 문드러진, 세상을 증오하는 성녀.

그녀는 못 볼 것이라도 본 듯 자리를 떠나 자신을 꽁꽁 숨겼다. 그 자리가 참을 수 없이 역겨워서라고 생각했다. 위선자들의 연회가 싫어서 피한 거라고 애써 위안했다.

그러나 이젠 안다.

그건 질투였다. 에셀먼드의 춤 상대를 질투한 것이었다. 그러고 보니 단 한 번도 남편과 춤을 제대로 춘 적이 없었다. 비올렛은 어린 남편을 보며 그 사실을 깨달았다.

결혼 연회 때도 그녀가 술에 취하는 바람에 춤을 추는 둥 마는 둥 했다. 그 전에도 주위 시선이 두려워 따로 춤을 추지 못했다.

에셀먼드는 이상함을 느끼지 못하는 것인지 손을 잡고 있었다. 뜬금없이 춤을 추자는 말에 의외로 그는 잘 응해 주었다.

"그러니까……."

비올렛이 몸을 움직이자 에셀먼드가 몸을 뻣뻣이 움직였다. 그렇게 몇 발을 떼자마자 비올렛의 설렘은 와장창 깨졌다.

"당신, 천재라면서요……."

비올렛이 떨리는 목소리로 말했다. 춤을 못 춘다는 건 진짜였다. 에셀먼드는 정말 교육이 필요했다. 어쩌면 진짜로 춤 연습 상대가 필요해 저를 데려온 것 같기도 했다.

"너야말로 천재 아닌가?"

"절대 아니에요."

발은 어찌어찌 따라오는 듯했으나, 몸이 뻣뻣하기 그지없었다. 제가 어릴 적 처음 춤을 배웠을 때보다 더 심했다.

"아뇨, 여덟 살이니 그래도 돼요. 사람이 못 하는 것도 있어야지. 여덟 살이니까."

에셀먼드가 뚱한 표정을 지었다.

"열 살이 되면 나도 너처럼 잘 될 거다."

비올렛은 웃음을 터트렸다. 그의 서투른 일면을 보니 비올렛은 왠지 행복했다. 이걸 보려고 내가 이곳에 남아 있었구나.

"너는, 이게 네 첫 춤인가?"

에셀먼드가 물었다. 비올렛은 자신의 첫 춤 상대를 떠올렸다. 붉은 머리카락을 지닌 화려하고 아름다운 미남자를. 아름다운 것을 좋아하고 세상을 사랑하던…….

"제리의 첫 춤이죠."

비올렛이 애매하게 말했다.

"우리 처음이라고 해요."

당신도 나도 그렇게 하자. 이미 벌어진 과거는 바꿀 수 없으니, 이게 자기만족이더라도 그렇게 여기자고. 비올렛은 다짐했다.

그의 춤은 어색하며, 낭만적이지도 않았다. 실이 풀린 마리오네트 인형처럼 삐걱거렸으니. 그러나 그의 서툰 모습을 볼 수 있는 사람은 오로지 자신이었다. 처음이다. 진정 처음이기에 서투른 법이다. 그래서 비올렛은 그에 만족했다.

한 바퀴 춤이 끝난 후 비올렛은 자리에 걸터앉았다.

"도련님 진짜 춤 못 추시네요."

"……."

"거스름돈도 모르는 줄 알았는데."

"거스름돈?"

"아뇨, 아무것도."

비올렛이 웃으며 고개를 젓자 기분 나쁜지 에셀먼드가 눈썹을 찌푸렸다.

"나쁜 거 아니에요. 서투른 것도 나쁘지 않잖아요."

"……네가 연습을 도와."

에셀먼드의 말에 비올렛이 고개를 끄덕였다.

"이제 내려가야겠어요."

"……."

"도련님?"

"조금만 더 이대로 있다 가자."

"……."

비올렛은 의아한 표정으로 에셀먼드를 바라보았다. 에셀먼드는 성을 바라보며 말했다.

"가기 싫다."

"왜요?"

"……."

"또 아무 말도 안 해 주실 거예요?"

"나는…… 싫다."

"뭐가요."

"고모님이."

비올렛은 눈을 동그랗게 떴다. 에셀먼드 입에서 노골적인 말이 나온 건 처음이었다. 아직 하드퍼드 백작 부인이 성에 체류하고 있었다. 지금 그녀가 있는 곳이 싫다는 소리일까? 비올렛은 시험하듯 물어봤다.

"고모님이시잖아요."

"그게 무슨 상관이지? 넌 바보인가? 네 뺨을 때린 사람이다."

에셀먼드의 어투는 짜증스러웠다. 춤의 여운 때문일까, 비올렛의 말 때문일까. 에셀먼드의 감정은 다소 직설적이었다.

"원래부터 싫어했어요?"

"지금은 더 싫다."

"왜요?"

"올 때마다 어머님의 표정이 흐려지니까."

"……."

"그리고 내 사람에게 함부로 손을 댔으니까."

"내 사람이라니 저요?"

"에르멘가르트 가의 사람이라는 뜻이다."

에셀먼드가 딱딱하게 말했다. 비올렛은 웃음기 어린 표정을 애써 참으려고 했다. 에셀먼드가 감정을 드러내지 않는다고 해서 아예 사라진 것은 아니었다. 비올렛은 자신의 실수를 깨달았다.

"도련님."

"……."

"가족들이 소중해요?"

다소 건방진 질문이었다. 비올렛은 일부러 딴청을 부리며 말했다.

"저는 소중한데, 도련님 같은 분들은 어떤지 궁금해서요."

"소중하다."

망설이지도 않고 나온 말이었다. 비올렛은 오늘 에셀먼드의 진심을 알 수 있었다. 비올렛은 더 묻지 않았다. 그것만으로도 충분했다.

"왜 웃지?"

"아니에요, 아무것도."

차가운 얼음 같다는 그는 역시, 따뜻한 사람이었다. 그에게 혈연과 가족의 의미가 엄연히 다르다는 것을, 비올렛은 새삼 깨달았다.

서재를 정리하기 위해 들어간 비올렛은 에셀먼드가 많은 책을 들고 방으로 걸어가는 것을 보았다.

"책 주세요, 도련님!"

그러나 에셀먼드는 비올렛의 말을 무시하며 걸음을 재촉했다.

손 저대로 둬도 괜찮나? 또 손이 불편한 건가? 비올렛은 얼른 에셀먼드에게 뛰어가 책을 낚아챘다.

에셀먼드가 말없이 비올렛을 보았다. 대체 무슨 짓이냐고 묻는 표정이었다.

"무겁잖아요."

에셀먼드가 비올렛이 낚아챘던 책을 다시 가져갔다.

"무거운데…… 네가 왜."

"저 이런 일 하는 사람이잖아요."

"……."

비올렛의 말에 에셀먼드는 입을 다물었다. 비올렛은 그가 못마땅해하는 걸 알았다.

"자, 주세요. 기껏 나은 손 또 다치시면 어떻게 해요."

"다 나았어. 난 약하지 않다."

에셀먼드가 퉁명스럽게 말했다. 비올렛은 고개를 갸웃했다.

"도련님?"

"쓸데없이 돕지 마. 이 정도는 내가 할 수 있다."

에셀먼드는 쌩하고 가 버렸다.

"도련님, 도련님!"

비올렛은 에셀먼드를 몇 번 부르다가 결국 웃음을 터트렸다.

"진짜, 애라니까."

진짜로 이젠, '어른'이라고 생각했던 에셀먼드가 왜 그랬는지 이해할 수 있을 것 같았다.

"아깝구나."

후작 부인의 얼굴에 살풋 수심이 어렸다. 비올렛은 드레스를 입은 채, 후작 부인이 리본을 매어 주는 것을 얌전히 기다리고 있었다. 느슨히 땋은 양 갈래 머리에는 크림색 리본이 달려 있었다.

"입으면 이렇게나 귀족 같은데."

"무슨 소리세요, 마님."

비올렛은 고개를 저었다. 후작 부인은 씁쓸한 표정을 지으며 비올렛의 뺨을 매만졌다. 후작 부인이 딸을 낳았다면 그녀는 행복해졌을까? 에셀먼드도 다니엘도 그녀가 외면했던 자식들이라면. 그녀가 원했던 이상적인 가정 내의 자식이란 에이든이나 '딸'이었던 것일까.

비올렛은 자신의 옆에 있는 에이든을 보며 생각했다. 하루 종일 다니엘의 간병을 하고 기분 전환으로 제리의 옷을 갈아입히며 없는 딸을 생각하는 후작 부인. 누구에게나, 사용인에게마저 친절하고 나긋한 후작 부인. 그러나 비올렛은 이 여자를 연민할 수밖에 없었다. 베오른 후작이 사랑하는 이를 그렇게 만들었고, 후작 부인이 그것을 방관했다. 그리하여 에셀먼드는 감정이 제대로 자라지 못했다. 사실 누구보다 감정이 풍부한 사람인데. 그는 자신의 감정을 항상 외면했고, 그렇게 차가운 사람이 되어 갔다.

똑똑, 노크 소리에 비올렛은 뒤를 돌아보았다. 에셀먼드가 서 있었다.

"어머님을 뵙습니다."

그는 정중하게 인사를 한 뒤 에이든과 함께 서 있는 비올렛을 바라보았다.

'오늘 하루는 어땠어요? 다치진 않았나요? 고생했어요.'

그렇게 눈으로 말을 건네며 웃자, 언제나 방 문가에 서서 인사했던 에셀먼드가 비올렛에게 다가왔다.

여느 때처럼 그녀를 무시할 거라 생각했는데, 왜 이러지? 비올렛이 움찔했다. 후작 부인 역시 놀란 표정이었다.

에셀먼드는 비올렛과 눈을 마주치며 그녀의 앞까지 다가가 에이든의 머리를 만졌다. 아, 에이든을 보러 온 모양이구나. 비올렛은 반사적으로 뒤로 물러난 자신이 부끄러웠다.

"횽아!"

처음으로 다가와 머리를 쓱쓱 만지는 에셀먼드가 좋았는지 에이든이 그의 허리를 꽉 끌어안았다.

"오늘은 무엇을 했지?"

"제리랑 놀았어. 제리가 나보고 멋진 기사가 될 거라 했어."

아이들의 과장이란. 비올렛은 고개를 설레설레 저었다. 칼을 휘두른다기에 어머, 그럼 기사가 되시겠네요, 라고 말한 게 전부였다.

에이든의 그 말에 어째서인지 에셀먼드는 머리를 쓰다듬던 손을 뚝 멈추고 비올렛을 보았다.

또 무언의 비난이 어린 시선이다.

진짜 기사가 되는 거라 심지어 거짓말을 한 것도 아니었다. 비올렛은 억울함을 느꼈다.

"형, 놀아 주라."

"오늘도 공부해야 해."

"치, 형 재미없어."

에이든은 뾰로통한 표정을 짓다 에셀먼드가 다시 머리를 쓰다듬어 주자 헤실헤실 웃었다. 그는 후작 부인에게 꾸벅 인사하더니 방을 나섰다.

후작 부인은 아직까지도 자신의 눈앞에서 벌어진 일을 믿지 못하는 눈치였다. '에셀먼드가 에이든의 머리를 쓰다듬고 갔다.' 사실 잊어버릴 만한 일이었지만 에이든은 '형이 내 머리 쓰다듬어 줬어!'라고 소리침으로써 방금 보았던 게 거짓이 아니라는 것을 증명했다.

"내가 헛것을 본 거 아니지?"

"네, 아니에요."

"말도 안 돼, 에드가……."

"에이든 도련님을 나름 아끼시던데요. 가끔 머리도 쓰다듬으시고."

비올렛의 말에 후작 부인이 의아한 표정을 지었다. 그때, 쿠구궁, 하며 땅이 작게 진동하는 소리가 들렸다.

"제리, 네 아버지가 일주일 후에 널 데리러 온다는구나."

비올렛은 집사의 말을 듣고 입술을 깨물었다. 잊고 있었는데, 작별의 시간이 다가온 모양이었다.

이 시간이 끝날 것은 알고 있었다. 비올렛은 제리라는 인물을 생각했다.

이게 신의 농간이라면, 대체 어떻게 제리라는 인물을 만들 수 있었을까?

신은 존재하기만 할 뿐 이런 것에 개입하지 못하는 게 아니었나? 인물을 만드는 것도 그냥 '운명'을 만드는 건데?

게다가 과거 속의 제리가 어떻게 비올렛의 얼굴을 가지고 있던 거지? 비올렛은 의문이 들었다.

"가지 마, 제리야."

앤이 벌써 서운한 얼굴을 했다. 앤은 비올렛의 손을 잡은 채 집사에게 말했다.

"아버지, 제리를 그냥 여기 있게 하면 안 돼요? 제리가 얼마나 착하고 일도 잘하는데요. 또 교육도 잘 받았잖아요."

"그건 안 된다. 제리도 제리의 아버지를 만나야 하잖느냐. 우리도 이제 수도로 올라가야 할 때야. 주인 어르신도, 마님도 수도를 너무 오래 비우셨다. 주인님께서 채비를 하라고 하시더구나."

"……수도로 안 갈 거예요."

앤이 고집스럽게 말했다. 절대 투정 부리지 않는 어른스러운 사람인 줄 알았는데, 앤은 정말이지 제리를 마음에 들어 했었나 보다. 비올렛은 앤이 정말 좋았다. 다시 만날 수 있다는 것을 알고 있지만, 괜히 코가 시큰거릴 정도였다.

"고집부리지 말고, 앤."

"왜 사람은 헤어져야만 해요? 제리도 데려가요. 제리는 잘 할 거예요. 마님도 얼마나 제리를 예뻐하시는데요."

"앤, 이건 우리가 어떻게 할 수 없는 일이란다."

집사의 말에 앤은 훌쩍이며 울었다. 비올렛은 앤의 어깨를 두드렸다.

"울지 마. 우린 또 만날 수 있을 거야."

겨우 한 달 남짓 이곳에 묵었다. 그 인연이 평생 지속되기 매우 어렵다는 것은 앤이 더 잘 알고 있을 것이다.

"일주일 동안 더 잘 지내면 되지. 나 글도 알고 있으니까 편지도 하자."

다시 만날 수 있을 것이다. 형태는 다르겠지만 말이다. 비올렛은 앤의 검은 머리카락을 쓸며 웃었다. 아쉬운 것은, 미래의 앤은 비올렛과 이렇게 스스럼없는 동무 사이가 되지 못한다는 것이다. 아무리 격의 없어도 그들 사이에 신분이 있다는 건 변함이 없었다. 과거에도 변함없는 그녀의 모습을 보니, 비올렛은 앤에게 더욱 고마운 마음이 들었다.

"우린, 계속 함께할 수 있을 거야."

돌아갈 때가 다가와서일까. 비올렛은 이상한 꿈을 꾸고 있었다. 아주 어렸을 적, 꽃의 거리에서 맞아 쓰러져 있을 때의 꿈이었다.

그때는 눈물도 말라붙어 버려 비올렛은 그저 이 시간이 끝나고 또 내일이 다가오면 무슨 일을 해야 할지 생각했다. 죽음이란 어린아이에게 너무 무서운 영역이었기에 차마 죽을 생각도 하지 못했다.

그때 누군가가 문을 열고 들어왔다. 그 빛 속에 서 있는 실루엣을 자세히 보니 그것은 어른인 에셀먼드였다. 그녀가 알고 있던 남편의 모습이다.

에셀먼드의 얼굴은 잘 보이지 않았다. 그러나 단 하나 확실한 것은 그가 그 커다란 손을 달달 떨며 어린 비올렛을 안고 울고 있었다.

'울지 말아요.'

비올렛은 그렇게 말하고 싶었다. 하지만 어린 그녀는 덜덜 떨기만 했다. 갑자기 자신을 안아 오는 남자가 너무 무섭고 두려워서 도망가려 했다. 그러나 이내 어린 비올렛은 그의 품에서 안정을 되찾았다.

비올렛은 눈을 떴다.

오랜만에 꿈속에서 보는 그의 얼굴을 떠올리며 그녀는 미소 지었다. 웃고 있는 모습을 보고 싶었는데 그녀를 끌어안고 우는 모습을 보다니. 그가 우는 것을 바라기라도 한 걸까. 말다툼을 벌이고 그대로 울다 잠이 들었는데, 그래서 그도 울기를 바랐던 것일까? 알 수 없었다.

문득 어린 에셀먼드가 보고 싶었다. 그는 또 산에서 수련을 하고 있을까? 창을 보니 해가 곧 떠오르는 새벽이었다.

이 시간이면 연무장에 갔을지도 모르겠다. 비올렛은 바깥에 나갔다.

성이 워낙 넓어 시간이 꽤 지나, 도착한 연무장은 비올렛의 예상과 다를 바 없는 풍경이었다.

뛰고 있는 기사들을 보며 비올렛은 과거를 떠올렸다. 아주 이전, 비올렛 역시도 저택과 성 내의 연무장에서 따로 수련을 받았던 적이 있었다.

그러고 보니 그때도 에셀먼드는 연무장에 자주 들러 무언가를 챙겨 가곤 했었다. 그래서 화살에 손가락을 다쳤을 때도 에셀먼드가 제일 먼저 발견한 것 아니었나.

어쩌면, 에셀먼드가 자주 온 것은 자신을 염려했기 때문이 아니었을까. 지금의 자신이 그렇듯이 말이다.

비올렛은 멀리서 뛰는 에셀먼드를 발견했다. 단련을 하는 그의 모습을 한참 동안 바라보다 비올렛은 자리를 떠나려고 했다. 그러나 의외의 인물을 발견하고 그쪽에 시선을 고정했다. 후작 부인이 서 있었다.

"……."

얼굴이 육안으로 보일 정도로 가까운 거리에 있었으나, 그녀는 비올렛을 발견하지 못했다. 하녀들도 대동하지 않고 단신으로 온 그녀는 복잡한 얼굴로 아들인 에셀먼드에게 시선을 고정하고 있었다.

홀로, 편한 차림을 한 채 새벽부터 연무장을 찾아온 후작 부인.

비올렛은 후작 부인이 그를 지켜보는 게 이번 한 번 만이 아닐 거라는 확신에 가까운 생각이 들었다. 후작 부인은 에셀먼드를 보다 괴로운 표정을 짓곤 등을 돌려 돌아가 버렸다.

어째서 이들은 어긋나 있을까. 그녀도 아이를 낳으면 저런 실수를 범하게 될까? 아니면, 자신 역시도 정이 없는 에셀먼드같은 아이를 기르게 되는 것일까.

비올렛은 알 수 없는 두려움을 느끼며 후작 부인과 에셀먼드를 번갈아 바라보았다. 그때, 에셀먼드와 그녀의 눈이 마주쳤다. 비올렛은 에셀먼드에게 손을 흔들었으나, 그는 시선을 외면하듯 몸을 돌려 버렸다. 하지만 금세 비올렛을 힐끔 또 바라보며 뛰어갔다. 비올렛은 그에 웃음을 터트렸다.

오늘의 후작 부인은 비올렛을 정말 제대로 작정하고 꾸며 주려는 듯했다. 비올렛은 여태껏 봤던 것 중 가장 화려한 드레스를 입고 보석 목걸이와 귀걸이까지 걸쳤다.

열 살의 비올렛은 어찌 되었든 드레스를 입을 운명인 듯했다. 그리고 에셀먼드에게 드레스가 어울리지 않다는 소리나 듣는 것도 운명…….

비올렛의 얼굴이 와그작 구겨졌다.

에이든은 요새 어머니가 비올렛을 꾸며 줄 때 기분이 좋다는 걸 습득했는지, 아주 얌전하게 눈을 빛내며 비올렛을 보고 있었다.

“걸어 보겠니?”

비올렛이 옷차림을 정돈하며 조심스럽게 발을 뗐다. 그러자 그녀가 비올렛을 보며 만족스러운 표정을 지었다.

“걷는 것도 제대로 못 하는 이들이 많다는 거 알고 있니? 어디서 이런 걸 배운 거니?”

“그냥, 아시는 분이 가르쳐 주셨어요. 하나라도 제대로 배우면 도움이 될 거라고…….”

“너는 다른 귀족들보다 완벽해.”

“칭찬해 주시니 감사합니다.”

"정말이야. 널 떠나보내는 게 아쉬워. 이렇게 고귀한 태가 나는데."

그렇게 말하는 후작 부인이 현기증이 난 듯 살짝 비틀거렸다. 후작 부인의 얼굴은 창백해 보였다. 지금 그녀는 분명…….

"괜찮으세요?"

"괜찮단다. 어제 의원도 다녀갔어."

비올렛은 후작 부인이 병으로 죽는다는 것을 다시 깨달았다. 그리고 그녀의 죽음을 막을 수 없다는 것도.

후작 부인은 에이든이 겁을 먹을까 염려했는지 태연한 표정으로 말을 이었다.

"그래도 네가 와서 다행이야. 그간 너무 즐거웠단다."

"……."

"다니엘의 일만으로도 나는 마음의 여유가 없었거든. 그래서 어떤 것도 할 수 없었지. 하지만 네가 와서, 딸이 오면 해 주고 싶었던 걸 할 수 있었어."

후작 부인은 비올렛의 머리카락을 쓰다듬었다.

"딸이 있었으면 했는데."

"……."

"그런 작은 소원마저도 신은 들어주지 않는구나."

신은, 그런 걸 들어주는 존재가 아니니까요. 비올렛은 속으로 말했다. 이 과거 역시 그랬다. 이곳으로 끌어와 놓고서 무엇이든 변하지 못하게 제약을 걸었다. 변하면 돌아간다고 말하면서.

"하지만 멋진 도련님들이 계시는걸요. 마님, 저는 이곳의 하녀일 뿐이에요. 감히 이런 옷을 입을 자격도 없는……."

비올렛은 겸손한 표정으로 말했다. 후작 부인은 생긋 웃을 뿐이었다.

"둘째 도련님은 안 봬서 모르지만 에이든 도련님이 얼마나 다정하시고 의젓하신데요."

꾸벅 졸고 있던 에이든이 자신을 부르자 헤실 웃었다. 후작 부인의 사랑을 듬뿍 받은 에이든은 에셀먼드와 달리 환하게 웃는 법을 알고 있었다.

"둘째 도련님의 병세는 곧 좋아지실 거예요. 분명 그럴 거고요."

다니엘의 이야기를 하자 그녀의 얼굴이 어두워졌다.

"그랬으면 좋겠구나. 착한 아이야."

주인집의 아들들을 이야기하는데도 후작 부인은 비올렛을 비난하지 않았다.

"그리고 첫째 도련님은……. 첫째 도련님은……."

"말하지 않아도 안단다. 그 아이는 아주 완벽하지."

비올렛은 고개를 흔들며 말했다.

"첫째 도련님도 얼마나 다정하고 따뜻하신 분인데요."

"그 애가 다정하다고?"

후작 부인은 의외의 말을 들은 것처럼 말했다.

"물론이죠. 제가 심부름을 가다가 산에서 발을 삐었는데 제 손을 잡고 산을 같이 내려가 주셨어요. 저는 하녀라서, 버리고 가도 되었을 텐데요."

"……그 애가?"

믿기지 않는 표정이었다. 비올렛은 억울해졌다. 왜 자기 자식에 대해서 제대로 알지 못하는 걸까. 그러나 그런 표정은 짓지 않은 채, 비올렛은 미소 지으며 마치 어린아이가 비밀 없이 털어놓는 것처럼 해맑게 말했다.

"그때, 백작 부인께서 제게 체벌을 가하셨을 때도 저를 감싸 주셨어요. 거짓말을 하면서요."

"그건 나도 알고 있단다."

"게다가 그분이 거짓말을 하면서까지 마님을 감싸 주셨다니까요. 정말 따뜻하신 분이시죠. 사실, 외람되지만, 그분은 백작 부인을 좋아하지 않는다고 하셨어요. 마님의 얼굴이 찌푸려져서 싫대요."

"에드가……."

"가족들을 사랑한다고 하셨어요. 그래서 노력하고 계시나 봐요."

사실 그렇게까지 말하지 않았지만, 비올렛은 과장을 조금 더 보탰다. 그것이 에셀먼드의 진심이니까. 후작 부인은 혼란스러운 표정이었다.

"네가 어리니까, 같은 또래니까 네게는 털어놨던 모양이구나."

"……그런 건가 봐요."

후작 부인은 에셀먼드가 그녀에게 솔직해졌다는 데 크게 의의를 두지 않았다. 어린아이의 이성애를 논하기엔 비올렛과 에셀먼드는 지나치게 어렸기 때문이었다. 대신 후작 부인은 아주 조심스럽게 물었다.

"제리, 에드가 또 네게 말한 게 있니?"

"아……."

비올렛은 생각하더니 얼굴을 찌푸리며 말했다.

"제가 입은 드레스가 안 어울린다고 했어요."

"……정말로?"

"하녀인 제가 드레스를 입는 게 그렇게 못마땅하신가 보죠. 정말이지."

비올렛은 이때만큼은 정말 진심이 되어 투덜거렸다. 그녀의 얼굴을 본 후작 부인은 살짝 미소를 지었다.

“감정이 없을 거라 생각했는데 그 녀석이 그런 못된 말도 하는구나.”

“그럼요.”

비올렛이 거들었다. 그때 똑똑, 노크 소리가 들렸다.

“에드로구나.”

후작 부인이 말했다. 비올렛은 새삼 깨달았다.

이 시간이 에셀먼드가 오는 시간이라는 것을 아는 것도 후작 부인이 아들에게 주었던 관심이었다.

문이 열리고, 에셀먼드는 들어오다 비올렛을 흘낏 바라보더니 후작 부인에게 시선을 고정했다.

“어서 오렴.”

에셀먼드가 말하기 전에, 후작 부인이 이야기했다. 이전에는 시선조차 주지 않던 후작 부인이었지만, 오늘은 달랐다.

“이리 가까이 오렴.”

후작 부인은 심지어 에셀먼드에게 다가오라고 말했다. 에셀먼드는 의아한 표정이었다. 후작 부인이 미소를 지었다.

“에드, 방금까지 네 이야기를 하고 있었단다.”

“…….”

“내가 입힌 드레스가 저 아이에게 안 어울린다고 했다더구나.”

“……죄송합니다.”

에셀먼드는 부정하지 않고 조용히 사죄했다. 비올렛은 그에 좀 억울해졌다.

잠깐, 이건 꼭 애정을 믿고 깝치는 입양아가 친자식을 곤란에 빠트리는 동화 속 새언니 같은 위치가 아니던가?

그런 거 아니에요! 졸지에 에셀먼드를 모함해 버린 배은망덕한 비올렛은 당황해서 에셀먼드에게 눈빛으로 그것을 전달하려 했다.

하지만 야속하게도 에셀먼드는 시선 하나도 주지 않았다.

“오늘도 저 아이에게 드레스가 어울리지 않니?”

에셀먼드가 비올렛을 바라보았다. 억울하다는 비올렛의 시선을 아는 건지 모르는 건지 에셀먼드는 태연하게 비올렛의 옷을 훑어보았다.

“거짓은 말 못 합니다. 안 어울려요.”

아 정말, 진짜. 그 말에 비올렛은 또 화가 났다. 방금 일러바친 걸 복수라도 하겠다는 건가? 다음에는 안 그러겠다면서!

“이 아가씨에게 그 정도 말도 못 해 주니?”

“하녀는 아가씨가 아닙니다. 거짓을 말해야 하는 의무는 없습니다.”

에셀먼드의 말에 후작 부인이 놀랍다는 표정이 되었다. 그는 에셀먼드의 고집스러운 대답이 의외라고 생각하는 듯했다.

“저 아이에게 나름 속내도 털어놓은 것 같던데.”

에셀먼드가 비올렛의 얼굴을 홱 바라보자 비올렛이 딴청을 피웠다. 저 둘이 어떤 관계인지 확연히 알 수 있는 모습에 후작 부인은 피식 웃었다.

“너무 화내지 말렴, 에드. 이틀 뒤에 떠나는 아이잖니.”

일순, 에셀먼드가 눈을 크게 떴다. 살짝 벌려진 그의 입이 다시 딱딱하게 다물렸다. 어린 에셀먼드는 충격을 능숙하게 숨겼다.

그는 이를 악물 듯 말했다.

“안 어울립니다, 정말로.”

에드……. 당신은 정말 내가 드레스를 입는 걸 싫어하는 군요……. 이 순간 떠난다는 그녀의 소식을 듣고 서운함을 내비치는 것보다 드레스가 안 어울린다는 말을 하는 것에 비올렛은 이제 화도 나지 않았다.

"아냐, 제리는 예뻐."

에이든이 다가와 에셀먼드의 손을 잡으며 말했다. 에셀먼드는 다시 에이든의 머리를 쓰다듬었다.

"거짓은 말하는 게 아니다."

"알았어, 그럼 이제부터 제리는 못생겼어!"

이 형제들이 지금……. 비올렛이 입술을 내밀었다.

후작 부인이 결국 웃음을 터트렸다. 만개한 꽃과 같은 웃음에 어두웠던 방이 환하게 물들었다.

그때, 비올렛은 어딘가가 무너지는 느낌을 받았다. 이전에도 느꼈던 진동이었다. 비올렛이 겁을 먹은 듯 주위를 보았지만 에셀먼드도, 에이든도, 후작 부인도 진동 따윈 느끼지 못한 듯 평온했다. 이것은 그녀만 느끼는 진동이었다.

"제리, 네가 남아 준다면 정말 좋을 텐데."

후작 부인이 아쉬운 듯 말했다.

"제리 어디 가?"

"네, 도련님. 못생긴 제리는 이제 곧 떠난답니다."

에이든의 대답에 비올렛이 퉁명스럽게 대답하자 에이든이 가지 말라며 애교를 부렸다.

"여기서 일할 생각은 없는 거니? 집사가 어제 네 칭찬을 해 왔단다. 집사도 계속 네가 묵길 바라는 모양이던데, 너를 수도로 데려갈 수도 있어."

집사님이 말은 그렇게 했어도 딸의 부탁을 들어주려 열심히 노력하시고 계시는구나. 비올렛은 집사의 마음에 조금 감동했다.

"수도로 가면 기회가 많을 거란다."

"아니에요, 정말로 괜찮아요. 상냥하신 마님, 정말 감사드려요."

"내가 정이 들어서 그래."

후작 부인의 말은 정말로 고마운 것이고, 제가 진짜 제리였다면 좋은 제안일 터였지만 그녀는 고개를 저었다.

제리의 아버지를 따라가겠다는 게 무슨 말인지 안다. 이 세상과 작별해야 한다는 말이었다. 저 어린 자신의 남편과도.

"이렇게 둘이 서면 꼭 어울리는데 말이다. 마치 남매처럼 말이야."

"남매요?"

"남매라니요."

후작 부인의 말에 비올렛은 눈동자가 떨렸고, 에셀먼드는 불쾌하다는 표정을 지었다.

"너는 좋은 누나가 될 수 있을 거란다."

"……."

그녀는 후작 부인에게 사실은 자신이 에드의 누나가 아니라 아내가 된다고 차마 말하지 못했다.

"이리 오렴, 에드."

후작 부인이 손을 뻗어 에셀먼드의 손을 잡았다. 어떤 심경의 변화인지 후작 부인은 에셀먼드에게 손을 내밀고 있었다. 그에 세상이 흐릿해져 가고 있었다.

비올렛은 그제야 무슨 일이 일어났는지 깨달았다. 비올렛의 존재가 과거를 완벽하게 바꿔 버린 것이다

에셀먼드와 후작 부인은 이런 관계가 될 수 없었다. 원래대로라면 그녀는 평생 에셀먼드를 외면했을 것이다. 그러나 지금 후작 부인은 아들에게 인간성을 발견하고, 다시 손을 내밀었다.

비올렛은 무너지는 세상을 바라보았다. 아주 천천히, 천천히, 세상은 금이 가고 있었다.

비올렛은 후작 부인의 품에 안긴 에셀먼드를 바라보았다.

'다행이에요.'

에셀먼드의 몸은 딱딱하게 굳어 있었다. 그러나 몇 번 머리를 쓰다듬자 그의 몸에 긴장이 풀렸다. 에이든은 뭐가 좋은지 웃고 있었다. 화목한 가족의 모습. 시간이 다 되기 바로 직전, 비올렛은 과거를 제대로 바꿨다.

이제 이들과 작별해야 할 때가 왔다.

"뭐지?"

"도련님, 그 산에 가요."

후작 부인과 시간을 보내고 나온 에셀먼드에게 비올렛이 말했다.

에셀먼드는 비올렛의 아주 무례하고 당돌한 요구에 무어라 말하려 했지만 비올렛은 '마지막이니까요.'라는 말로 그의 입을 막아 버렸다. 마지막이라는 단어의 효과가 꽤 큰 모양이었다.

비올렛이 발걸음을 떼자마자, 그들은 뒷산에 있었다. 비올렛은 깜짝 놀랐다. 공간이 이미 붕괴되었다. 에셀먼드는 그 이상함을 모르고 있었다.

"도련님, 왜 그런 표정을 지어요? 마님도 그렇고, 이제 좋은 일만 있을 텐데."

비올렛의 물음에 에셀먼드는 눈썹을 찌푸렸다. '좋은 일'이라는 것이 후작 부인과의 가족사를 말한 것은 주제넘은 일이었다.

그러나 어차피 떠날 거 비올렛은 하고 싶은 말을 하기로 했다.

"기분 안 좋아요?"

"그래."

"저는 좋은데."

세상이 조각나고, 사라지는 마지막 순간까지 에셀먼드와 함께이고 싶었다.

"도련님은 왜 기분이 안 좋은데요?"

비올렛은 에셀먼드에게 물었다. 그렇게 묻는 중에도 나무들이 사라져 가고 있는 것이 보였다. 이 사람도 곧 사라져 버리겠지 그렇게 되겠지. 그녀는 에셀먼드를 보며 생각했다.

"알 필요 없을 텐데. 더 이상 주제넘게 묻지 말고 조용히 사라져라."

에셀먼드의 말은 날것이었다. 그럼에도 상처를 받지 않았던 것은 이제 시간이 얼마 남지 않았기 때문이었다.

"어차피 사라질 건데요 뭐."

"……너."

"도련님, 아니 어린 당신과 이곳에 다시 오고 싶었어요. 여긴 우리 추억이 많거든요."

비올렛은 환하게 미소를 지으며 그의 손을 잡았다.

"이젠 마지막이네요."

그 말이 에셀먼드를 자극했는지 그가 갑자기 비올렛의 손을 꽉 잡았다. 어린아이에게 억지로 씌워진 가면이 완전히 벗겨진 것이다.

"에드?"

에셀먼드는 잠시 동안 말이 안 나오는 것처럼 입술을 움직이더니 이내 한 글자 한 글자 힘겹게 내뱉었다.

"가지 마."

"……."

비올렛의 눈동자가 커졌다. 잠깐만. 이건……. 이건. 에셀먼드는 끝까지 자신을 붙잡지 않을 거라고 생각했다.

왜냐하면 에셀먼드니까. 그리고 자신은 일개 하녀니까. 동질감 따위를 느낄 수는 있을 거라고 생각했지만 이렇게 그가 직접적으로 말을 할 거라고는 생각하지 못했다.

"나는……."

기껏해야 정을 조금 주고받은 거라고 생각했다.

심지어 에셀먼드는 비올렛에게 화가 나 있었다. 비올렛이 에셀먼드에게 떠난다고 언질도 주지 않았기 때문이었다. 그런 그가 자존심을 굽히며 가지 말라고 말하다니.

"어머님도 너보고 이곳에 남으라고 했다."

"……그만, 그만해요."

당신이 이렇게 말하면 정말로 가기 싫어진단 말이야. 그렇게 필사적인 표정으로, 그렇게 애절하게 자신을 바라보면 어떻게 간단 말인가. 또다시 산이 진동했다. 붕괴가 걷잡을 수 없을 정도로 커졌다.

"왜 그만하라고 하는 거지? 너는, 내가 싫어?"

"……."

"너는 내게 거짓을 말하지 말라고 했다."

"……."

"사라지지 마. 네가 가지 않았으면 좋겠어."

에셀먼드가 자신에게 품은 마음이 어떤 마음인지 모른다. 그러나 비올렛은 그가 안쓰러워 견딜 수가 없었다.

그저 하녀 한 명이 베푼 친절이다. 그녀의 진심 어린 다정함에, 에셀먼드는 마음을 쉽게 줘 버렸다. 에드라는 이름을 부르고, 이렇게 무례한 요구를 하는데도 들어주고. 심지어는 그 하녀를 붙잡고 있다.

비올렛은 왜 후작 부인의 변화만으로 세상이 바뀌었는지 알았다.

"그래서, 세상이 변했군요."

만약 진작에 누군가가 에셀먼드의 머리를 쓰다듬었다면, 이야기를 들어 주었다면 에셀먼드는 바로 마음을 열었을 것이다.

예전, 그가 윌이라는 기사에 대해 이야기한 적이 있었다. 평민기사의 작은 마음에도 냉철한 판단력이 흐트러졌던 그였다. 그런데 지금은 그가 윌을 만나기도 전인 때였다. 지금의 그는 하녀가 보여준 마음만으로도 어쩔 줄 몰라 하고 있었다. 작디작은 애정마저 갈망하고 있었던 거다.

비올렛의 두 눈에 다시 울컥하고 눈물이 흘러내렸다. 그에 에셀먼드의 손이 느슨하게 풀렸다. 마치 그녀가 우는 것을 무서워하는 듯했다. 그러나 비올렛은 그 손을 꽉 잡아 자신의 뺨에 가져다 대었다.

"미안해요, 정말로 미안해. 당신이 날 붙잡을 줄 몰랐어요. 당신은 날 그냥 하녀로 생각할 줄 알았어. 조금만 애정을 가져 주면 그걸로 족하다고 생각했어요."

에셀먼드는 무언가 말하고 싶어 하는 표정을 지었다. 억울한 표정으로, 그렇게. 그 시선의 의미를 알고 있기에 비올렛은 고개를 저으며 말했다.

"어린 당신을 만나, 당신이 어떤 생각을 하고 있는지, 왜 그렇게 했는지 이해할 수 있었어요. 당신을 두고 갈 수 없었어. 그래서 또 다시 어린 당신에게 상처를 입혀 미안해요. 정말로 너무 미안해요."

더 지켜보고 싶다는 마음에 남아서 에셀먼드에게 빈자리를 만들었다. 비록 그녀가 가고 기억이 사라진다고 해도 그럼에도 '가지 마.'라고 말했던 오늘의 에셀먼드를 만들어 버린 비올렛은 분명히 그에게 잘못을 저지른 거나 마찬가지일 터였다.

"우린 곧 만날 거예요."

"곧이라니, 언제?"

"곧, 정말 조만간 곧, 될 거예요. 정말이야."

"그런데 너는 왜 울고 있지?"

"그저, 작은 당신이 가여워서요."

에셀먼드는 비올렛의 얼굴을 바라보고 있었다.

"완전히 떠나는 게 아니에요. 우린 곧 만날 수 있을 거예요."

"……."

"약속할게요, 정말로. 만나서 질릴 때까지 얼굴을 볼 거예요. 그리고 또 이렇게 싸우기도 하고."

"……."

"함께해서 행복해질 거예요."

그 행복을 위한 길은 너무나 고단할 테지만, 그래도. 이들은 만나고 또 행복을 거머쥐게 될 것이다.

"제 진짜 이름을 불러 주시겠어요?"

"……."

"내 진짜 이름은……."

"……비올렛."

비올렛의 눈동자가 커졌다. 어째서 그가 그녀의 이름을 알고 있는 것일까. 에셀먼드는 비올렛을 바라보다, 그의 발아래로 시선을 옮겼다. 비올렛의 시선도 발아래를 향했다. 그들이 밟은 땅에는 제비꽃이 가득 피어 있었다.

그리하여 비올렛은 자신이 어디에 있는지 깨달았다. 왜 신이 제리라는 인물을 창조해 낼 수 있었는지, 왜 힘 없는 신이 우연을 가장하여 비올렛의 행동을 마음대로 제한했는지, 왜 과거의 일을 바꾸면 세계가 붕괴되는지. 비밀을 알자 그녀는 더욱더 서글퍼졌다.

그는 제 발아래 있는 보라색 꽃송이들을 바라보았다. 그리고 무언가를 깨달은 듯 비올렛의 눈동자를 바라보며 입술을 열었다.

"비올렛."

그에 또다시 산의 뭉텅이가 사라져 버렸다. 하늘과 땅의 경계가 허물어지고, 제비꽃의 꽃이 피어 있는 산의 공터에 어린 에셀먼드와 비올렛은 서로를 마주하고 있었다.

이제 비올렛은 더 이상 어린 모습이 아니었다. 에셀먼드에게 이름을 제대로 불린 순간, 그녀는 정말로 어른이었던 '비올렛'이 되었다. 어른이 된 비올렛의 모습을 보면 당황해야 함에도 에셀먼드의 두 눈은 담담했다.

"다시 만난 저는 울보일 거예요. 그래도 날 만나고 싶으세요?"

"너는 지금도 울보잖아."

"그리고, 여전히 드레스를 입어도 안 어울리고, 안 예쁠 거예요."

"거짓말이다. 말은 하지 못했지만 나는 항상 네가 예쁘다고 생각했어."

비올렛의 눈시울이 뜨겁게 달아올랐다.

"만날 때 팔을 왁, 하고 물어 버릴지도 몰라요. 당신을 무서워할 거고, 당신을 미워하기도 할 거고 당신을 괴롭게 하기도 할 거예요."

"괴롭지 않았어. 나는……."

대답을 하는 상대는 '비올렛의 에셀먼드'였다. 에셀먼드의 몸이 희미해져 갔다. 비올렛은 그를 껴안으려 했지만, 껴안을 수가 없었다. 그의 몸이 사라져 버렸기 때문이었다.

"난 그래도 널 만나고 싶어 할 거다, 비올렛."

에셀먼드가 사라진 자리에는 어린 그의 목소리만이 남았다. 비올렛은 주저앉아 울음을 터트렸다.

순간, 비올렛이 머리를 부여잡았다. 머릿속에 어마어마한 기억들이 밀려오고 있었다.

곧 비올렛의 어린 기억 속에 한 남자가 생겨나기 시작했다.

"그건…… 꿈이 아니었군요."

비올렛이 이곳에서 아주 잠시 꾸었던 과거의 꿈, 학대당해 넋이 나간 자신을 에셀먼드가 끌어안고 울었던 꿈은 거짓이 아니었다.

왜냐하면 지금의 '자신'처럼 에셀먼드가 한 일이니까. 그것을 깨달은 그녀는 자신의 남편이 무엇을 했는지 깨닫고 소리 내어 울었다.

눈물에 젖어 사라져 버린 공간에는 제비꽃만이 가득 피어 있었다. 이것은 그의 마음속이었다.

비올렛은 어린 에셀먼드를 떠올리며 흐느꼈다.

[이렇게 될 줄 알았잖아?]

그 목소리에 비올렛은 고개를 들었다. 그 목소리는 허무신의 목소리였다.

[정말 몰랐어? 너는 네 어린 연인에게 의미가 될 수 있다는 것을 알고 있었잖아?]

"……."

[왜냐하면 너는 존재 자체로 그 의미가 되어 버렸으니까, 네 연인은 널 원하게 될 수밖에 없어.]

"그건……."

[이건 네 연인의 기억으로 구성된 과거, 이자 애달픈 꿈속이니까.]

비올렛은 그의 말에 눈물을 흘렸다. 제 이름을 알고 있던 에셀먼드를 보며 그녀는 모든 것을 깨달았다.

꿈이었다. 꿈이었기에 신은 자유롭게 비올렛을 그곳에 가둬 조종할 수 있었다.

[정말 어리석은 녀석들이구나. 어떻게 '둘 다' 똑같은 선택을 한 건지 원. 이렇게 될 줄 알면서도 말이야.]

"……그도 나와 같은 꿈에 있었나요?"

[그래. 너도 기억하는 거 아니야? 이제 네 머릿속에도 '그 기억'이 생겼을 텐데.]

"……."

[나 역시 시간의 흐름을 거스를 수는 없어. 게다가 나는 창조를 할 수 없지. 그저 모든 이들의 기억과, 과거 서로의 '의식' 속에 보내 준 것뿐이야. 바로 꿈 말이야.]

비올렛은 허무신이 얼마나 꿈을 잘 다루는지 알고 있었다. 성녀들에게 꿈을 보여 준 이가 바로 이 신이었다.

[과거로 비롯된 기억을 토대로 만든 꿈. 거기서 과거가 바뀌어 버렸는데 어떻게 '꿈'이 붕괴가 되지 않겠어?]

그래, 그랬구나. 그래서……. 비올렛은 울음을 멈출 수가 없었다. 어린 자신을 껴안은 채 눈물을 흘렸던 에셀먼드의 얼굴을 떠올렸다.

그는 이렇게 다가서고 싶었구나, 그리고 자신이 에셀먼드에게 다가갔던 기억은 고스란히 에셀먼드가 기억하고 있겠구나.

[과거란 기억의 나열에 지나지 않아. 결국 네 기억이 바뀐다면 과거를 바꿀 수 있다는 말과 똑같아.]

허무신이 키득거리며 웃었다. 그리고 비올렛은 자신의 두 뺨 위에 떨어지는 뜨거운 액체의 감촉을 느꼈다. 이것은 허무신의 말대로 그의 자비였다.

"대체 왜 우리에게 이런 짓을 하는 거죠?"

[난 이쯤 되면 너희들이 깨달았을 거라 생각해.]

비올렛은 그 말에 어이없다는 표정을 지었다.

허무신이 킥킥거리며 웃는 소리가 들려왔다. 그러나 비올렛은 화를 낼 수가 없었다. 저 할 일 없는 신이 왜 이런 짓을 벌였는지 알 것 같았기 때문이었다.

[자, 어서 일어나렴 아이야.]

세상이 다시 어둡게 변하고, 비올렛은 눈을 떴다. 외로운 침대 속, 비올렛은 누워 있는 자신의 옆에 앉아서 눈물이 가득한 눈으로 자신을 내려다보고 있는 남자의 얼굴을 보았다. 비올렛 역시도 눈물범벅이 되어 있었다.

오랜만에 현실로 돌아온 것 같았다. 익숙한 방, 익숙한 사람. 비올렛은 환하게 웃었다.

"이것 봐요, 내가 만날 수 있을 거라 했죠?"

에셀먼드는 아무 말도 하지 않았다. 그저 비올렛을 껴안을 뿐이었다.

"당신도 내게 약속한 걸 지켰네요."

비올렛은 자신의 꿈에 들어온 에셀먼드가 무슨 행동을 했는지 똑똑히 기억했다. 아마 에셀먼드도 기억할 것이다.

"미안해요, 그러니까 아까…… 아까죠? 아까 당신에게 너무 심한 말을 했어요. 너무 내 기준으로만 생각했어."

괜찮다는 말 대신, 몸을 껴안는 힘이 더욱 세졌다. 목덜미에 눈물이 어리는 것을 보고 비올렛 역시 울컥했다.

"난 괜찮아요, 진짜 괜찮다니까……. 난 당신이야말로……."

이미 이들은 만났는데. 다시 재회하여 행복한 과거를 이루었는데. 어째서 서글픔이 남아 있는 것일까.

"어린 당신을 만나 기뻤어요."

나도, 라고 말하는 듯 에셀먼드가 등을 쓰다듬었다. 부부는 한참 동안 서로를 끌어안고 있었다. 서로가 다시 행복해졌다는 것을 실감하지 못하는 듯, 그렇게.

"마님, 괜찮으시겠어요?"

비올렛은 고개를 끄덕였다.

하드퍼드 백작 모녀가 영지에 재방문하겠다고 요청했다. 비올렛은 그들의 요청을 수락했다.

"하지만……. 지금은 주인님도 안 계시는걸요."

에셀먼드는 마침 영지의 시찰 때문에 자리를 비운 상태였다. 그가 떠난 지 이틀 만에 연락이 온 걸 봐서 이 시점만 노린 것이 분명했다.

"괜찮아, 앤."

"……."

"언제나 걱정해 줘서 고마워."

비올렛이 따스하게 말하자 앤은 어리둥절했다. 본디 비올렛은 다정하고 상냥했으나, 감정을 대놓고 드러내지 않는 조용한 이였다.

그런데 요즘 그녀가 애정이 뚝뚝 떨어지는 눈빛으로 앤을 보고 있었다. 이러다가 주인님의 질투를 받는 게 아닐까 싶을 정도로.

"저는 혹시라도…… 걱정돼요. 저번에도 크게 싸우셨잖아요."

"하루 만에 끝났지. 아니, 한 세 시간인가?"

"그거야……. 그렇죠. 심지어 더 금슬이 좋아지셨죠."

부부 싸움은 칼로 물 베기라던 아그레시아의 속담처럼, 이들의 싸움은 정말 하루도 채 되지 않아 끝났다.

앤은 그 밤에 어떤 일이 있었는지는 모른다. 하지만 그들이 떨어진 짧은 시간이 천고의 시간이라도 되는 듯 더욱 애틋해졌다는 것은 알았다.

"괜찮아, 나를 믿어."

"알겠어요."

똑같은 일로 싸우진 않을 사람들이다. 만약 받아들인다고 했으면 어떤 생각이 있겠지, 앤은 비올렛을 믿기로 했다.

그리고, 비올렛은 앤의 기대를 충족시켰다.

앤은 생각했다. 저돌적이게 되면 아무도 못 말리는 에셀먼드보다, 차분하면서도 돌발 행동을 벌이는 비올렛의 방식이 때로는 더욱 무섭다고.

보름 만에 이들을 방문한 하드퍼드 백작 모녀는 여전했다. 그들은 에셀먼드가 영지의 순방을 떠났다는 것을 알고 한달음에 달려와 비올렛에게 온갖 무례한 행동을 했다. 마침 머물러 있던 가신들이 눈살을 찌푸릴 정도였다.

비올렛은 그들의 무례함을 관대하게 넘어가 주었다. 아니, 오히려 과할 정도로 이들을 우대했다.

그녀의 얼굴에는 이전과 같은 상냥한 미소가 어려 있었다. 사람들은 에르멘가르트 가문의 후작 부인이 이들에게 굴복하기라도 했나 생각했다.

그러나 백작 부인의 행동이 도를 넘어서자, 비올렛은 그것을 단호하게 쳐 내기 시작했다. 백작 부인의 행동은 확실히 심했다. 사용인들의 수를 조절하는 것과, 호위 기사를 어디에 어떻게 배치할 것인지. 심지어 그들의 침실 이불보가 괜찮은지 보겠다는 요구까지 했다. 비올렛은 불쾌한 기색을 드러내며 차갑게 거절했다.

비올렛이 정말 자신들에게 굴복했는지 시험해 보던 이들은 아니라는 것을 깨달았다. 그래서 그들은 비올렛에게 다시금 추모의 방에 가겠다고 말했다.

네가 우리에게 아무 짓도 못 하는 것을 알고 있고, 체면을 중히 하는 것을 알고 있으니 어디 한번 마음껏 속이나 썩어 보라는 간사한 발버둥이었다.

그렇게 비올렛은 굳은 표정으로 지하의 방에서 울고 있는 이들의 울음소리를 들으며 서 있었다. 그러자 백작 부인은 더욱 크게 울음을 터트렸다.

"불쌍한 오라버니, 불쌍한 다니엘. 대체 무슨 일 때문에 이렇게 고통스러웠던 거니. 재앙이 이 집에 들어온 게 틀림없어."

"맞아요, 분명히 재앙이 온 걸 거야."

"오라버니가 얼마나 슬퍼하실까! 다니엘은 얼마나 힘들까."

재앙이라고 말하며 자신을 미묘하게 깎아내리는 것을 비올렛은 무표정으로 듣고 있었다. 이들은 아직까지도 비올렛이 짓는 그 표정이 마지막 경고라는 것을 알지 못했다.

사용인들은 비올렛의 모습을 보고 알아서 고개를 숙였다. 화를 내는 부분에서 에셀먼드와 비올렛은 비슷했다.

그들은 아주 조용히 분노하다가 행동에 옮겼다. 그러나 비올렛은 검을 뽑아 들어 목을 자르는 기사보다는 우아한 귀족의 화법을 습득한 사람이었다. 비올렛의 얼굴에 미소가 서렸다.

"고모님께서는 정말로 돌아가신 아버님과 도련님을 생각해 주시고 계시는군요."

"……."

"아나블라 아가씨, 당신도 마찬가지예요. 저는 아가씨에게 감복했답니다."

비올렛의 상냥한 말에 아나블라가 훌쩍이며 말했다.

"그래요, 정말 이 두 분들이 그리워 견딜 수가 없어요……. 나는."

"추모는 오래 할 예정인가요?"

비올렛이 아나블라의 말을 끊고 물었다. 아나블라는 비올렛의 그 말에, 속으로 미소를 지었다. 그만해 달라고 애걸하는 것일 테다. 그럼 그렇지. 아나블라에게 있어 비올렛은 자신에게 당하던 천민이고, 멍청하며, 비굴해야 마땅했다. 그녀의 인생을 망쳐 버린 건방진 계집아이에게 평범한 결혼 생활은 유지할 수 없게 하겠다고 단단히 다짐한 상태였다.

"당연하죠. 제 마음이 이렇게나 그리움으로 흘러넘치는데. 어머니와 저는 이곳에 오래 있을 예정이에요."

아직 어림도 없다, 이 계집애야. 아나블라는 승리감에 가득 차 하마터면 입가에 미소를 지을 뻔했다. 비올렛이 이곳의 아가씨로 있었던 하드퍼드 백작 부인을 쫓아낸다면 에셀먼드의 명성에 누가 될 것이다.

혈연. 이 혈연이 비올렛을 옭아맨다는 것을 그들도 잘 알고 있었다. 혈연을 추모하는 이들을 박대할 수도 없고 에셀먼드가 그들과 혈연의 정을 끊는다고 해도 모든 비난의 몫은 비올렛일 터였다.

그렇다고 비올렛의 편이라는 국왕 폐하와 교황에게 일러바칠 수도 없다. 일러바치기엔 너무나 소소한 일이기 때문이었다.

가족을 기리는 것을 국왕이 어떻게 처벌하겠는가? 샤를루스 국왕은 고작 그런 것으로 처벌하지 않을 위인이었다.

"그렇군요."

비올렛의 표정은 담담했다. 그리고 아나블라가 거기에 기묘함을 느낄 찰나 비올렛이 말을 이었다.

"고모님과 아나블라, 당신을 위해 조용한 시간을 만들어 드릴게요."

돌벽에 부딪혀 울려 퍼지는 음성은 싸늘했다. 비올렛은 들고 있던 발광석이 달린 등을 우아한 자세로 방 아래로 내려놓았다. 발광석이 푸르게 빛이 났다.

"불빛이 있을 테니 그렇게 걱정하지 않아도 될 것 같군요."

"잠깐, 무슨 짓을!"

비올렛이 사용인들을 보고 말했다.

"문을 닫아라."

비올렛의 말에 사용인들은 머뭇거리는 기색 없이 지하의 철문에 손을 가져다 댔다. 백작 모녀가 그녀에게 달려들었으나 문은 아주 좁은 틈만이 있을 뿐이었다.

이들은 낑낑거리며 문을 밀며 방에서 나오려고 힘겨루기를 했다.

"너, 너!"

"이게 무슨 짓이야!"

"추모를 오래 하시고 싶으시다면 원하시는 대로, 그렇게 하세요."

닫히는 틈 사이로 비올렛은 그들을 노려보며 말했다. 푸른 발광석 빛에 비올렛의 보라색 눈동자가 서늘한 빛을 머금고 있었다. 그들은 그제야 비올렛이 자신들의 무례를 참아 주었다는 것을 알아차렸다.

그녀는 이전처럼 당하기만 하는 무지렁이가 아니었다. 비올렛을 괴롭혀서 많은 고초를 겪은 그들이었으나, 이들은 비올렛을 멸시하는 생각을 버리지 못했다. 천민으로서 비굴하게 눈을 내리깔던 비올렛을 보았기 때문이었다.

"에드, 에드를 불러 줘!"

백작 부인의 말에 비올렛이 문틈으로 나긋하게 말했다.

"그이에게는 내가 말씀 드릴게요. 원하신다면 이 일을 폐하께 말씀 드려도 좋아요."

말할 수 있을 리가 없다. 다니엘을 추모해서 그들의 속을 긁었다고 비올렛이 국왕에게 말할 수 없는 것처럼 이들도 마찬가지다. 다니엘은 국왕 시해 사건에 가담한 이였다. 그런 이를 '추모' 했다고 말했다간…….

"너! 에드가 너를 용서할 것 같아?"

문틈 사이로 손을 뻗으며 백작 부인이 독기에 가득 찬 목소리로 소리쳤다.

"용서요? 에드는 절 용서하지 않을 거예요."

"……오냐, 잘 아는구나!"

"잘못이라 생각하지 않는데 용서가 필요할까."

"뭐, 뭐?!"

"그 사람은 '가족'을 힘들게 하는 혈연 따위보다 내가 가장 소중하니까요."

은은한 분노가 실린 그 목소리에는 사랑받는 이의 당당함이 묻어 있었다.

백작 부인은 비굴하게 빌까 생각했다. 죽은 자들의 초상화와 유품이 담긴 이 어두운 방에서! 어떻게! 죽은 이들과 함께하는 건 생각만 해도 끔찍했다. 유령이라도 나오면 어떻게 하는가.

아나블라가 비명을 지르며 문으로 달려들었으나 비올렛의 눈짓에 가세한 기사들까지 문을 닫았다. 여자들의 발버둥은 너무나 쉽게 무력화되었다.

문이 쿵, 닫혔다. 틈으로 비명 소리가 새어 나왔다. 하지만 비올렛은 단호한 표정을 짓고 있었다.

"마님."

"내일 아침에 열어 줘. 그쯤 되면 정신은 차리겠지."

비올렛의 차가운 말에 하인들이 고개를 끄덕였다. 호위 기사들 역시도 동정의 여지가 없는 눈초리로 비명 소리가 나오는 추모의 방을 바라보았다. 고인들이 잠들어 있는 이곳에 천박한 비명 소리가 울려 퍼지는 것은 미안한 일이었지만, 본인들이 이곳에 있길 그렇게 원한다면, 비올렛으로서도 어찌할 수 없는 일이 아닌가.

"잘하셨어요."

앤이 후련하다는 듯 말했다. 이런 강경책을 비올렛이 생각하지 않았던 것은 아니다. 그때는 에셀먼드가 상처 입을 거라고 생각했다.

그것은 틀린 생각이었다. 혈연이란 그에게 의미가 없었다. 결국 그가 가장 어렸을 때 손을 뻗었던 것은 이들이 아니라, 어린 자신이었다. 에셀먼드는 그 어린 날 가장 특별한 이가 바로 비올렛이라고 말했다.

혈연의 의미를 스스로 퇴색시킨 것은 저들이다. 이들은 혈연이라며 에셀먼드를 이용할까 생각만 했다. 그 과거의 꿈속, 하드퍼드 백작 부인의 패악은 에셀먼드의 기억으로 만들어진 것이다. 그녀는 옛날도, 지금도 한결같았다. 에셀먼드에게 아무것도 아닌 이들의 무례를 참고 넘어갈 만한 아량은 비올렛에게 존재하지 않았다.

비올렛은 성내로 걸어 들어갔다. 하늘하늘, 바람이 불어오고 해가 저물어 가고 있었다. 지하 복도에 여자들의 고함 소리가 들려오고 있었으나 비올렛에게는 들리지 않았다. 그저 에셀먼드가 보고 싶었다.

하드퍼드 모녀가 왔다는 소식을 들은 에셀먼드는 모든 일정을 취소하고 바로 성으로 귀환했다.

어둑한 새벽, 잠든 것처럼 고요한 성내는 주인의 귀환에 화들짝 놀라 분주해졌다.

"부인이 깨지 않도록 조용히."

비올렛은 잠들지 못하다 겨우 잠들었고, 그것을 아는 사용인들은 에셀먼드의 지시에 조용히 행동했다.

에셀먼드는 오늘, 아니 어제 있었던 일에 대해 보고를 받았다.

비올렛이 하드퍼드 백작 모녀를 결국 지하의 방에 감금했다.

에셀먼드는 표정 변화 하나 없이 그것을 듣고 있었다. 사실 이들 중 그 누구도 에셀먼드가 그것에 화를 내리라 생각하지는 않았다. 에셀먼드는 속을 알 수 없는 표정으로 그것을 듣더니 비올렛이 잠든 침실이 아닌 추모의 방으로 향했다.

그래도 혈육인지라 이들을 구하러 간 걸까? 하인들과 기사들은 조용히 에셀먼드의 뒤를 따랐다.

추모의 방에서 백작 부인과 아나블라는 거의 쓰러져 있었다. 우스운 것은, 이들이 초상화와 멀리 떨어진 벽 구석에 있다는 것이었다. 추모하는 것 치고는 지나치게 한심스러운 모습이었다.

에셀먼드의 정갈한 발걸음 소리가 뚜벅, 뚜벅, 들렸다. 그는 추모의 방에 들어가 죽은 이들의 초상화를 한번 훑어보았다. 빛과 발소리, 인기척이 들리자 캐롤라인 하드퍼드가 눈을 떴다. 그러다 자신의 눈앞에 서 있는 에셀먼드를 보며 화들짝 일어났다.

"에드!"

반가움이 섞인 비명 같은 외침 소리에 잠들어 있던 아나블라도 벌떡 일어났다. 에셀먼드는 고요한 표정으로 그들을 바라보고 있었다. 에셀먼드의 손짓에 곁에 있던 기사들이 바깥으로 물러나더니 문을 닫았다.

"글쎄, 내 말 좀 들어 보렴, 에드. 정말 이럴 수는 없단다. 이럴 수는! 어떻게 이런 짓을 당한단 말이니……!"

"오, 오라버니."

아나블라는 애처롭게 울음을 터트렸다. 몰골이 엉망이었지만, 아나블라의 파란 눈에 눈물이 맺히니 그 모습이 퍽 처연해 보였다.

"아버님을, 그리고 다니엘을 꽤 그리워하셨던 모양입니다. 미처 헤아리지 못했습니다."

에셀먼드가 조용히 말했다. 그녀의 마음을 헤아리는 음성에 백작 부인은 의기양양해졌다. 그래, 조카가 고모의 마음을 모를 리가.

후작이 죽고 나서 에셀먼드가 기댈 유일한 어른이자 의지할 이는 자신뿐이었다. 백작 부인이 소리쳤다.

"그래, 그렇단다. 그래! 그런데 지금 후작 부인이, 네 아내라는 여자가 그걸 못 참아서 이렇게……!"

"맞아요, 오라버니. 어머니가 연로하신데 너무나 가혹했어요. 기분이 상했다는 이유 하나만으로 어떻게 우리에게 이런 수모를 줄 수 있는 건가요!"

에셀먼드는 그에 생각에 잠긴 듯 말이 없었다.

이들은 빨리 에셀먼드가 이들을 데리고 나가서 비올렛의 무례함을 꾸짖기를 바랐다. 내치면 더없이 좋고.

“다니엘을 데려감으로써 그 녀석을 내친 제게 수모를 주셨다는 건 미처 모르셨나 봅니다. 저는 하드퍼드 가문에서 그 녀석을 거두었다는 것을 듣고 묵인했습니다만. 이걸로 부족하셨던 겁니까?”

에셀먼드의 목소리에 백작 부인의 얼굴이 변했다.

에셀먼드는 다니엘을 추방했다. 성을 빼앗고, 작위 계승권을 빼앗았다. 다니엘은 더 이상 귀족이 아니었으나, 하드퍼드 백작 부인은 남편의 반대에도 불구하고 다니엘을 거둬들였다. 다니엘에게 애정이 있어서가 아니라 다니엘을 빌미로 에르멘가르트 가문에게 얻어 낼 수 있는 것이 많을 거라고 생각했기 때문이었다.

벌을 받아 쫓겨난 귀족 가문의 일원을 다른 가문에서 거둔다는 것은 그 가문과 적대하겠다는 의미와 마찬가지였다. 그럼에도 에셀먼드는 그들이 ‘혈연’이기 때문인지 문제 삼지 않았다. 심지어 후작이 된 에이든마저도 이 건에 대해 넘어갔다.

그래서 백작 부인은 괜찮다고 생각했다. 아니, 오히려 고마워할 거라고 생각했다. 그러나 그것은 잘못된 생각이었다.

“고모님이 이곳에서 저질렀던 일이 아버님을 잘 모시지 못한 나를 나무라신 게 되셨다는 것은 몰랐나 봅니다.”

“…….”

“다니엘이, 우리 가문과 내 등 뒤, 그리고 내 아내에게 칼을 꽂은 것을 모르나 봅니다. 그런 다니엘을 이곳에서 추모하는 게…… 어떤 의미인지 생각하진 않으셨나 봅니다.”

서서히 그 검푸른 눈에 서늘한 기운이 서렸다.

무인인 에셀먼드가 가진 그 위압감에 백작 모녀는 에셀먼드가 그들에게 억눌린 분노를 터트리고 있다는 것을 깨달았다. 그는 위험해 보였다.

"혼인할 시, 내 아내에게 어떠한 무례도 범하지 말아 달라고 했습니다. 그렇다면 우리 관계는 좋아지지는 않겠지만 나빠지지도 않을 거라고. 그렇게 경고했습니다."

"에드, 나는……!"

"내 아내를 업신여기지 말아 달라고 말했습니다. 그럼에도 그 말을 듣지 않는군요."

경고는 끝났다는 소리였다.

"오라버니, 어떻게 고모님께 그럴 수 있나요? 고작 후작 부인 하나 때문에 지금 혈연에게 이렇게 화를 내도 되는 건가요?!"

아나블라가 악을 쓰다가 에셀먼드의 눈을 보고 입을 다물었다. 희미한 푸른빛 속에 서린 날카로운 푸른 안광이 번뜩였기 때문이었다.

"에드, 그 천한 여자 때문에 이 고모를 버리는 것이냐!"

백작 부인이 소리 지르며 울부짖었다. 에셀먼드의 표정은 변함이 없었다. 그는 초상화를 바라보더니 입꼬리를 들어 올리며 말했다.

"천한 여자라……."

그 말이 에셀먼드에게 남아 있던 한 줄기 온정마저도 사라지게 했다.

"그 천한 이가 구해 낸 세상에 발붙이며 살면서도, 여전히 그녀를 천하다고 말할 수 있는 사람이 있을 줄은 몰랐습니다. 그리고 그 사람들이 내 혈육이라는 사실도."

그는 그 천한 여자에게 단단히 홀려, 아니 미쳐 있었다.

아나블라가 그렇게 말하려던 순간, 백작 부인이 입을 막았다. 더 이상 에셀먼드를 자극해서는 안 된다. 그의 얼굴은 선대 후작, 그녀의 오라버니가 격노할 때의 표정과 똑같았다.

어쩌면, 정말 어쩌면 에셀먼드는 이들을 죽일 수도 있었다. 아니 능히 그러고도 남을 것이다. 그리고 시신은 은폐되겠지. 백작 부인이 벌벌 떨었다. 이들의 기세가 죽는 것을 보자 에셀먼드가 몸을 돌렸다.

"잠깐 에드, 그냥 가려는 건 아니지?"

백작 부인이 황급하게 그를 불렀다.

"……."

"네 경고는 알았다. 그러니, 어서 우릴 꺼내 다오. 잠깐 실언한 거란다. 네 아내인데 어떻게 천하다고 생각할 수 있겠니. 너는 언제나 우릴 아꼈잖니."

그러나 에셀먼드의 눈빛은 바뀌지 않았다. 그 눈에 노골적으로 드러난 경멸의 기색에, 백작 부인은 줄곧 에셀먼드가 이런 감정으로 자신을 대해 왔다는 것을 깨달았다. 핏줄이라는 이유 때문이 아니라 핏줄에게 해를 가하면 비난을 받기 때문에 이들을 묵인했다는 것도. 에셀먼드의 무표정한 얼굴에 비뚜름한 미소가 서렸다.

"선친들이 그렇게 그리우시다면, 그리고 그 녀석이 그렇게 안쓰러웠다면 느긋하게, 오랫동안 추모하십시오."

고요한 지하에 그의 목소리가 소름 끼치게 울려 퍼졌다. 비올렛과는 다른 차가움과 냉정함, 그리고 잔혹함이 묻어 나오는 목소리였다. 나이가 어리다고 했지만 그는 제 오라버니의 아들이었다. 심지어 그보다 더 냉정한……!

"자, 잠깐 에드. 아나블라, 아나블라라도 꺼내 다오!"

에셀먼드는 듣고 있지 않았다. 그의 뒷모습이 사라지며 문이 닫혔다. 백작 부인은 분노와 경악, 두려움에 찬 비명을 내질렀다. 이곳에서 얼마나 더 갇혀 있어야 한단 말인가!

역시, 이곳에서 와서는 안 되었다. 이곳에서 언제나 차분하던 에셀먼드가 이렇게 노골적으로 분노를 터트리게 될 줄 몰랐다.

"에드!"

문이 닫히며, 푸른 발광석 빛만이 지하를 가득 채웠다.

"마님께서 오늘 아침에 저들을 꺼내라고 하셨습니다."

집사의 말에 에셀먼드가 철문을 힐끗 바라보며 말했다.

"부인에겐 내가 돌려보냈다고 전해라. 관리는 기사들이 한다."

문틈 사이로 비명 소리가 새어 나왔다. 에셀먼드의 미간이 살짝 찌푸려진 것을 본 집사는 이 소리가 새어 나오지 않도록 하는 여러 방법을 머릿속에 그렸다.

백작 모녀는 아주 오랫동안 저곳에서 나올 수 없으리라.

"이 일이 새어 나가는 일은 없어야 할 것이다."

특히나 비올렛에게는. 사용인들은 그 뒷말을 깨닫고 알겠다고 말했다. 만약 이 비밀이 누설된다면 누설자에게는 그에 상응한 잔혹한 처벌이 기다리고 있을 것이다. 이로써 저택에 비올렛만이 모르는 비밀이 생겼다.

에셀먼드는 옷도 갈아입지 않고 침실로 향했다. 비올렛이 누워서 얌전하게 잠들어 있는 것을 본 그의 얼굴에 서려 있던 분노와 잔혹함이 담긴 날카로움은 사라지고 부드러운 곡선이 자리했다. 이불을 다시 덮어 준 그는 비올렛을 한참 동안이나 바라보았다.

"……."

그 과거의 꿈.

에셀먼드는 매일 그가 꾸었던 과거의 꿈을 떠올렸다.

자신이 비올렛의 과거에서 어린 그녀를 만났던 그 꿈.

아직도 자신을 쳐다보던 그 소녀의 보라색 눈동자를 기억한다. 그곳에서 곰팡이처럼 썩어 가던 자신만의 아내를 그는 절대 잊을 수 없을 것이다.

꿈속에서 에셀먼드는 비올렛처럼 어려지지 않았다.

허무신의 목소리를 따라가자 자신의 손으로 태워 버렸던 꽃의 거리가 모습을 드러냈다. 직감적으로 어떠한 생각이 들어, 에셀먼드는 무작정 그 거리를 뒤졌다. 그리고 어느 허름한 가게에 매를 잔뜩 맞고 작게 웅크려 있는 그 작은 존재를 보았을 때, 에셀먼드는 눈물을 흘릴 수밖에 없었다.

나의 사람아, 너는 왜 이다지도 가혹한 삶을 살았는가. 삶은 왜 이렇게 네게 잔인하였는가.

그 삶에 일조한 게 자신이라는 사실이 에셀먼드의 죄책감을 키웠다. 그는 비올렛이 놀랄 것을 알면서도, 헐벗은 연약한 소녀를 무작정 끌어안고 눈물을 흘릴 수밖에 없었다. 그녀가 겪었던 참혹함을 도저히 견딜 수가 없었다.

그렇게 그는 어린 비올렛의 주위를 맴돌았다. 소녀였던 어린 비올렛은 에셀먼드를 경계했으나 이내 다시 마음을 주었다. 먼저 손을 내밀고, 먼저 웃음 지었다. 에셀먼드라는 이름에 그녀는 당연하다는 듯 에드라고 그를 불렀다.

마음을 열자 그녀는 곧잘 재잘거렸다. 자신의 어머니 아버지가 어떤 사람이었는지, 얼마나 따스한 사람이었는지, 그리고 얼마나 비참하게 죽었는지. 다 큰 자신의 아내에게서 들을 수 없었던 이야기가 나왔다. 제비꽃밭에서 춤을 추고 나무를 오르내리며 사과를 따 먹고 아버지에게 혼나면서도 개울가에 발을 담근 그녀의 소소하고 행복한 이야기를 에셀먼드는 휴식처럼 들었다.

그러나, '휴식'이 되기에 그녀가 처한 현실은 너무도 가혹했다. 그는 그녀를 지켜 줄 수 없었다.

에셀먼드는 결국 그곳에서 비올렛을 데리고 도망쳤다. 그의 선택에 과거는 너무나 빨리 바뀌어 버렸고, 비올렛의 과거는 무너져 내리기 시작했다. 세상이 무너져 내리는 것을 보고 에셀먼드는 이 꿈이 끝났음을 알았다. 에셀먼드가 떠나려는 것을 눈치챈 것일까, 비올렛이 에셀먼드의 귓가에 속삭였다.

–나중에 또 만날 수 있는 거죠?

어린 비올렛은 에셀먼드에게 조심스럽게 물었다. 투정 부릴 법한데도 어린 그녀는 담담했다. 그렇게 어린 비올렛은 언제나와 같은 체념한 표정으로 모든 것을 받아들였다. 그와의 이별도.

–꼭 찾아오겠다.

–에드가 저를 보고 싶어 하는 걸 알았으니 됐어요. 또 만난다면 기다릴 수 있어요.

–비올렛.

–잊어버리면 안 돼요. 꼭 데리러 와 줘야 해요. 나는 에드를 많이 보고 싶어 할 거예요.

그것이 마지막이었다. 그는 어린 비올렛을 두고 현실로 돌아왔다. 비올렛은 긴 꿈을 꾸었지만, 에셀먼드는 인내하지 못하여 아주 짧은 꿈을 꾸었다.

'과거의 꿈.'

그는 자신의 꿈속에 들어온 비올렛을 떠올렸다.

그리고 과거의 자신이 어떤 감정을 품었는지 똑똑히 기억했다.

어린 에셀먼드는 자신에게 다가왔던 하녀에게 눈을 뗄 수 없었다. 그녀가 입술을 모아 불어 주던 숨결, 미소, 따스한 눈인사.

말을 걸고 싶어 괜히 책을 들라고 시키기도 했다. 산속으로 그녀를 끌고 오기 위해 어설픈 수도 써 봤다. 에이든에게 친절한 그녀가 마음에 들지 않아 괜히 심통도 부려 봤다.

보라색 눈의 하녀는, 어린 에셀먼드를 지켜보고 싶어 떠나지 못해 이렇게 잠들어 다시 그의 기억을 새롭게 덧칠하고 있었다.

에셀먼드가 비올렛에게 빠지는 건 필연이었다.

에셀먼드의 기억은 이제 더 이상, 차가운 기억이 아니었다. 따스한 말을 건네주었던 제리라는 소녀가 영원히 남아 있기 때문이었다.

에셀먼드의 손이 비올렛의 머리카락을 쓸었다. 그에 비올렛의 감긴 눈꺼풀이 부르르 떨리더니, 그가 가장 좋아하는 비올렛의 눈동자가 모습을 드러냈다.

"에드?"

따스한 말의 울림에 에셀먼드는 더 자라는 듯 미소를 지었다. 그러나 비올렛은 일어나더니 에셀먼드의 몸을 껴안았다.

"보고 싶었어요."

순수하게 기뻐하는 그 모습을 보며 에셀먼드는 시큰한 마음과 동시에 충족감을 느꼈다.

그는 다시금 되새겼다. 아내가 상실해 왔던 것이 무엇이었는지 그 과거의 상흔이 어떻게 그녀의 안에 남아 있었는지. 영원히, 죽도록 잊지 말자고 가슴속에 새기고 또 새겼다.

"나도 보고 싶었습니다."

보고 싶었다는 말로 해도 부족할 만큼, 언제나 이렇게 당신을 그리고, 또 절절하게 그리고 있다.

비올렛은 눈꺼풀 속에 새겨진 잔상으로, 때로는 부드러운 목소리로, 과거의 기억이 되어서 항상 그를 맴돌고 있었다.

에셀먼드의 말에 비올렛은 수줍은 표정을 짓다가 이내 그의 목을 끌어안고 더욱 깊숙이 안겨 들었다. 따스한 체온이 느껴졌다.

"또 꿈이라도 꾼 겁니까?"

"아니, 아니요. 꿈은 실컷 꿨잖아요."

그에 에셀먼드는 동의한다는 듯 웃었다.

"여보, 어서 자야죠."

"……."

"왜요?"

"나는 당신이 내게 여보라고 하는 게 좋습니다."

비올렛의 얼굴이 붉게 물들었다. 그녀는 고개를 푹 숙이며 에셀먼드의 고개에 얼굴을 파묻었다.

이들의 과거는 바뀌지 않았지만 과거를 이루는 기억은 새롭게 덧칠되었다. 서로의 과거와, 현재와 미래의 동반자를 바라보며 그들은 행복을 느꼈다.

어둑한 방 안, 서서히 빛이 들어차기 시작했다. 에셀먼드와 비올렛은 약속이라도 한 듯 창을 바라보았다.

오늘도 참 아름다운 날의 시작이었다.

– 과거의 꿈 結

3. 겨울에 피어난 하얀 꽃

3. 겨울에 피어난 하얀 꽃

1564년, 교황 린도가 서거했다.

샤를루스 1세가 국장을 선포하여 약 15일간 그를 추모하는 추모제를 열었다.

역사 속에 남아, 신 중심에 있던 사람들을 인간 중심으로 이끌어내고자 했던 가장 인간적인 교황이 사망한 것이다.

"안녕, 에델바이스?"

다정한 목소리에 울고 있던 소녀가 고개를 들었다.

새하얀 눈이 내리고 있었다. 그 아래, 새하얀 눈으로 섬세하게 빚어 만든 듯한 사람이 미소를 짓고 있었다. 눈을 가리고 있던 손을 내리고 에델바이스는 멍하게 남자를 응시했다.

눈과 같은 새하얀 은발, 창백한 얼굴, 아름다운 아몬드 모양의 금색 눈동자.

"혹시 천사세요?"

자신도 모르게 나온 말에 남자는 눈을 동그랗게 뜨다 이내 웃음을 터트렸다. 그 모습마저도 빛이 뿜어져 나오는 것 같았다.

눈의 요정이라면 이러할까? 천사? 겨울을 사람으로 말할 수 있다면 바로 저런 존재일 것이다.

저 존재를 그나마 인간이라고 생각할 수 있게 한 건, 호흡할 때마다 나오는 하얀 숨결. 단 하나였다.

남자가 허리를 숙여 손을 내밀었다. 에델바이스는 망설이다 그 손을 잡았다. 따스한 손의 감촉. 분명 이 사람은 존재하는 실체였다.

"어머니가 걱정하고 계셔. 돌아가야지."

"엄마가 저를 혼낼 거예요."

"저런, 엄마가 너를 많이 혼내니?"

"네. 엄마는 언제나 엄해요."

"아빠는?"

"아빠는 재미없어요."

"네 아빠가 그렇긴 하지."

그 말에 하얀 남자가 피식거리며 말했다.

"저희 아버지를 아세요?"

에델바이스는 제가 아는 것과 남자가 아는 것이 일치했다는 것에 흥분했다.

"그럼, 네 어머니도 잘 알고 있지."

청년이 에델바이스의 머리를 쓰다듬어 주며 말했다.

"네 어머니가 무섭다는 건 아주 잘 알고 있단다. 내가 잘 말할 테니 에델바이스, 이젠 집으로 돌아가지 않겠니?"

"……."

부드러운 음성에 에델바이스가 입술을 삐죽 내밀었다. 시무룩한 표정을 본 남자의 표정이 흐려지더니 입을 뗐다.

"네가 울면 나도 슬퍼. 에델바이스."

그 얼굴에 에델바이스는 자신이 남자의 아름다움을 해쳤다는 생각에, 엄청 큰 잘못을 저지른 것처럼 느껴졌다.

"아니에요, 안 울게요. 그리고 집으로 돌아갈게요."

그 씩씩한 음성에 남자의 얼굴에 미소가 서렸다. 에델바이스도 덩달아 웃으며 말했다.

"그러니까, 천사님. 이름을 알려 주세요."

"이름?"

"제 이름, 알고 계셨잖아요. 저도 알고 싶어요."

그에 남자가 잔잔한 웃음을 터트렸다. 남자의 황금빛 두 눈이 다정하고 따스한 빛을 머금고 말했다.

"린도, 내 이름은 린도란다."

"린도."

에델바이스는 그 이름을 중얼거렸다. 잊을 수 없는, 가슴에 스민 겨울의 이름이었다.

"이 집, 당장 나가 버릴 거야!"

에델바이스는 일어나자마자 이를 갈며 소리쳤다. 이 살풍경한 천장은 볼 때마다 정이 안 간다.

"어머, 오늘도 똑같은 말씀을 하시네요."

하녀 제인이 그 말을 듣고 말했다. 열네 살, 에델바이스의 생활은 여전히 구렸다. 밋밋한 방을 보며 에델바이스는 한숨을 내쉬었다.

뭔가를 시도해 보지 않은 것은 아니다. 그러나 이 집은 여전히, 그냥 재미없고 심심했다. 부모님의 낙이 후원에서 제비꽃을 보며 하하 호호 웃는 게 고작이니 알 만했다.

"예전처럼 라이셀 백작님의 저택으로 가출하는 것도 나쁘지 않을 것 같은데요?"

"그곳은 너무 시끄럽다고."

열 살 때 가출을 했으나 그 계획도 처참하게 실패로 끝나고 말았다. 우선 에이든 삼촌이 너무나 짓궂어 그녀를 한시도 가만두지 않았고, 가장 얌전한 것 같았던 사촌 오라버니 앨버트도 사실은 어찌나 장난꾸러기였는지.

그 후 얼마 지나지 않아 쳐들어온 아버지와 삼촌의 싸움이란……. 물론 그때, 그녀는 린도의 손을 잡고 나간 뒤라, 그 소식은 나중에 들었다.

"어우, 생각만 해도 살벌해."

에델바이스는 눈곱을 떼며 대충 세수하고 아래로 내려갔다. 식탁에는 아버지와 어머니가 앉아 있었다.

"안녕, 아버지."

"에델바이스, 너!"

어머니의 말에 에델바이스가 입술을 내밀었다. 흥, 사촌인 세실 언니는 괜찮은데 왜 나는 안 돼? 그렇게 따지려 할 때 아버지가 말했다.

"부인."

"막내라고 자꾸 오냐오냐하니까 이러잖아요."

어머니가 얼굴을 찌푸리자 아버지는 죄인처럼 고개를 숙였다. 에르멘가르트 가에 자주 보이는 풍경이었다.

"흥, 제가 무슨 잘못을 했다고 아침부터 그래요? 친근하니 좋은데. 아빠라고 부르지도 못하면서."

"나는, 괜찮은……."

"아버지께 존대를 써야지! 나 참, 데이지도 이러진 않았는데."

"엄마, 모르시겠어요? 이렇게 답답하니까 데이지 언니도 기사가 되겠다고 아그레시아에서 구자르트로 간 거예요."

"에델바이스."

아버지가 엄한 표정으로 그녀의 이름을 불렀다. 아버지는 자신을 사랑하지만 기본적으로 어머니의 편이다.

구자르트로 훌쩍 떠나 버린 데이지 언니 때문에 어머니는 한동안 우울해했다. 그녀는 자신이 한 말실수를 깨달았다.

"치이."

알면서도, 그녀의 입에서는 모난 말이 나왔다.

자기편이 되어 줄 올리버 오라버니는 이미 입궁했는지 보이지 않았다. 에르멘가르트 가문의 아침은 언제나와 똑같았다. 고루하고, 지루하고, 따분했다.

그녀는 시무룩한 표정으로 식탁에 앉아 밥을 먹었다. 맛없어, 라고 투정이라도 부리고 싶었지만 흠잡을 곳 없이 완벽했다. 게다가 디저트는 아그레시아에서 제일이었다. 사실 가출했을 당시에도 디저트는 매우 그리웠었다. 그녀가 식사를 하자 아버지가 말했다.

"정 그러면 오늘은 왕궁에 오는 건 어떠냐. 폐하께 말씀드려 보마."

"왕궁이요?"

에델바이스가 눈을 크게 떴다.

“오늘 성하가 오신다더구나.”

에델바이스의 얼굴이 환하게 개자, 그 모습을 본 어머니가 혀를 차며 고개를 설레설레 저었다. 에델바이스는 기뻐서 견딜 수가 없었다.

궁은 가출 소동 이후 열 살 때 한 번밖에 가 보지 못한 곳이었다. 사교계에 발을 내딛기 전에 궁을 한 번 더 가는 것도 모자라 린도가 오다니!

“저는 아버지가 세상에서 제일 좋아요! 사랑해요, 아버지!”

에델바이스가 자리에서 일어나 아버지의 목을 끌어안고 뺨에 뽀뽀를 했다. 아버지는 가만히 고개를 숙이고 있었다. 저 입가가 살짝 올라간 게, 아버지의 기분이 ‘최고’라는 표현이라는 걸 알고 있다. 아버지의 따뜻한 손이 그녀의 머리를 쓰다듬었다.

딸의 애교를 보던 부부, 에셀먼드와 비올렛이 시선을 교환했다.

“왜 안 나오시지.”

에델바이스가 중얼거렸다. 아버지의 출근 시간에 같이 나가 봤자 할 일도 없기에, 그녀는 따로 왕궁으로 향했다.

왕궁에 도착해 한참을 응접실에 앉아 아버지를 기다렸지만, 아버지는 오지 않고 급한 일로 인해 회의실로 가셨다는 대답만 돌아왔다.

소파에 얌전히 앉아 있던 에델바이스의 자세가 풀리기 시작했다. 그녀는 심심함에 손을 꼼지락거렸다. 결국 그녀는 응접실 앞에 서 있는 기사에게 물었다.

"저, 아버지께서 약속을 잊어버리신 건가요?"

"아니요, 아닙니다. 지금 회의가 늦어지고 있는 겁니다."

"성하가 참여하시나요?"

"아니요, 제가 알기로는 아닙니다."

그러면 빨리 만나게 해 주셔야죠! 린도는 언제나 바빠서 금방 성도로 내려가 버린단 말이야.

에델바이스는 푸욱, 한숨을 쉬었다. 아버지가 그럼 그렇지. 예쁜 왕궁의 모습에 기분이 좋았으나 결국 그저 그뿐이었다. 아니, 오히려 이게 더 좋은 기회일지도 모른다. 린도를 볼 수 없으면 직접 찾을 수밖에.

"어디 가십니까?"

그녀가 응접실을 나서자 기사가 바로 그녀에게 말을 건넸다.

"아, 저……."

에델바이스가 얼굴을 붉히며 화장실이라고 작게 속삭이자 기사가 난감한 표정을 지으며 손가락으로 방향을 가리켰다. 그녀는 급한 체하며 종종걸음을 해 그곳으로 향했다.

그리고 모퉁이를 돌자마자, 냅다 복도 너머로 뛰었다.

됐다! 그냥 기다리는 건 사양이다!

어렸을 적 언니와 오빠도 왕궁 탐험을 했다고 들었다. 자기라고 못 할 게 뭐 있겠는가. 게다가 자신은 '린도를 만난다'라는 확고한 목적이 있었다.

졸지에 분노한 대장군에게 질책을 당할 불쌍한 기사에 대한 생각은 멀리 던져 버리고 철없는 에델바이스는 왕궁 복도를 뛰어다녔다.

기사들이 언제 찾아올지 알게 뭔가. 늦은 아버지 잘못이야. 그녀는 바깥으로 뛰쳐나갔다.

시종에게 물어물어 린도가 있다는 본궁 바깥으로 나가 정원을 구경하던 에델바이스는 점점 정원 깊숙이 들어갔다. 구불구불 미로 같은 구조의 정원에서 길을 잃기도 했지만, 에델바이스는 이 탐험에 꽤 신이 나 있었다.

어차피 본궁이 아니라 정원이다. 언니나 오빠처럼 국왕 폐하께 실례를 저지를 염려는 없으니 상관없다. 더 깊이 들어간 곳에는 커다란 나무가 있었다.

이렇게 큰 나무는 처음 봐! 에델바이스가 나무를 보며 감탄했다. 그곳으로 발을 내딛는 순간, 그녀는 그 자세 그대로 멈추었다. 그렇게나 찾아다니던 교황, 린도가 서 있었기 때문이었다.

린도는 에델바이스의 존재를 눈치채지 못한 모양인지 나무에 등을 기대고 먼 하늘을 바라보고 있었다.

섬려한 옆선이 눈에 들어왔다. 여전히 은발은 낮에도 하얗게 빛나고 있었다. 그는 에델바이스가 본 존재 중에 가장 아름다운 존재이자, 신이 아름답게 빚어낸 창조물이었다.

천사 같은 남자가 눈앞에 있었지만 어쩐지 말을 걸 수 없었다. 항상 따스한 미소를 짓던 그의 입술이 일자로 다물려 있었고, 부드럽게 휘어진 그 두 눈이 마치 오랜 세월에 풍화되어 버린 바위처럼 건조한 느낌을 주었기 때문에.

먼 곳을 바라보는 그 시선 너머에는 무엇이 있는 걸까? 그때 새소리가 들리더니 린도가 고개를 돌려 정확히 에델바이스가 있는 곳을 바라보았다.

그에 린도의 얼굴이 변했다. 그것은 마치 꼭 가면을 쓴 것과도 같은 극적인 변화였다. 메말랐던 얼굴이 다시금 미소를 머금고, 천사가 되었다.

"에델바이스!"

에델바이스는 웃을 수가 없었다. 그 밝은 미소 전에 봤던 것이 너무 충격적이었기 때문이었다. 설마, 린도도 사교계의 사람들처럼 거짓 웃음을 지어 왔던 것일까? 그러나 에델바이스가 생각에 잠기기 전, 린도가 살갑게 물었다.

"또 가출한 거니?"

"가출이 아니라, 탈출이요."

에델바이스의 말에 린도가 웃음을 터트렸다.

그래, 그에게는 이렇게 아름다운 미소가 어울렸다. 부정적인 생각을 털어 낸 에델바이스는 손을 뻗어 린도의 하얀 얼굴을 만졌다.

"에델바이스?"

따스한 온기가 전해져 왔다. 그리고 그녀가 린도의 볼을 꼬집어 늘렸다.

"에헤아이스 어하으거이"

"린도, 보고 싶었어요."

"아호 호거시허허."

"정말로, 정말로 보고 싶었어요!"

"……."

"린도를 보려고 이렇게 뛰쳐나왔다니까요?"

린도가 볼을 꼬집히는 와중에도 의아한 표정을 띠었다. 왠지 에델바이스는 이렇게 말해 주고 싶었다.

"저는 린도가 세상에서 제일 좋아요."

에델바이스가 린도의 뺨을 꼬집은 손을 놓았다.

"나도 네가 좋아, 에델바이스."

하지만 그 천사는 '천사'처럼 미소 지을 뿐이었다.

"자, 자, 착하지?"

"우우우."

국왕 샤를루스는 아이를 안고 흔들고 있었다. 이에 아이는 샤를루스를 보며 꺄르르 웃었다.

"참 귀여운 공주님이군요."

린도의 말에 샤를루스가 고개를 끄덕이며 멋쩍게 웃었다.

"늦은 나이에 아이를 가져 무리한 아내에게 미안할 따름입니다만……. 그와 별개로 딸아이는 예쁩니다. 샤를 녀석도 좋아하고요."

린도가 팔을 뻗었다. 아이는 얌전히 안겨 멀뚱멀뚱 린도를 보고 있었다. 아이의 눈은 금을 녹여 만든 듯한 금안이었다.

두 쌍의 금안이 서로를 마주 보았다. 그것이 마치 '가족'과도 같아 보였다. 아이는 꺄아, 하며 입을 열고 웃었다.

"역시 아이들은 성하를 가장 좋아하나 봅니다."

린도는 입가에 미소를 띤 채 아이를 다시 샤를에게 건넸다. 아이가 더 안기고 싶었는지 팔을 뻗었지만 린도는 그저 미소만 지을 뿐이었다.

샤를루스는 옆에 있는 유모에게 아이를 건네주었다. 유모는 국왕의 눈짓에 허리를 숙이더니 방에서 물러났다.

"대신전을 평민과 천민에게 무료로 개방하는 것은 좋은 선택이었던 것 같습니다."

"종교는 신분을 따지지 말아야 하는 법이니까요."

린도가 대답하며 샤를루스를 보았다. 서른을 넘어선 남자는 이미 성장하여 어엿한 아버지가 되어 있었다. 그에 비해 린도의 얼굴은 스무 살대의 젊은 청년 그대로의 모습이었다.

"사실, 이렇게 하는 게 도움이 되는 건지 모르겠습니다."

"어떤 도움이요?"

"사람들이 어리석은 창조신을 믿지 않고 스스로 자립하는 것 말입니다. 결국 평민들과 천민들에게 신전을 완전히 개방한다면 그것은 결국 신도를 늘리는 거잖습니까."

린도의 말에 샤를루스가 미소를 지었다.

"성하의 결단은 현명한 겁니다. 모든 것을 금방 바꿀 수는 없어요. 그리고 사람들이 신을 믿게 하지 않는 건 애초에 불가능합니다. 성하는 '신도'가 된 이들이 오롯이 일어설 수 있도록 도와준다고 하셨죠. 그것으로 됩니다."

"하지만 그건 거짓된 겁니다."

"……."

"아그레시아의 종교는, 필연적으로 사라져야 합니다. 시작부터가 기만이었으며, 누군가의 피와 눈물로 유지되어 왔던 졸렬하고 추악한 것이니까요."

린도가 차갑게 말했다. 신의 존재에 회의적인, 신을 믿는 종교의 수장, 종교가 사라져야 한다는 종교의 수장. 샤를루스는 그가 너무도 안타까웠다.

"성하."

샤를루스가 조심스럽게 이야기를 꺼냈다.

"성하는 이미 충분히 그 자리에서 노력하고 계십니다."

"……."

"가끔 성하는 너무 조바심을 내시는 것 같습니다."

말룸과 최후의 성녀가 사라지고 안정되는 것 같았지만 시간이 지나면 지날수록, 그는 무언가에 쫓기는 것 같았다.

“제가, 너무 과격하다고 말씀하시는 겁니까?”

“아니요. 성하가 내건 정책은 전혀 과격하지 않습니다. 그렇지만 성하가 조급해 보인다는 말씀입니다. 아니, 불안해 보인다가 더 맞겠군요.”

“…….”

“저는 오랫동안 성하의 곁에 있었습니다. 어쩌면 제 아내나 자식보다도 긴밀한 관계로 이루어진 동반자라고 할 수 있겠지요. 성하는 제 벗입니다.”

그 말에 린도의 얼굴이 기묘하게 변했다. 샤를루스에게 그런 말은 처음 듣는 것이기 때문이었다.

“저는 성하의 곁에 누군가가 있어 주어야 한다고 생각합니다.”

그 말에 린도가 쓴웃음을 지으며 말했다.

“폐하, 저는 신에게 몸을 담기로 한 성직자입니다.”

“…….”

“제 곁에 누가 자리할 일은 없을 겁니다.”

“스승님 때문에요?”

샤를루스의 말에 린도의 표정이 굳었다. 어린 시절부터 섬세한 이 청년은 제법 날카로운 구석이 있었다. 잘 숨겼다고 생각했는데 알고 있던 모양이었다. 샤를루스가 씁쓸하게 웃으며 말했다.

“말했잖습니까. 당신과 같은 위치에서 당신을 동등하게 보는 건 저뿐이라고.”

그에 린도가 나지막한 한숨과 더불어 씁쓸한 미소를 지었다.

“비올렛은……. 전 이제 그런 감정 따윈 품지 않습니다. 강렬하게 열망한 적도 있었죠. 비올렛은 내게 애정을 품고 있습니다. 저는 그것에 만족해요."

"……."

"물론, 그 애가 가장 사랑하는 이는 후작이었지만요."

"……."

"이젠 그 감정이 어땠는지도 잘 기억이 나지 않습니다. 저는 비올렛을 사랑합니다만, 그것은 가족으로서 품는 애정입니다. 그래서 제가 누군가를 사랑하지 않는 건, 비올렛 때문이 아니에요."

세월은 지났고, 그렇게 사랑하던 비올렛은 에셀먼드의 곁에서 행복을 찾았다.

비올렛의 가장 소중한 사람이 자신이 아니라는 것은 서글픈 일이었다. 그러나 그 슬픔도 시간이 지나니 잊혀졌다.

가장 반짝반짝 빛나고 화려하며, 찬란했던 감정은 세월이 지나며 마모되었다. 사랑이 아닌 애정으로 그는 만족했다.

비올렛에게 가장 소중한 것은 에셀먼드였으므로. 그저 그 옆에 있는 것만으로도, 그녀가 낳은 이들을 지켜보는 것만으로도 좋았다.

"성하, 성하를 가장 사랑한다고 말하는 사람이 나타나면, 성하는 그 사람을 곁에 둘 생각입니까?"

그 말에 린도의 미소가 굳었다.

"제겐 그다지 유쾌하진 않은 주제로군요. 꼭 서로를 원하며 사랑하는 것만이 불완전한 것을 완전하게 만들 수는 없습니다. 사랑이 모든 것의 완성은 아니니까요."

"……맞습니다. 사랑이라는 감정이 모든 것을 완성시키지는 않죠. 그렇지만 성하는 다릅니다."

샤를루스의 말에 린도의 기분이 급속도로 가라앉았다. 린도가 화를 낼 수 없는 건, 샤를루스는 진심으로 그를 걱정하고 있기 때문이었다. 샤를루스도 린도가 그의 말을 '거슬려' 한다는 것을 알면서도 말을 이었다.

"저는 다른 사람도 아닌 성하의 곁에 꼭 누군가가 필요하다고 생각합니다."

린도는 불쾌감에 화를 내고 싶었지만 그가 자신을 염려하는 것을 알기에 차마 화를 낼 수 없었다. 세월이 지나고 남은 것은 동등한 위치라 생각했던 비올렛이 아닌 샤를이었다.

"저는 성직을 포기할 생각이 없습니다, 폐하. 저는 죽을 때까지 교황일 겁니다."

린도의 어조는 단호했다. 샤를루스가 한숨을 쉬듯 말했다.

"성하는 성직을 혐오하면서도 종교의 계율은 엄격히 지키시는군요."

"……."

"그건 결국, 아무도 곁에 두고 싶지 않은 게 아닙니까."

"그만하세요, 폐하."

두 사람은 한참 동안 아무 말도 하지 않았다. 어색한 침묵을 깨고 샤를루스가 밝은 목소리로 말했다.

"참, 오늘 에델바이스가 왔다고 하더군요."

"에델바이스요?"

"그 애도 참 스승님을 닮았습니다."

샤를루스의 말에 린도가 고개를 갸웃하며 말했다.

"그랬던가요?"

"네, 후작의 말을 들으면 어렸을 적 모습과 똑같다고 하더라고요. 늦둥이 막내딸에 스승님과 똑같은 외모라니, 후작이 가장 귀애할 만도 합니다."

"……그렇군요."

린도는 에델바이스의 외모를 떠올렸다. 금갈색 머리, 날카로운 눈매와 짙은 푸른색 눈동자는 에셀먼드를 닮았다. 그 애를 처음 만났을 때는 겨울, 눈 내리는 날이었다.

집에 놀러 갔더니, 다짜고짜 그 아이가 사라졌다며 우는 비올렛을 보며 놀라서 그 아이를 찾으러 나갔었다.

그리고 에델바이스를 제일 먼저 발견한 건 린도였다. 그 아이는 하얀 눈 속에서 훌쩍이며 울고 있었다. 어린아이의 서러운 얼굴은 퍽 처연했다.

생각해 보니, 비올렛의 첫 만남과 비슷했다. 예전, 비올렛이 너무 보고 싶은 나머지 수도로 달려가 비올렛의 저택에 숨어들었던 적이 있었다. 그때의 비올렛도 울고 있었다.

"그러고 보니, 닮은 것도 같군요."

그러나 비올렛과는 달리 그날 이후 에델바이스는 린도를 만나면 활짝 웃고 졸졸 따라다녔다. 게다가 매번 보내는 편지까지. 올리버와 데이지와는 또 다른 느낌이었다.

"또 가출이라도 할까 봐 후작이 어지간히 불안했나 봅니다. 왕궁을 구경시켜 줘도 되겠냐고 제게 청을 넣었습니다."

그에 린도가 잔웃음을 띠었다.

"제 생각에 그 아이 성격대로라면 아마 올리버와 데이지처럼 왕궁을 마음대로 탐험하지 않을까 싶은데요."

"그럴지도 모르죠. 내기할까요?"

샤를루스가 웃음기 어린 목소리로 물었다.

"우리 둘 다 같은 쪽에 걸어서 내기가 성립하지 않을 것 같은데요."

린도의 말에 샤를루스가 다시 웃음을 터트렸다

대화가 끝난 후, 린도는 주위에 있는 신관들을 물리고 정원을 거닐었다. 그 걸음걸음은 가벼웠으나 마음만은 무거웠다. 샤를루스의 말은 틀리지 않았다. 지금 그는 조급하고 불안했다.

정신을 차리자 린도는 정원의 가장 깊숙한 곳에 들어와 있었다. 린도는 정원의 가운데에 자리한 커다란 나무를 바라보았다. 생명들의 소리가 시끄럽게 울려 퍼졌다.

—그건 결국, 아무도 곁에 두고 싶지 않은 게 아닙니까.

샤를루스의 목소리가 떠오름과 동시에, 린도는 갑자기 그 생명의 소리가 지겨워졌다. 귀를 틀어막고 싶었다. 샤를루스에게 간파당했다. 그는 아마 린도가 무엇을 꾀하는지도 눈치챘을지 모른다.

"시끄러워……."

린도가 느끼고 있는 이 감각은 어렸을 적엔 비올렛도 함께 느끼던 것이었다. 그러나 그의 가장 소중한 존재는 이젠 힘을 잃고 평범한 인간이 되었다. 그의 세계를 공유할 수 있는 이가 아무도 없다는 뜻이었다.

아니, 처음부터 그는 철저히 혼자였다. 그의 시간은 그대로 얼어붙었으니까. 비올렛도 에셀먼드도, 샤를도, 서서히 나이를 먹어 가고 있었다. 그러나 그는 그대로였다. 여전히 아름답고 밝은 외양 그대로. 홀로 남은 특별함, 그 특별함은 정말로 특별한 것인가. 이것은 그가 인간이 아니며 어느 곳에도 섞일 수 없다는 이방인이라는 증거였다.

아무런 목소리도 들리지 않는 고요함을 린도는 알지 못한다. 눈을 뜨면 가장 소중한 사람이 곁에 있는 행복도 알지 못한다. 같이 늙어 가는 동질감을 알지 못한다. 오랜 세월을 살았지만 그는 어느 것도 알지 못하는, 아직도 어린 얼간이였다.

사랑이, 소중한 사람이 곁에 있어 주는 것이 모든 것의 완성이 아님을 잘 알고 있다.

아마 자신은 평생 이렇게 살 것이다. 목표한 것을 성취하게 되면 그렇게 혼자서, 쓸쓸하게 죽음을 맞이하겠지. 아니, 어쩌면 저주와 원망을 들을지도 모르겠다.

'누구지? 누구야? 누구야!'

그때 린도는 경계로 가득 찬 새의 목소리를 들었다. 주위를 둘러보니 소녀가 멍하게 서 있었다.

린도는 깜짝 놀랐다. 그리고 여느 때처럼 활짝 웃었다.

에델바이스였다.

"에델바이스!"

에델바이스는 뭔가에 놀랐는지 얼떨떨한 표정을 하고 있었다. 그렇지만 린도는 그 존재가 반가웠다. 왜인지는 알 수 없었다. 그냥 반가웠다.

에델바이스는 그가 그녀를 반기는 것보다 더욱 신이 난 모양이었다.

"린도, 보고 싶었어요."

린도는 그 말에 고개를 갸웃했다. 딱히 저 아이의 무언가를 충동질한 적은 없었던 것 같은데. 그럼에도 자신의 볼을 꼬집는 이 철없는 소녀가 한 말에 마음이 따스해졌다.

"저는 린도가 세상에서 제일 좋아요."

그 말에 린도는 잠시 굳었다.

—성하를 가장 사랑한다고 말하는 사람이 나타나면, 성하는 그

사람을 곁에 둘 생각입니까?

린도의 입이 자신도 모르게 열렸다.
"정말 내가 세상에서 제일 좋니?"
"네!"
에델바이스는 힘차게 대답했다. 린도는 그 말에 씁쓸하게 웃음 지었다. 철없는 아이의 말이라는 것을 알면서도 가장 원하는 말을 해 주는 소녀에게, 말하고 싶었는지 모른다.
"아직도 여기가 힘드니?"
"네, 힘들어요. 여긴 언제나 재미없는걸요."
"그래서 행복하지 않다는 말이니?"
"행복이요? 사람들은 보통 그걸 생각하고 사나요? 저는 행복하지도 불행하지도 않아요. 그냥 이곳은 지루하고 재미없어요."
에델바이스가 고개를 갸웃하며 말했다. 그렇구나. 린도는 고개를 끄덕였다. 그는 이 아이를 기다리지도 않았고, 이 아이를 딱히 찾지도 않았다.
"그러면 날 따라가지 않을래?"
린도는 마치 시험하듯 그런 이야기를 꺼냈다.

—널 찾아 여기까지 왔어, 비올렛.
—…….
—네가 보고 싶었어.
—…….
—나는 널 미워하지 않아. 정말이야. 네가 천민이든 아니든 상관없어.

—…….

—그러니 날 따라가지 않을래?

그때 비올렛은 망설였다. 그러나 린도는 자신과 달리 비올렛이 자신을 찾지 않았으며, 자신이 기다렸던 만큼 보고 싶어 하지도 않았다는 것을 어렴풋이 깨달았다. 지금 생각해 보면 자신이 손을 내밀 때 비올렛의 표정은 망설이는 듯했지만, 분명히 거절하고 있었다.

린도는 에델바이스가 거절할 것을 알고 있었다. 막상 집을 떠나자고 하면 망설이며 가족을 선택할 것을 알고 있었다. 오히려 질문을 던져 놓고 린도는 어린아이에게 무슨 짓을 하는 거냐 속으로 코웃음 쳤다. 그때 에델바이스가 손을 뻗어 린도의 손을 잡았다.

"정말요?"

"어?"

린도가 눈을 크게 뜨고 그녀를 바라보았다. 한 치의 망설임도 없이 소녀가 대답했다. 바다 같은 푸른 두 눈이 자신을 오롯이 응시하며 활짝 웃었다.

"정말로 저 데려가 주시는 거예요?"

아니, 이게 아니었다. 오히려 당황한 것은 린도였다. 그는 웃으며 말했다.

"너처럼 성인도 안 된 어린 애를 데려갔다간 비올렛에게 혼날걸."

"치이."

자신을 가장 사랑해 주는 사람이 나타나든 그게 무슨 소용인가. 자신은 그대로 얼어붙어 있을 것이고 다른 이들은 저마다 동반자를 찾아 자신을 앞서갈 텐데.

이 아이도 마찬가지일 테지.

"성하! 이건, 이건 옳지 않습니다. 신전의 개방까지 모자라, 기도실의 개방이라니요!"

대신관 중 한 명의 말에 린도가 그를 차갑게 노려보았다. 신전이 개방된 지 약 1년 후, 린도는 대기도실까지 평민들과 천민들에게 개방했다.

"'옳지 않다'라니?"

"그렇지 않습니까. 신전에 드나드는 이는 그럴 자격이 있는 이들만 받아야 합니다. 모든 이들에게 사랑을 베푸는 것은 좋습니다. 하지만 평민들이 드나들 수 있는 예배당이 있는데도 기도실을 개방하는 것은……."

"평민이 기도실에 있으면 안 된단 말인가?"

"성하, 신관들은 모든 이들을 상대할 정도로 한가하지 않습니다. 성금의 대부분을 바치는 이들이 귀족이라는 걸 아셔야 합니다. 그들은 천민 아니, 낮은 신분의 사람들과 섞이고 싶어 하지 않을 겁니다."

"그러니까 귀족들의 눈치를 봐야 한다?"

린도의 입꼬리가 올라갔다.

"성하, 이제 성도도 예전 같지 않습니다."

인간 중심주의 사상의 발달로 아그레시아의 종교는 이전과 같은 권위를 점점 잃어 가고 있었다. 화려한 신앙의 도시는 여전히 아름다웠으나, 그것을 유지하는 성기사와 신관들은 점점 줄어 가고 있었다.

"만약 성도가 몰락하면 그것 또한 신의 뜻."

"……."

"모든 것은 신의 뜻이니, 마땅히 받아들여야 함이 아닌가?"

그 말이 비꼬는 말임을 대신관들은 모르지 않았다. 그들은 할 말을 잃은 채 린도를 바라보았다. 몰락도 멸망도 모두 신의 뜻이라니.

가장 강한 성녀 아나스타샤의 피를 이은 자, 사라져 버린 신의 힘을 지닌 유일한 자, 신의 축복을 받아 영원한 젊음을 지닌 아름다운 청년.

신이 존재한다는 증거가 있다면 그건 바로 이 성도의 지도자, 린도였다. 그는 신이 세상에 남긴 마지막 흔적이었다.

그런 그는 아주 가끔 신을 증오하는 것 같았다.

대신관들은 가끔 린도의 그런 모습을 보며 알 수 없는 선뜩함을 느끼곤 했다. 남들과 다른 특별함을 지닌 그는 범인(凡人)들과는 너무도 달랐다.

그는 마치 신과 가까운 가장 높은 곳에 서서 절대자처럼 관찰하는 표정으로 사람들을 내려다보는 것 같았다. 신관들은 린도의 그런 모습에 두려움을 느끼고는 했다.

"성하!"

추기경 고티에가 뛰어와 린도에게 귓속말을 했다. 린도는 눈을 크게 뜨며 소리쳤다.

"뭐?!"

순간, 린도를 감싸던 이질적인 분위기가 사라졌다. 오랜 세월을 살아온 린도는 노인과도 같은 나이였고, 웬만한 일에는 놀라지도 않았다. 하지만 그는 정말 오랜만에 당황한 표정이었다.

"아니, 지금 날씨가…… 대체!"

린도가 자리를 박차고 일어나 뛰쳐나갔다. 대신관들이 추기경에게 물었다.

"대체 무슨 일이랍니까?"

"그게…… 손님이 오셨답니다."

"손님이요?"

"그게, 비올렛 님의 막내 따님이……."

성녀 비올렛에 대해 모르는 이들은 없었다. 세상에 뻗은 절대 악을 물리친 성녀. 그런 성녀는 힘을 잃고 혼인을 하여 세 명의 자식을 낳았다.

"비올렛 님께서 따님분과 오시기라도 한 겁니까?"

"혼자 오셨다고 합니다."

"혼자? 내가 알기로 그 따님이 지금……."

"이제 갓 열여섯 살이라고 합니다."

"허…… 참."

이 추운 겨울날, 수도에서 성도로 혼자서 왔다고? 갓 성년이 지난 여자애가? 지금 첫눈이 내렸는데? 신관들의 눈동자가 흔들렸다.

"성하도 사람이셨군요."

"그러게나 말입니다."

그들은 놀라서 뛰쳐나간 린도의 모습을 떠올렸다.

"린도!"

에델바이스의 코끝이 빨갛게 물들어 있었다. 짐승들의 털옷을 덕지덕지 입은 그녀는 귀족의 흔적 따윈 찾아볼 수도 없었다.

"대체 이게 무슨……."

"출가했어요!"

"뭐?"

"출가했다고요. 그래서 신전으로 왔어요."

"……대체 왜?"

"린도가 '따라오지 않을래?'라고 했잖아요."

"그래서 내가 너를 데려갔니?"

"아니요? 성인이 되지 않은 어린애는 못 데려간다고 했잖아요."

"……."

"성인이 되자마자 왔어요."

에델바이스가 활짝 웃었다. 린도는 머리를 부여잡았다.

"대체…… 어떻게 온 거야."

"당연히 돈으로 용병을 고용해서 왔죠, 아주 안전하게."

린도는 그녀의 뒤에 서 있는 한 무리의 용병을 바라보았다.

"에델바이스!"

"엄마 걱정시키지 말라고요? 저 그럼 다시 돌아갈까요?"

"……."

린도가 하늘을 올려다보았다. 린도를 비웃기라도 하듯 회색빛 하늘에서는 또 눈송이가 내리고 있었다. 한바탕 크게 눈이 내릴 성싶었다.

에델바이스는 침대에 앉아 발을 까딱였다. 그녀는 교황이 거하는 대신전의 손님방에 묵게 되었다. 따뜻한 물로 몸을 씻고 깨끗한 옷으로 갈아입고 난 뒤 그녀는 문득 떠오른 생각에 잠겼다.

'역시 화가 났을까.'

에델바이스도 이런 막무가내식 방문이 좋지 않다는 건 잘 알고 있었다. 그럼에도 불구하고, 그녀는 자신의 마음을 따랐다.

―날 따라가지 않을래?

먼저 그렇게 말했던 건 린도였다. 어려서 안 된다는 말에 그녀는 성인이 될 때까지 기다렸다가 움직였다.

수도에서 성도까지의 여행은 힘들었으나 나름 즐거웠다. 린도가 기다리고 있다고 생각하니 더욱 그랬다. 막상 만난 린도는 떨떠름해 보였지만, 에델바이스는 이곳에 오길 잘했다고 생각했다.

"그래도 갑자기 와서 미안하다고 사과는 해야겠지?"

에델바이스는 자리에서 일어나 무작정 린도의 방으로 걸어갔다. 신관들이 많을 거로 생각했던 신전은 의외로 조용하며 사람들이 거의 다니지 않았다.

"성하의 방이 어디지요?"

신관이 에델바이스를 알아보고 교황의 방을 알려 주었다.

노크하자마자 들어오라는 린도의 소리를 듣고 그녀는 벌컥 방문을 열고 들어갔다.

"저, 있잖아요. 린도……."

에델바이스는 순간, 보이는 장면에 눈을 크게 떴다.

"……."

"……."

순간 그 누구도 입을 열 수 없었다. 에델바이스는 눈을 크게 떴다. 그녀는 난생처음으로 사내의, 그것도 린도의 풀어진 모습을 보았다.

에델바이스처럼 그도 몸을 씻고 나온 모양인지 머리끝에서는 물이 뚝뚝 떨어졌다. 에델바이스는 그의 은색 머리에도 물이 스며드는구나, 하며 신기해했다.

항상 목 위까지 잠그고 다니던 새하얀 성복은 온데간데없었다. 몸에 걸쳐진 가벼운 재질의 하얀 가운은 물에 젖어 마치 잠자리 날개처럼 투명했고, 열린 앞섬으로 새하얀 살결이 보였다.

성복을 벗은 청년은 마르지도, 그녀의 아버지처럼 근육질도 아니었다. 적당히 잡혀 있는 마른 근육에, 그녀는 사내의 몸도 이렇게 아름다울 수 있다는 걸 깨달았다.

신화 속에 있는 천사의 모습이 이렇게나 성스럽고 아름다웠을까? 얼굴에 열이 확 몰려왔다.

"에델바이스, 놀라서 굳어 버린 건 알지만 이제 눈을 감아 주는 게 어떨까?"

그 아름다운 천사로부터 목소리가 들려왔다. 정신을 차리자 린도가 빙그레 웃고 있었다. 자신의 몸을 내보였다는 수치심 따윈 남자에게 존재하지 않았다.

"싫어요."

"뭐?"

"예뻐요."

"나, 참."

린도는 어쩔 수 없다는 듯 웃으며 옷을 여몄다.

"미안해. 여긴 사내밖에 없어서 누구인지 들어 보지도 않고 들어오라고 했단다."

"……."

"무슨 볼일이 있니?"

린도가 방에 마련된 의자에 앉았다. 기다란 은발에서는 여전히 물이 뚝뚝 떨어졌다. 에델바이스는 왜 그의 옷이 젖어 있었는지 그제야 알았다.

흐트러진 옷매무새로 의자에 삐딱하게 기댄 린도는 에델바이스를 올려다보았다. 에델바이스는 침을 꿀꺽 삼켰다. 그의 얼굴에 아직 목욕의 여운이 남은 것인지 볼에 홍조가 서려 있었기 때문이었다. 게다가 눈 역시도 졸린 듯 나른했다.

그녀가 아는 린도에게서 절대 볼 수 없는 흐트러짐이었다. 자신의 공간에 있는 린도는 이런 사람일까? 그 묘한 느낌을 무시하며 에델바이스가 헛기침을 했다.

"머리카락 물기. 누가 안 닦아 줘요?"

"예전엔 닦아 줬는데, 요즘엔 필요 없어."

"왜요?"

"그냥. 혼자가 편하니까."

린도가 쓴웃음을 지었다. 에델바이스는 자신도 모르게 린도의 의자 뒤로 걸어가, 수건을 들어 린도의 머리칼에 있는 물기를 훔쳤다.

"에델바이스?"

"가만히 있어 봐요. 그러다가 감기 걸려요."

"나 참, 괜찮아. 난 감기 같은 거 안 걸려."

"안 걸리는 거 아니잖아요. 그냥 잠깐 아팠다가 마는 거 아니에요? 엄마가 성녀였을 때도 그랬다고 하던데."

"비올렛이 말해 줬구나. 그래, 어차피 감기 걸려 봤자 하루도 안 가."

"그래도 조금이라도 아픈 건 안 좋으니까."

에델바이스가 꼼꼼히 젖은 머리카락을 만져 주었다. 린도는 고개를 들어 에델바이스의 얼굴을 빤히 바라보았다.

"내가 화났을까 봐 이러는 거니?"

금색의 눈동자가 황홀할 정도로 아름다워 에델바이스는 린도의 얼굴을 쳐다보지 못한 채 말했다.

"아까 말했잖아요. 감기 걸릴까 봐 걱정된다고."

"……."

힐끔거리며 그의 얼굴을 보는 에델바이스의 모습에 린도가 빙그레 미소를 지었다. 이상하게도, 그녀의 손길을 얌전히 받아들이는 그 모습은 마치 천진한 아이 같았다.

이 사람, 대체 어떤 게 본모습일까.

"린도."

"응?"

"화났어요? 제가 막무가내로 와서?"

"조금 화났어."

"미안해요, 갑자기 통보도 없이 와서."

"그게 아니라, 네가 걱정 끼칠 행동을 했잖아."

"괜찮아요, 그건……."

"부모님께 허락은 받은 거야?"

"여행을 가고 싶다고 하니 허락은 해 줬어요."

"진짜로?"

"나중에 가라고 하긴 했지만……."

린도가 엄한 표정으로 에델바이스를 바라보았다.

"일단, 허락은 받았는걸요……."

그녀의 목소리가 모기만 하게 작아졌다. 린도가 기댔던 의자에서 일어나, 긴 머리의 물기를 털어 내며 말했다.

"우선 나는 너를 환영해, 에델바이스. 네게 아낌없는 환대를 베풀어 줄게."

"……."

"부모님이 돌아오라고 말하는 그때까진 말이야."

"하지만 저도 성인이라고요."

"스스로를 책임질 때가 진짜 성인인 법이지."

"치, 그럼 린도는 성인인가요? 머리도 못 말리면서."

그 말을 들은 린도는 웃음을 터트렸다. 그의 나이는 인간으로 치면 곧 수명이 다할 정도였다. 그런 그에게 성인이냐니.

그러나 에델바이스의 말은 틀리지 않았다.

"그러게. 나는 아직도 어린아이로구나."

벗어났다고, 성장했다고 하지만 그는 여전히 옛날에 멈춰 있었다.

비올렛과 에셀먼드의 연락을 받은 린도는 헛웃음을 지었다. 그럼 그렇지, 무슨 허락받은 여행인가. 이것은 계획된 가출이었다.

항상 문장이 짧던 비올렛의 편지가 에델바이스에 대한 분노와 걱정으로 가득 차 있었다. 에셀먼드의 편지 역시 마찬가지였다. 이들의 공통적인 의견은…….

"겨울이 끝날 때까지는 이곳에 머무르렴."

"꺄아악!"

한겨울이 지나 봄이 될 때까진 성도에 부탁한다는 말이었다. 비올렛도 에셀먼드도 여기서 더 통제하다간 에델바이스가 엇나갈 것임을 알고 있었다.

"너무 좋아!"

신나서 손을 흔드는 에델바이스를 보며 린도가 씁쓸하게 말했다.

"그렇게까지 예의를 차릴 필요는 없는데……."

"네?"

"아니야, 아무것도."

비올렛은 감히 부탁한다고 말하며, 에델바이스의 의복과 식비를 보내겠노라고 적어 놓았다. 에셀먼드의 편지 역시 다르지 않았다.

그들이 알고 지낸 지 오랜 시간이 지났음에도, 거리감은 여전했다. 도움을 청하고, 도움을 받고. 비올렛은 비올렛이라는 이유 하나만으로 모든 걸 바쳐서 도와줄 이유가 충분한데.

"가자. 교황성을 구경시켜 줄게."

"네!"

그때 에델바이스가 린도의 손을 잡았다. 린도는 움찔했다.

"에델바이스?"

"네?"

동그랗게 뜬 푸른 눈동자를 보며, 린도는 무슨 말을 해야 할지 아주 잠시 고민했다. 그러다, 이내 빙그레 미소를 지었다.

이 아이는 그저 어린아이다. 예전부터 손을 잡아 온 그 꼬마 아이가 어른에게 자연스럽게 손을 잡은 것뿐이다.

성인으로 성장했다고 해서, 또 그 사람을 이성이라고 대하고 거리를 두는 것도 확실히 이 아이에겐 실례였다. 린도는 빙그레 웃으며 손에 힘을 꽉 주고 에델바이스를 잡아끌었다.

그녀를 위해 준비한 곳이 마음에 들길 바라면서.

'어, 어떡해! 계속 손잡아 주고 있어!'

에델바이스는 눈을 크게 떴다. 한겨울 눈이 새하얗게 쌓인 정원 같이 아름다운 남자가 에델바이스의 손을 꽉 잡고 이끌었다.

소복, 소복.

눈을 밟는 소리가 정원에 울려 퍼졌다. 쌓인 눈을 밟는 건 에델바이스가 가장 좋아하는 것이었으나, 그녀는 그것을 느낄 수도 들을 수도 없었다. 심장 소리가 귓가에 쿵쿵 울리고, 온 정신은 잡은 손에 있었기 때문이었다. 여태껏 숱하게 잡아 온 손이 오늘 따라 다르게 다가왔다.

"춥니?"

"아, 아니요."

"얼굴이 빨개."

다정한 남자의 말에 에델바이스는 차마 얼굴에 열이 오른 거라고 말할 수 없었다. 그리고 열이 오른 이유가 그와 손을 잡아서라는 웃기지도 않은 이유라는 건 더더욱 말할 수 없었다.

'그래서, 찾아가고 싶었구나.'

계속 그립고, 보고 싶었다. 눈에 안 보이면 언제 올까. 언제 편지를 보내 주실까 생각했다.

숭고한 신앙심 따윈 애초에 없었다. 그녀는 신을 믿지 않았으니까.

하지만 이거 하나만은 확실했다. 처음에 그를 봤을 때부터 에델바이스는 이 하얗고 아름다운 청년에게 매료되어 있었다.

그녀가 누군가를 가슴에 품을 만큼 성장한 지금, 깨달았다.

에델바이스는 린도를 마음에 담았다.

이것은 그녀가 품은 달콤하고도 서글픈 첫 연정이었다.

"이게 무슨 말씀입니까! 내년 신성제에 행진을 하지 않으시겠다니요."

"말 그대로다."

린도가 대신관들을 바라보았다. 그들은 배신감으로 일그러진 얼굴을 하고 있었다.

신성제. 30년 전 추기경 에스테반이 기획한 것으로 5년에 한 번 벌어지는 이 축제는 모든 신도들을 모아 대기도회를 여는 행사였다.

그중 백미는 그들이 바친 황금을 녹여 성물을 만드는 것으로, 이것으로 신전은 재정을 충당하고는 했다.

"나는 신성제를 열지 않겠다는 게 아니다. 행진을 하지 않겠다는 것이다."

"성하!"

대신관 중 한 명이 노기를 띤 음성으로 린도를 불렀다. 그 위압감이 무시무시했으나, 린도는 산뜻한 표정이었다.

"왜?"

"성하도 아시지 않습니까. 신성제에서 가장 큰 행사는 성하의 행진이라는 것을요."

신성제의 주인공은 '린도'였다.

성녀와 말룸의 이야기가 전설이 되고, 본격적인 인간 중심주의 학문이 발달하며 그들의 위세가 죽었지만 신전이 권위를 유지할 수 있는 이유는 바로 린도 때문이었다.

백은의 갑옷을 입은 늠름한 성기사들과 그들의 뒤를 엄숙하게 따르는 신관, 그리고 그 가운데에서 새하얀 옷을 입은 채 은발을 휘날리는 영원한 젊음을 가진 남자가 황금 동상에 입을 맞추며, 그 청년이 베푸는 찬란한 신의 기적으로 신성제는 막을 내리곤 했다.

메마른 겨울에 부는 훈풍과, 찬란히 피어나는 녹음. 잠시 봄을 되찾은 꽃과 나무, 경계심 없이 다가오는 동물.

이것이 얼마나 찬란한가, 그 얼마나 아름다운가.

사람들은 그 기적을 보며 신의 존재를 체감하며, 신의 존재를 마음에 새겼다.

이 남자를 보기 위해 5년마다 아그레시아인들 뿐만이 아니라 타국의 왕족과 귀족들 역시도 그를 보려고 안달이 나 있었다.

신관들은 린도가 타국의 대사를 만나지 않는 것까지는 이해했다. 그러면 그럴수록 신비감이 생기며 교황을 '보는 것'에 대한 가치가 올라갈 테니까. 그런데, 행사마저 참여를 하지 않겠다니.

"성하!"

"말 그대로다. 나는 신이 아니야. 그저 우연히도 신의 힘을 지니고 있을 뿐이야……. 숭배의 대상이 잘못되었어. 신성제는, 나를 섬기는 행사로 전락했다."

"사람들은 성하가 아니라, 신을 섬기고 있습니다."

"그렇다면 내가 나설 이유가 무엇이 있겠는가?"

"……."

"내가 나서서 기적을 벌여야 신을 믿고 신도가 된다면 그 종교가 대체 무슨 소용이지?"

"신을 섬기는 자들은 그 증좌가 필요합니다. 그 믿음에 대한 답, 말입니다."

"증좌? 증좌라……."

린도가 허탈한 한숨을 내쉬며 말했다.

"그대들은 스스로의 수행에서 믿음을 구하지 않고 성녀에게서 신이 존재한다는 증좌를 찾았다. 그래, 그것이 교리이며 신앙이니 나쁜 건 아니야."

"……."

"하지만 이젠 내게서 그것을 구하고 그것을 부끄러워하지도 않는군. 나는, 성녀가 아닌 사람이다."

"……."

"만약 내가 없다면 그대들은 대체 어떻게 할 셈이지?"

"성하!"

린도의 말에 대신관들이 눈짓을 교환하며 린도를 바라보았다.

"설마 지금 교황위를 포기하겠단 말씀이십니까?"

"내가?"

린도가 어이가 없다는 듯 되물었다. 어리석은 질문을 들은 린도의 금안에 희미한 경멸이 스며들었다.

"안심해. 나는 내 시간이 다할 때까지 교황위를 포기할 생각이 없다."

"……허면, 성하의 건강에 무슨 일이라도."

린도는 한숨을 내쉬었다.

"내 건강은 문제없어. 내가 죽는다면, 아주 오랜 시간이 지난 후일 거다."

신관들이 안도의 한숨을 내쉬었다. 린도는 꾸역, 밀려오는 혐오감을 숨겼다.

"신성제가 중요하다면, 대신관들의 신실함을 보여라. 그대들의 믿음이 내린 답, 믿음이 내린 힘을 내세우란 말이다."

"……."

"나는 그대들의 어리광을 더 들을 생각이 없어. 내 뜻은 확고하다."

린도는 더 이상 듣기 싫다는 듯 성무 회의장을 나갔다. 침묵 끝에 대신관 중 한 명이 조심스럽게 이야기를 꺼냈다.

"성하께서는, 성하의 힘이 아닌 우리들의 힘으로 신전을 이끄시길 바라는 것 같습니다."

"……."

"성하의 뜻을 존중하여……."

"파르테논 신관, 그대는 참 순진하군."

"마르세이유 신관, 그게 무슨 말입니까?"

대신관이 얼굴을 찌푸리며 말했다.

"고인 물은 썩어 버리는 법이야. 성하께선 지금 신전의 세를 의도적으로 죽이고 있어."

"무, 무슨!"

침묵하던 파르테논 대신관이 경악한 표정으로 마르세이유 신관을 바라보았다.

"성하께서 하신 일을 보면 알 것이네."

"……."

"성하는, 우리 중에서 가장 신실함이 없는 신자야."

신의 힘을 물려받았으면서도 신을 믿는 자들을 이리 박대하다니. 마르세이유를 포함한 몇몇 대신관들의 얼굴에 불쾌함이 서렸다.

린도가 얼굴을 찌푸렸다. 언제까지 저 징징거림을 받아 줘야 한단 말인가.

“성하.”

추기경 고티에의 얼굴을 본 린도가 얼굴을 찌푸렸다.

“그대도 내게 잔소리를 할 셈인가?”

“아니요, 그렇지 않습니다.”

“그러면 무슨 말을 하고 싶은데?”

고티에는 싸늘한 린도의 물음에 난감하다는 표정을 지었다.

그가 어렸을 적 린도는 이러지 않았다. 그가 친구로 인정한 국왕, 에르멘가르트 후작, 그리고 성녀와 그의 자손들, 그를 모시는 신관들과 린도는 퍽 친했으며 밝았다.

그러나 지금의 그는 아무도 곁에 두려고 하지 않았다

“월궁의 정비가 되어서, 에르멘가르트 영애가 그곳으로 거처를 옮겼다는 말씀을 드리려고 한 것뿐입니다.”

“아아…….”

린도가 그제야 기억난 듯 눈을 동그랗게 떴다. 린도의 입꼬리가 올라갔다. 고티에는 안도의 한숨을 내쉬었다. 성도에서의 린도는 항상 차갑고 예민하며, 냉소적이고 날카로웠기 때문이었다.

“그럼 나는 그쪽으로 가겠다.”

린도의 발걸음이 재빨리 그쪽을 향했다. 그 아가씨가 오셔서 조금 괜찮아지려나. 고티에는 제발 그렇게 되길 바랐다.

월궁으로 향하던 린도의 발걸음이 점점 느려졌다. 따가운 햇살에 손 그늘을 만든 린도는 얼굴을 찌푸렸다가 월궁에 서 있는 새하얗게 빛나는 여자의 실루엣을 보고는 눈을 크게 떴다.

아니라는 건 알고 있다. 그럼에도 불구하고, 월궁에 서린 그림자에 그는 자신도 모르게 물었다. 자신이 더 젊었을 시절, 그가 가진 이 너른 땅에 날아온 작은 새 같던 어떤 소녀가 문득 그리워져서…….

"비올렛?"

그는 그렇게 말하면서도 마치 죄인처럼 입을 다물었다. 따갑게 내리쬐던 햇빛이 먹구름에 가려지고, 실루엣의 주인공이 눈에 띄었다.

"린도!"

활짝 웃는 그녀는 비올렛이 아니었다. 린도는 빙그레 미소를 지었다.

"에델바이스!"

"헤헤, 월궁을 구경하고 있었어요. 어머니가 여기 살았었다고요?"

"응, 아주 짧은 시간 동안."

"엄청 마음에 들어요. 진짜 제가 여기 있어도 돼요?"

"당연하지."

"다른 분들이 이런 거 반대하거나 하진 않아요?"

"왜?"

"그렇잖아요, 맨날 뭐 하나 하려고만 하면 여기서 이래선 안 된다, 저래선 안 된다. 잔소리 잔소리. 폐하도 아버지도 그래서 매일 고민이시던데. 린도도 잔소리 듣는 거 아니에요?"

"하하하!"

린도가 웃음을 터트렸다. 방금까지 벌어진 골치 아픈 성무 회의가 저렇게 한 문장으로 축약되다니.

"아, 다행이다."

"응?"
"린도, 아까 무서운 표정이었어요."
"내가?"
"네. 막, 이렇게!"
에델바이스가 손을 뻗어 린도의 눈꼬리를 끌어 올렸다.
"내가 이렇게 무서운 표정이었다고?"
"네."
고개를 끄덕이는 에델바이스가 히죽 웃었다. 그 미소에 린도는 기분이 좋아졌다.
"진짜로, 진짜로 마지막으로 확인하는 거예요. 저 진짜 여기서 공주님처럼 살아도 괜찮죠?"
"당연하지. 내가 여기서 제일이야."
그 누가 린도의 말에 거역을 하겠는가. 심지어 월궁에 거한다는 이는 비올렛의 딸이었다. 신관들은 반대할 생각도 하지 못할 것이다.
"성도에 온 걸 환영해, 에델바이스."
린도는 아주 오랜만에 활짝 웃었다. 그 꽃처럼 아름다운 미소가 소녀의 마음을 들끓게 하는지도 모르고.

"린도, 린도오오!"
금녀 구역인 신전에서 유례없이 높은 목소리가 울려 퍼졌다. 치맛자락을 붙잡고 뛰어간 그녀는 마침 방에서 나오던 린도와 마주쳤다.
"에델바이스?"

"밥 같이 먹어요."

"월궁에서 안 먹고?"

"네."

"설마 준비를 해 주지 않은 건가?"

린도의 얼굴이 차갑게 굳어 갈 때 그녀가 황급히 얼굴을 저었다.

"전혀, 전혀 아니에요. 제가 린도랑 식사하고 싶다고 졸랐거든요."

"……."

"역시 안 되려나, 바쁘려나? 아침 일찍 다 드셨으려나?"

"어……."

"역시 드셨군요. 제가 늦었네."

시무룩한 에델바이스를 보며 린도는 복잡한 표정을 지었다. 그는 식사를 하지 않은 지 오래되었다. 음식을 섭취하는 행동은 그에게 필수적인 일이 아니기 때문이었다.

인간으로서 기본적인 섭취와 배설. 린도는 그것을 하지 않아도 생명 활동이 이루어졌다. 물론 린도도 그 사실을 안 지 20년밖에 되지 않았지만.

"아니야, 안 먹었어."

"정말요? 그런데 방금 그 난감해하는 얼굴은 뭐예요?"

에델바이스가 제법 예리하게 묻자, 린도는 멋쩍게 웃었다.

"어, 그, 아침을 원래 안 먹어서……."

분명 에델바이스는 비올렛에게 린도에 대해 들어서 알고 있을 것이었다. 그럼에도 린도는 괜히 거짓말을 했다. 엄밀히 말하면 거짓은 아니었지만…….

그리고 린도는, 에델바이스가 이쯤 하면 물러나리라 생각했다.

"뭐야! 린도, 그건 건강하지 않은 버릇이에요! 저랑 같이 아침 먹어요."

"……."

"바빠요?"

"지금 그런 건 아니지만……."

"그럼 먹어요."

에델바이스가 파란 눈을 초롱초롱 빛내며 강아지처럼 낑낑거렸다. 린도는 눈을 크게 뜨며 당황했다. 제아무리 어렸을 적부터 보던 사이지만, 자신이 무섭진 않나? 무서운 게 아니라 어렵지 않나? 이래 봬도 교황인데.

"어……."

린도는 확실히 당황했다. 에델바이스가 린도의 손을 잡고 고개를 갸웃했다. 불순물 따윈 섞이지 않은 순수한 애정, 따스한 염려.

예전, 그가 누군가에게서 바라던 그 모든 것이다.

린도는 그 무례함에서 사랑스러움을 느끼는 자신을 발견했다. 그래서 울컥 밀려오는 감정을 억눌러야 했다.

"그럼 조금만 먹을까?"

린도가 등 뒤에 있는 신관에게 눈짓하자, 신관이 재빨리 뛰어갔다. 그렇게 아주 오랜만에, 교황성의 부엌의 요리사들이 분주하게 뛰어다녔다.

얼어붙은 딱딱한 바위에 싹을 틔워 내린 작은 꽃처럼, 지루하고 평범했던 린도의 일상에 에델바이스가 비집고 들어오기 시작했다.

에델바이스는 행복했다. 요새 이렇게 행복한 적이 없었다. 매일 아침 일어나면 월궁에서 교황성으로 뛰어간다. 그러면, 린도가 나와 있다. 수도에서 그렇게나 보고 싶었던 린도가.

때로는 린도가 에델바이스를 만나러 오고는 한다. 그럴 때면 에델바이스는 더욱 행복했다.

"린도!"

에델바이스가 린도의 손을 잡았다. 겨울이라 그런지 그의 손이 차가웠다.

"왜 손이 차요?"

"손이 찬가?"

말하기 무섭게 린도가 손에 힘을 집중했다. 차가웠던 손에 다시 온기가 돌았다.

"와, 신기해. 방금 뭐 한 거예요?"

"성력을 손에 살짝 집중한 거란다."

"우와. 역시 린도는 대단해."

에델바이스가 린도의 손을 잡아 흔들었다. 린도의 뒤에 서 있던 고티에가 헛기침을 했다. 그에 린도가 의아한 듯 물었다.

"무슨 일인가, 추기경?"

"그게, 아무래도 이성과의 사사로운 접촉은……."

"이성? 얘가?"

린도가 어이없다는 듯 물었다. 고티에가 고개를 끄덕였다.

"나는 얘가 태어날 때부터 봤던 사람이야. 얘가 이성인가?"

"……."

"아니, 그 이전에 내가 몇 살인지는 아나? 이 애의 할아버지가 되어도 할 말이 없는 나이야. 얘는, 비올렛의 딸이라고."

한심함과 경멸이 담긴 시선에 고티에가 깨갱, 하듯 입술을 깨물었다.

왜 신관들이 이성 간의 접촉을 금하는지도 안다. 바보 같다 생각은 하지만 굳이 막을 생각은 없다. 그런데 얘를 여자로 대한다고?

"참을 수 없이 불쾌하군. 그대의 머릿속엔 대체 무엇이 들어 있는 거지?"

린도는 분노가 풀리지 않았다. 고티에는 자신이 정말로 잘못했음을 깨달았다.

"에델바이스가 하고 싶어 하는 건 되도록 막지 말아 줬으면 해. 대체 무슨……."

"저 갈래요."

린도는 에델바이스의 목소리에 뒤를 돌아봤다. 에델바이스가 고개를 숙이다, 들었다. 그녀의 새파란 눈에는 분노가 서려 있었다.

"에델바이스?"

"……."

정작 그녀의 행동을 제지하며 모욕을 주다시피 한 건 추기경인데, 에델바이스는 입술을 깨물며 린도를 노려보았다. 상당히 매서운 눈빛이었다.

"에델바이스, 괜찮……. 에델바이스?"

에델바이스가 다시 월궁으로 뛰어가 버렸다. 린도는 그것을 보며 어쩔 줄 몰라 했다.

"어, 어어, 어떡하지?"

"……."

"추기경, 지금 내가 어떻게 해야 하지?"

그 불완전하며 미숙한 모습. 고티에는 린도의 어리숙한 모습에 다소 인간미를 느꼈다.

"……아니, 이게 다 추기경 때문이잖아?"

인간미를 느낀 건 취소. 갑자기 린도의 분노가 자신에게 향하자 고티에는 억울해졌다.

'적어도, 에르멘가르트 영애는 진심인 것 같아 보이던데요.'

고티에는 차마 그 말을 하지 못했다. 진짜 그랬다간 뼈도 못 추릴 것 같았기에.

"여, 역시 이건 별로려나."

"대체 무슨 일을 하십니까?"

대신관, 파르테논은 안절부절못하는 린도의 얼굴을 보며 의아하게 물었다. 아침부터 신전의 보물고를 봐야겠다고 그를 데려오더니…….

"대신관, 그대에게는 여동생이 있다고 했지?"

"네."

파르테논 대신관은 갑자기 불안해졌다. 신관들이 세속과 완전히 인연을 끊지 않을 수 있도록 규율이 완화되었지만, 사사로이 혈연을 만나는 건 떳떳하지 못한 일로 여겨졌기 때문이었다.

"그 나이대 아가씨가 좋아할 만한 선물이 뭐가 있지?"

파르테논 대신관이 고개를 갸웃했다.

"말끔한 옷이 아닐까요. 아니, 이건 제 기준이려나. 좀 다양합니다. 책을 좋아하는 사람도 있고, 깃펜을 좋아하는 사람도 있고…… 옷을 좋아하는 사람도 있고. 검을 좋아하는 사람도 있고. 보석도……."

"제발 한 가지만 꼽아서 알려 줘. 이 보물고에서는 안 되는 걸까?"

"그, 잠시만. 에르멘가르트 영애 때문에 그런 겁니까?"

"그, 그래. 화가 단단히 났어."

파르테논 대신관이 피식 웃었다.

보물고의 보물이면 평생 놀고먹고 살 수 있을 정도의 가치인데, 그걸 스스럼없이 주겠다니. 게다가 더 놀라운 것은…….

'성하, 원래 저런 성격인가…….'

얼음처럼 단단하며, 어딘지 모르게 초연한 분위기를 풍기는 청년이 금세 안절부절못하는 팔불출 청년으로 바뀌는 순간이라니.

"아, 이건 괜찮지 않을까?"

"히익, 그건 메르피 공주의 목걸이 아닙니까! 건국왕의 두 번째 공주의 목걸이! 안 됩니다."

"아니, 이게 마음에 들었어."

린도가 단호한 표정을 지었다. 파르테논 대신관은 한숨을 쉬었다. 소중한 성하가 결정하시는 걸 막을 수는 없겠지.

"고마워, 그대의 말을 듣기를 잘했어."

"서, 성하……."

파르테논 대신관은 미소를 짓는 린도를 보았다. 항상 굳어 있던 성하께서 자신에게 미소를 지어 주시며 고맙다고 말씀하시다니.

마르세이유 대신관이 너무 극단적으로 생각한 걸 거야. 파르테논 대신관은 몇몇 대신관들이 말한 부정적인 이야기를 귀담아듣지 않기로 했다.

"이게 대체……."

자신은 린도에게 이성이 될 수 없다. 그 사실을 깨닫고 우울해하던 에델바이스는 갑자기 들이닥친 선물의 행렬에 깜짝 놀랐다.

"이건 대체 뭐야. 기분 나빠……. 색깔이 해초 같다고."

알이 굵은 청록색 에메랄드는 예전, 시장에서 보던 해초, 정확히 말하면 미역 같았다. 가치를 모르는 건 아니지만 색이 마음에 안 들었다.

"저어."

"네?"

"재봉사가 오셨습니다."

"저번에도 왔잖아."

"그게, 성하께서 드레스를 더 맞춰 주신다고……."

"이익, 지금 무슨 소리를 하는 거예요. 성하가 우리 아빠, 아니 아버지도 아니고!"

이러니까 더욱더 나이 차이가 느껴지잖아. 에델바이스는 두 손으로 얼굴을 감쌌다.

"됐어요, 괜찮아요, 싫어요!"

린도가 자신을 아이로 보는 건 알고 있다. 마음을 자각하고 나서 숱하게 생각했던 부분이니까.

상처는 받았지만 오래 갈 상처도 아니었다.

"나, 나보고 어떻게 하라고."

에델바이스는 아연해졌다. 며칠간 우울하다가 풀어지려고 했는데, 만약 이런 걸 받고 화가 풀리면, 사탕 물려서 달래지는 떼쟁이밖에 더 되겠는가?

"그럼 거절할까요?"

"아니야. 됐어, 됐다고."

그녀는 한숨을 내쉬었다.

"화내지 말걸……."

그녀는 후회했다.

"저기, 추기경 예하."

"네, 말씀하십시오."

"지, 지금 제가 무엇을 보고 있습니까?"

"보시는 대로입니다."

젊은 신관들은 못 볼 것을 봤다는 표정을 지었다. 침울한 표정을 한 하얀 옷을 입은 물체가 힘없이 신전 기둥에 머리를 기대고 있었다.

"외람되지만, 성하인 것 같은데 무슨 일이라도……."

"아, 신경 쓰지 마십시오……. 에델바이스 님이 화를 내시니 저러시나 봅니다."

"아아……."

"듣자 하니 보물고에 있는 보물을 몇 개 주시려다가 거절당하셨다고."

"저런. 보물고의 선물을요? 세상에……."

그 아가씨도 보통이 아니네. 신관들은 절레절레 고개를 저었다.

"린도!"

그때 신전에서 절대 들리지 않을 해맑은 여자의 목소리가 울렸다. 그들의 지도자가 고개를 들어 그쪽을 보았다.

"에델바이스."

에델바이스를 보는 린도의 얼굴이 활짝 펴졌다. 맑게 갠 듯한 얼굴. 신관들은 그 변화를 신기하다는 듯 바라보았다.

에델바이스가 입은 푸른색 벨벳 치맛자락이 휘날렸다. 에델바이스가 뭐라고 말하자, 린도가 활짝 미소를 지었다.

"성하도 저렇게 웃으실 수 있는 분이셨군요……."

"비올렛 님을 보실 때보다 더 잘 웃으시는데?"

"얼마나 귀엽겠습니까. 참 사랑스러우신 분입니다."

신관들이 저마다 한마디씩 했다.

"아시겠어요, 린도? 저, 이제 성인이 됐어요. 아가씨라구요. 그걸 인정해 주세요."

"알았어, 알았어."

린도는 뭐라고 말해도 좋았다. 에델바이스의 미움을 받고 싶지 않았다. 그런 그녀의 화가 풀린다면 뭔들 못할까?

"그리고 저 화난 거 아니에요. 아셨죠?"

"알았어."

"빨리 저를 아가씨라고 불러 줘요."

"에델바이스 아가씨, 알았어요. 그런데 에델바이스, 아가씨는 좀 그렇지 않아?"

"왜요?"

"아무래도 내가 교황이다 보니 아가씨라는 말은 좀……."

"그런가……?"

"그렇지? 좀, 그래. 부르는 건 어렵지 않은데 신관들이 보면 좋지 않을 것 같아서."

"그렇네요……."

화를 낼 거라 생각했던 에델바이스는 의외로 쉽게 수그러들었다. 그러다 그녀는 생각이 난 듯 눈을 반짝거렸다.

"그럼, 에델이라고 불러 줘요."

"응?"

"에델이요, 에델."

"그게 너를 아가씨로 인정하는 것과 무슨 상관인데……?"

"그건 상관없어요. 이미 인정해 주시기로 했으니까. 그래도 음……. 생각해 보니 저도 애칭이 필요했거든요. 아버지 어머니는 애칭 같은 걸 불러 주실 분이 아니니까. 그러니까 린도가 절 에델이라고 불러 줘요."

"……."

"그럼 그 미역 같은 선물보다 더 기쁠 것 같은데."

"미역이라니 그거……."

"안 돼요?"

에델바이스가 눈을 반짝였다.

"어머니 아버지도 안 부르는 제 첫 애칭이라고요. 린도가 처음 불러 줘요."

"대체 내가 왜?"

"당연하잖아요, 린도가 제일 좋으니까."

당돌한 그녀의 말에, 린도는 웃었다.

"그래, 내가 졌다. 에델."

"아, 그러면 린도의 애칭도 불러 줘야 하나?"

"나?"

"네. 린도의 애칭."
"나는…… 이름이 짧아서 필요 없는데."
"……예쁜이라고 부를 거예요."
"뭐어? 예쁜이라고?"
린도가 기가 막힌다는 표정을 지었다.
"근거 없는 말은 아니잖아요? 린도 이름 뜻."
"내 이름 뜻? 그게 뭔데?"
"그거 몰라요? 진짜로?"
"……몰라."
"린도는, '아름다운 사람'이라는 고어라던데요?"
"……아름다운 사람?"
"그러니까 예쁜이, 라는 말 어때요?"
"……."
"린도?"
린도의 눈시울이 어느새 붉어져 있었다.

"이상했지."
책상에 앉아 턱을 괸 그녀는 아까의 린도가 지은 표정에 대한 생각에 잠겼다. 그건 뭐였을까?
"그 농담, 좀 심했을까?"
폐하와 맞먹는 교황님인데, 예쁜이라니. 하여튼 이놈의 입이 문제였다. 그런 묘한 얼굴을 하면서도, 린도는 그녀에게 손을 뻗어 그녀의 머리를 쓰다듬어 주었다.

어째서인지 그 따스한 손길에 에델바이스는 마음이 아팠다. 이렇게 하루가 지난 지금, 아침이 되어서도 신경이 쓰일 정도로.

역시 사과를 하는 게 좋겠다. 강아지도 아니고 예쁜이는 좀 그랬지?

그녀가 아침을 먹기 위해 교황성에 도착했을 때였다.

"에델바이스 님?"

신관 중 한 명이 그녀를 알아보고 살갑게 웃으며 다가왔다.

"여긴 무슨 일입니까?"

"성하와 조찬이요."

"네?"

신관이 의아한 표정을 지었다.

"아아, 월궁에는 소식이 전해지지 않았나 보네요. 성하는 지금 이곳에 안 계십니다."

"네?"

"떠나셨습니다."

"네에?"

아니, 그 사람이 어디로? 에델바이스는 고개를 갸웃했다.

—나는 아름다운 것이 좋습니다.

—린도는 '아름다운 사람'이라는 고어라던데요?

머릿속을 맴도는 말에 린도는 창문을 보았다. 검은 하늘에서는 하얀 눈이 조용히 내리고 있었다. 아마 내일이면 발목까지 쌓이겠지.

린도가 기후를 조정하지 않은 이후부터, 겨울에도 온난했던 성도는 제법 추워졌다. 눈도 자주 내려서 세상은 종종 지금처럼 은빛이고는 했다.

“누가 내 이름을 지었을까요.”

린도가 중얼거렸다. 그러나 그것을 답해 줄 이는 없었다. 어머니도, 아버지도 죽어 버렸으니까. 신에게 농락당하다가, 결국 비참하게 목숨을 잃었으니까.

타락한 세상 속에서 아름다움을 찾던 어머니, 타락한 세상의 아름다움을 증오하던 아버지.

린도는 체자레보다 더한 세월을 살아오며 많은 것들을 보았다. 자신이 사랑했던 것처럼 맑고 아름다운 것들도 있었지만, 대부분의 세상은 그렇게 아름답지 않았다. 그 순간부터 린도는 자신의 아버지를 떠올리고는 했다.

그가 어떤 시선으로 세상을 보았는지 그제야 알 듯했다.

“체자레.”

린도가 조용히 아버지의 이름을 읊조렸다.

“린도가, 그런 뜻이었다고요?”

누가 그 이름을 지었는지는 중요하지 않았다. 아주 중요한 사실은 그의 이름이 ‘린도’가 되었다는 것이다.

아름다운 사람.

—나는 아름다운 것이 좋습니다.

아버지, 당신은 나를 부르면서 대체 어떤 생각을 했습니까. 가슴 안이 눈보라가 치는 것처럼 시리고 시렸다.

눈이 내리는 창을 바라보던 린도가 창문을 열어젖혔다. 그러자 매서운 칼바람이 방을 침범하더니, 이윽고 '린도'라는 이름이 적힌 페이지의 책장을 휘리릭 넘겼다.

"이름의 기원을 좀 더 빨리 찾아봤으면 좋았을까?"

그랬다면 체자레가 무슨 생각으로 그의 이름을 린도라고 붙였는지 물어볼 수 있었을까.

린도는 방 안으로 들어온 은백색의 눈으로 손을 뻗었다. 그러자 눈송이가 순식간에 녹아 사라졌다.

자신도 언젠가 이렇게 녹아 사라지겠지. 아무것도 남기지 못하고 허무하게, 덧없이.

그는 미래를 절감하며 눈을 감았다. 아무래도 오늘은 잠을 이루지 못할 성싶었다.

이게 사랑이었다면, 그 이름을 지어 준 게 사랑이었다면 얼마나 좋을까.

"성하, 성하!"

린도가 그렇게 우울에 빠져 있을 때, 고티에가 들어와 소식을 전했다.

"에스테반 님이 위독하십니다."

"오셨습니까."

주름이 자글자글한 노인이 인자한 웃음을 지으며 손을 뻗었다. 린도는 그 노인을 망연하게 바라보다 천천히 발걸음을 옮겼다.

"위독하다더니, 별로 그렇지는 않나 보네."

린도는 그렇게 말함과 동시에 후회했다. 왜 이렇게 못된 말만 나올까. 죽은 사람을 먼저 보내고 항상 후회하면서.

"성하, 당신을 기다렸으니까요."

"아아……."

린도는 이 노인의 가슴 속에 깃들어 있는 성력을 보았다. 추기경직에서 물러나 성직으로부터 벗어났음에도 이 신실한 노인은 아직 그 믿음을 잃지 않았다.

"당신을 보지 않고는 못갈 것 같아서요. 이 또한 신의 축복입니다."

그는 말을 끝마치고 콜록, 기침을 했다. 깡마른 몸은 기침조차 감당하기 힘들어 보였다. 린도는 그를 부축하지도, 동정하지도 않은 채 에스테반을 노려보았다.

"신의 축복은 없어. 네가 스스로를 단련했기 때문에 나를 만날 때까지 살아 있을 수 있었던 거야."

"성하께서 그렇다면 그런 거겠지요."

"……."

부드럽게 받아넘기는 말투에서 예전과 같은 단단한 기상은 찾아볼 수 없었다. 린도가 교황이 되고, 에스테반이 추기경이 되고 이들은 얼마나 많이 대립하고 싸워 왔는가.

"왜, 왜 나를 보자고 한 거야?"

린도의 말에는 에스테반을 향하는 원망마저 숨어 있었다.

"왜요, 이 늙은이의 죽어 가는 모습을 보니 괴로우십니까?"

"……알면서 그런 말을 해?"

"여전히 다정하신 분이로군요."

"다정? 난 다정하지 않아."

린도의 말에 에스테반이 미소를 지었다.

"고티에를 잘 부탁드립니다. 제가 본 이들 중에 가장 어리고, 가장 착한 녀석입니다."

"그래서 최연소로 대신관을 시키고, 추기경을 시켰어?"

"어쩌겠습니까. 원래 세상이 이런 법 아니겠습니까."

에스테반이 어깨를 으쓱하며 장난스럽게 웃었다. 그는 언제나 올곧고 모든 일에 항상 규범과 관례, 모든 이들의 합의를 중요시했던 자였다.

그런 에스테반이 모든 규칙을 어기면서 고티에를 데려온 건…….

"나는, 필요 없어."

언젠가 남겨질 린도를 위한 것임을, 그는 모르지 않았다.

"필요 없단 말이야."

"이런, 심통이 많이 나셨군요. 그래서 모든 이들과 거리를 두고 계시는 겁니까? 듣자 하니 이제 신관들이 당신을 모시지 못하게 한다던데……."

린도가 입술을 깨물었다.

"만남이 있으면 헤어짐이 있는 법입니다."

"지금 나를 가르치려 드는 거야? 내가 그대와 나이 차가 얼마 나지 않는다는 걸 굳이 다시 말해야 해?"

"그렇지만 성하의 머리는 젊습니다. 그리도 젊고 아름다운 모습 그대로잖습니까."

"나는…… 그대보다 많은 걸 봐 왔어. 그대가 아름답다고 생각했던 모든 것들의 추한 이면을 말이야."

"설령 그렇다고 해도 아직 당신은 제게 어린아이입니다."

"……."

"성하, 아니 린도. 당신과 함께하는 시간 동안, 당신은 내 신이었고, 벗이었으며, 동생이었고 자식이었습니다."

"……."

"먼저 가 버린 티게르난 공작 각하만큼은 아니었지만, 저도 당신을 나름 사랑하고 있었습니다."

"그만해! 지금 와서 무슨 말을 하는 거야."

"마지막이니까 하는 말입니다."

"……."

"당신은 앞으로 계속 사람을 떠나보낼 겁니다."

"……."

"그러나 린도, 사람을 떠나보내는 걸 무서워 마세요. 혼자 고독해지지 마십시오."

"……."

"만약 선택할 수 있다면, 당신이 가장 행복한 선택을 하세요. 당신이 생각하는 의무에 스스로 얽매이지 마세요. 당신은 더 많은 행복을 누릴 자격이 있습니다."

"무슨 소리를…… 무슨 소리를 하는 거야!?"

린도가 입술을 깨물며 말했다. 금색 눈동자가 눈물로 번들거렸다.

"나는, 나는 계속 여기 있을 거야. 계속 이곳에서, 교황으로서 존재할 거라고!"

"그게 당신의 행복이라면 그렇게 하십시오. 그렇지만, 행복한 길은 아니잖습니까."

린도는 대답할 수 없었다.

"행복하실 것 같습니까?"

"……."

"티게르난 공작이 만든 하얀 감옥에서, 그렇게 계속 살아갈 겁니까?"

"감옥이 아니야! 함부로 말하지 마!"

린도가 소리쳤다.

"가여우신 분."

에스테반이 혀를 찼다.

콜록콜록, 에스테반이 기침을 하는 소리가 들렸다. 린도는 그의 가슴에 저장된 성력이 점점 희미해져 가고 있는 것을 느꼈다. 린도는 절박함을 담아 가여운 몸짓을 하는 늙은 몸을 보았다.

린도는 그제야 깨달았다.

이 남자, 이미 생명이 다했다. 그럼에도 린도가 보고 싶어 마지막 성력을 짜내 생명을 유지한 것이다! 그렇다면, 그렇다면!

"에스테반……. 에스테반!"

린도가 다가와, 팔을 뻗었다. 그러나 에스테반이 린도의 팔을 쳐냈다.

"그만. 하지 마십시오."

"……."

"내가, 어떻게 미련이 없겠습니까. 당신을 두고 가는데."

"……."

"그 힘, 이제 얼마 남지 않았지요?"

린도가 눈을 동그랗게 떴다. 어떻게 알았냐는 눈빛에 에스테반이 말했다.

"알고 있었습니다."

"……."

어느 날부턴가 린도가 사람을 살리거나 광범위한 기적을 행한 뒤 성력이 회복되지 않았다. 그는 깨달았다. 성력이 고갈되고 있었다.

그것을 깨달은 린도는 그 후로 성력을 사용하는 것을 그만두었다. 린도는 성력으로 이루어진 생명이었기 때문이다.

린도의 성력이 다 소진되면 영원한 생명을 가진 이도 허락받은 삶이 다하고야 말 것이다.

"그 남은 성력은 당신의 생명입니다. 부디 당신을 위해 쓰십시오."

"……."

"가야 하는 사람을 억지로 붙잡는 어리석은 짓에 쓰지 마시란 말입니다."

에스테반이 가쁘게 숨을 내쉬었다. 그의 희미한 성력이 요동쳤다.

"그대는 아직도 이기적이군. 일방적으로 추기경직을 때려치우고 떠났을 때처럼 여전히 이기적이야!"

"……."

"대체, 대체, 나보고 어떻게 그대를 떠나보내란 말이야!"

린도가 소리쳤다. 에스테반은 무력한 아이 같은 린도를 보며 말했다.

"이겨 내시고 또 이겨 내셔야지요."

"……에스테반."

"티게르난 공작도 그런 마음이었을 겁니다."

"제발, 나는……. 이제 싫어."

린도의 눈에서 눈물이 주르륵 흘러내렸다. 제아무리 나이를 먹어도, 그는 아이였다. 체자레가 마련해 놓은 그 성에서 세월이 지나도 정상적으로 성장할 수 없었다. 여기, 몸만 자란 아이가 이별에 무력하게 눈물짓고 있었다.

"나는, 나는 싫어. 혼자가 되는 게 무서워!"

린도가 말했다.

"제발, 에스테반. 가지 마. 혼자 남는 건 너무 무서워!"

에스테반의 움직임이 느려졌다. 린도의 눈에서 눈물이 뚝뚝 떨어졌다. 아아, 자신도 비올렛처럼 눈물에서 성력이 발휘되었다면 얼마나 좋을까.

어리석게도 성력을 남발한 대가가 이거다. 조금만 더 이 힘을 아껴 썼더라면, 그랬더라면!

"제발, 제발……!"

죽음을 향해 발을 내딛는 에스테반의 얼굴은 평온해 보였다. 그것이 마치 자신의 아버지, 체자레 같아 린도를 더욱 괴롭게 했다. 그의 눈이 서서히 감기려 하고 있었다.

"아아아악! 에스테반, 제발! 안 돼!"

에스테반이 손을 뻗어, 린도의 머리를 쓰다듬었다. 잘 움직여지지 않는 건지, 마치 기름칠이 필요한 기계처럼 에스테반의 움직임은 부자연스러웠다.

"안녕히, 린도……. 당신에게 신의 축복이 함께하기를."

얼어붙어 버린 당신의 시간이 흘러가기를. 고독한 당신의 곁에, 대체할 수 없는 누군가가 함께하기를. 행복할 수 없었던 당신이 행복해지기를. 이렇게 두려워하는 나약한 당신에게, 강인한 누군가가 함께해 주기를.

그리하여, 미처 꽃피지 못했던 사랑이 이번에는 꼭 이루어지기를……. 제발, 그렇게 되기를.

"아아아악, 에스테반!"

에스테반은 비통한 '어린아이'의 울음소리를 들으며 눈을 감았다.

"에스테반, 에스테반!"

죽은 에스테반의 몸을 미친 듯이 흔들던 린도가 눈물을 흘리며 그를 내려다보았다. 그는 이미 평온하게 잠들어 있었다. 그를 두고 떠나가 버린 것이다.

"에스…… 테반."

린도는 흐느끼며 에스테반을 가만히 내려다보았다. 눈물은 턱을 타고 주르륵 흘러내렸다.

"……에스테반, 당신은 틀렸어."

잠든 에스테반은 대답이 없었다.

"당신은 틀렸다고!"

붉게 달아오른 린도의 눈에 노기가 서리더니 갑자기 하늘을 바라보며 깔깔거리며 웃었다.

"아하하하! 당신은 틀렸어! 틀렸다고! 멍청해서, 죽어 버린 거지! 당신은 끝까지 제대로 된 진실도 알지 못했다고!"

금색의 눈은 눈물을 흘리며 진심을 드러내고, 붉은 입은 미소를 지으며 위악을 내뱉었다.

"에스테반. 신은, 신은 말이야!"

린도는 울컥하며, 입술을 깨물곤 흐느끼듯 말했다.

"신은, 없어. 우리가 생각하는 신은 없다고! 신에게 인간은 내기 대상일 뿐이야! 그저 그뿐이라고!"

바보같이, 아무것도 제대로 모른 채 삿된 신앙만을 좇다가 죽은 어리석은 신자. 끝까지, 자신이 믿는 신이 거짓된 것을 모르고…….

"에스테반. 신은, 신은 멍청하다고! 아무것도, 아무것도 모르면서!"

천장을 올려다보던 린도는 두 손으로 얼굴을 감쌌다. 여전히 그의 턱으로는 눈물이 흘러내렸다.

"그래서, 신은…… 신은…… 결코, 나를 축복해 주지 않아."

앞으로도 이런 이별을 해야 할 것이다. 첫 이별은 아버지 체자레. 그로부터 짧든 길든 함께해 오던 이들의 수명이 다하기 시작했다.

그들은 모두 린도를 향해 따스한 말을 남겼다. 사랑한다고. 그러나 사랑한다고 말하며 그들은 죽음을 택했다.

시간이 지나면 비올렛도, 샤를도 목숨을 잃겠지. 잃어 가고, 남겨지고, 잃어 가고 남겨지고, 잃어 가고 남겨지고! 그렇게 남겨져서, 혼자가 되고! 그렇게 뻔하디뻔한, 그러나 지옥 같은 삶을 계속해서 반복하여 살아가게 될 것이다.

벌써부터 그것을 겪게 될 삶이 아득해졌다. 자신이 맞아야 할 지옥을 예견한 린도는 킥킥거리며 웃었다. 얼굴을 막았던 두 손은 힘없이 떨구어진 지 오래였다.

"아아, 차라리 그냥 죽어 버릴까."

린도의 눈에 또다시 눈물이 주르륵 흘러내렸다.

고티에의 부축을 받고 교황성으로 귀환한 린도는 자신의 신전을 바라보았다. 성도 아우베르트는 여전히 아름다웠고, 재건된 교황성 역시 위용을 자랑하고 있었다.

100년이 지나도, 어쩌면 1000년이 지나도 이것은 아름다울 것이다.

"성하!"

"성하!"

신전에서 나오던 이들이 모두 린도의 얼굴을 보곤 달려들었다. 그들의 모습은 마치 이지를 잃은 크리처 같았다.

무엇이 저들을 그렇게 만들었을까. 린도는 그들을 외면하며 눈이 내린 순백의 세상을 걸었다. 붉음도 푸르름도 없는 창백한 그의 세상을.

아버지, 저는 아버지가 내린 결론에 동의하지 않아요.

린도는 왜 세상이 아름다운지 이해하지 못했다. 세상은 그저 존재할 뿐이었다.

"린도오!"

린도가 눈을 크게 떴다.

털모자를 쓴 여자아이가 달려오고 있었다. 새하얀 털모자, 새하얀 옷. 분명 똑같은 새하얀 존재였으나, 린도는 어째서인지 그 모습이 눈에 띄었다.

찰나의 순간, 자신이 품은 애정을 솔직하게 드러내서일까?

린도는 낯선 타인이라도 되는 것처럼 에델바이스의 얼굴을 바라보았다.

"린도?"

그리고 그대로 에델바이스를 지나쳤다. 그는 자신을 몇 번이고 부르는 에델바이스의 목소리를 들었지만 무시했다.

"린도, 내가 미안해요."

문 너머에서 들리는 소리는 애처로울 정도였다. 신관들 몇몇이 눈치를 보았으나, 린도는 에델바이스를 없는 사람처럼 취급하며, 성서를 읽고 있었다.

"제가 너무 함부로 대했어요."

"……."

"린도……."

신관 중 한 명이 린도에게 말했다.

"저, 성하. 벌써 나흘째입니다."

"……."

"에르멘가르트 영애가 잘못을 저지르셨다면, 말씀하시는 게 좋지 않을까요?"

"……."

"용서할 수 없는 죄를 저질렀다고 하시면, 제가 되돌려 보내겠습니다."

"상관하지 마."

"넵."

린도의 말에 신관이 대답했다. 책을 읽는 린도의 눈동자는 한 곳만 바라보고 있었다. 도저히 집중이 되지 않았다. 대체 왜 저렇게 끈질기단 말인가.

린도는 현재, 에델바이스의 얼굴을 보고 싶지 않았다. 이유는 간단했다. 더 이상 많은 것을 내어 주고 싶지 않아서였다.

에스테반이 죽은 뒤, 린도는 죽음으로 인한 아득한 헤어짐이 더욱더 두려워졌다. 거리를, 거리를 둘 필요가 있다.

"레이언 신관."

"네."

"화가 난 게 아니라, 혼자 있을 시간이 필요하다고 전해 줘. 쓸데없는 말은 하지 말고."

신관이 고개를 끄덕이며 바깥에 나갔다.

"그럼 언제 다시 만나 볼 수 있는데요오?"

문 너머 들리는 목소리에 린도는 얼굴을 찌푸렸다.

"베리오 신관, 보채지 말라고 전해 줘. 교육받은 귀족이라면 인내는 기본이 아니냐고 말도 전해 주고."

"넵!"

신관이 나가자 또다시 에델바이스의 소리가 들려왔다.

"언제 볼 수 있는지 알아야 인내를 할 거 아니에요!"

린도는 그 말을 듣고 화가 났다. 그는 생각을 정리해야 했고, 감정을 추스를 시간이 필요했다. 에델바이스를 보면 기분이 좋은 건 사실이었으나, 지금은 스스로에게 집중할 필요가 있었다. 린도는 자리에서 일어나 성큼성큼 문으로 걸어갔다.

"이 정도로 말했으면 알아들어야지!"

린도는 나가자마자 신경질적으로 소리쳤다. 에델바이스가 눈을 깜빡이며 린도를 보더니 활짝 미소를 지었다. 언제나 그가 친절하고 다정하게 대해 줄 거라는 신뢰가 서린 미소. 그러나 그 여리고 순수한 미소는, 무너져 버린 린도의 마음속에 들어오지 않았다.

"네 기분만 강요하면 대체 나더러 어떻게 하라는 거야! 혼자 있고 싶다고 말하는 걸, 왜 무시하는 건데!"

"……."

"에델바이스. 네가 성인이라면, 제발 내가 너를 더 이상 걸리적거리는 존재로 생각하게 만들지 말아 줘"

린도는 그렇게 말을 내뱉고 등을 돌려 들어가려다 자신을 따라 들어오려는 이들에게 날카롭게 소리쳤다.

"들어오지 마!"

그러자 바깥에 들리는 인기척이 사라지며 고요와 평화가 찾아왔다.

고요와 평화라.

린도는 그 조용함에 씁쓸하게 웃으며 벽에 머리를 기댔다. 그러곤 조용한 한숨을 내쉬었다.

이게 진짜 평화일까.

고요와 적막은 린도를 항상 따라다녔다. 린도는 하얀 성에서 멍하게 생각에 잠겼다.

—추기경! 추기경, 추기경!

어린 린도가 일을 하고 있는 체자레를 부르며 그에게 달려갔다. 겨우 다섯 살에 교황위에 오른 린도가 제대로 일을 할 리가 없었기에 성도의 모든 임무는 체자레의 담당이었다.

그러나 아이가 그것을 알 수 있을 리가. 어린 린도가 달려가 체자레의 손을 잡았다. 체자레가 탁하고 그의 손을 쳐 냈다.

—추기경!
—린도, 지금 이게 무슨 무례입니까.

차가운 거부. 린도가 눈을 크게 뜨며 체자레를 바라보았다. 금색 눈이 더없이 서늘했다.

—눈동자 색과 머리색은 바꾸라고 말했지요? 왜 또 금색입니까?
—네…….
—저는 지금 매우 바쁩니다.
—하지만 추기경…….
—린도, 부디 제가 당신을 걸리적거린다고 생각하지 않게 해 주십시오.

파고들 틈이 전혀 없는 단단한 거부였다. 린도는 설핏 찌푸려진 체자레의 미간을 보며 어렴풋이 깨달았다.

'이미 걸리적거린다고 생각하잖아요.'

그땐 그렇게 생각했었지. 체자레의 속도 모르고.

린도가 씁쓸하게 웃었다. 부자라고 하지만 어떤 다정한 추억도 없었다. 오히려, 린도와 에스테반이 함께한 추억이 더 많았을 정도였다. 너무도 슬프게도.

"에스테반……."

린도는 공허하게 떠난 이의 이름을 중얼거렸다. 창밖에는 여전히 눈 그림자가 너울지듯 부드럽게 내리고 있었다.

이 고요함을 바랐다. 그러나, 마음 한쪽이 얼어붙을 듯 춥고 허한 건 왜일까.

혼자가 편했지만 누군가가 있었으면 좋겠다. 린도는 그 모순된 감정을 끌어안고, 서글퍼 했다.

"차라리 녹아 사라지면 좋겠어."

린도는 힘겹게 중얼거렸다.

린도가 정신을 차렸을 때는 해가 저물어 가는 오후였다. 한숨을 한 번 내쉬고 문을 열고 밖을 보니, 복도에는 아무도 없었다.

린도는 빙그레 웃었다. 신관들은 그가 설정한 거리를 지나치게 잘 지켰다. 그리고 그가 굳이 다른 이들과 가까워질 생각이 없는 것도 잘 알고 있었다.

린도는 다시 한번 하, 한숨을 내쉬며 복도를 거닐었다. 해 질 녘의 복도는 적금색으로 화려하게 빛나고 있었다.

대다수의 업무는 추기경이 봐 뒀을 테고, 무엇을 하지. 고민하던 린도에게 에델바이스가 스쳤다. 순간 그의 우울한 얼굴에 살짝 미소가 서렸다.

그 애를 만나야지. 월궁에 가면 그 애는 미소를 지으며 달려올 것이다. 어쩌면 귀엽게 투정을 부릴지도 모르지. 찾아갈 누군가가 있다는 건 이상한 기분이었다. 그 누군가가 자신을 정말로 좋아해 주는 사람이라는 건 더더욱. 허한 마음이 어쩐지 진정되는 것 같았다.

"고맙다고 말해야지."

자신도 찾아볼 생각을 하지 못했던 이름의 기원을 찾아 주었으니까. 어찌 되었던, 린도라는 이름은 분명 사랑이 담겨 있는 이름이었다.

"그리고 미안하다고도 말해야지."

린도는 자신이 지나치게 날카로웠음을 인정했다. 신관들은 린도의 예민함을 알고 있었으나, 에델바이스는 몰랐을 테니 말이다.

"어른인데 말이야……."

어린아이에게 그런 식으로 말을 하다니. 어른으로서 분명 잘못된 것이다. 그렇게 생각하며 린도는 월궁으로 발을 뗐다.

그리고 다시 옛날처럼 가면을 쓴 얼굴로 돌아갔다. 아니, 돌아가려 했었다.

"……."

그러지 못했던 건 린도가 예상했던 것과 전부가 달라서였음이었다. 그가 월궁에 도착하였음에도 에델바이스는 뛰쳐나오지 않았다. 혹 그녀가 화가 나 있나 싶어 방으로 갔지만, 웬걸 그녀의 방은 텅 비어 있었다.

갑자기 불안감이 엄습하기 시작했다.

"이게……."

책상 위에 있는 편지. 정갈한 글씨체로 써진 글씨는 분명 에델바이스의 것이었다.

[성하. 성하께 그간 폐를 끼쳐 드린 것 같습니다.

성하와 함께 있고 싶었던 거지, 맹세코 성하를 방해하려는 생각은 없었어요. 생각해 보니, 저도 제가 걸리적거릴 것 같더라고요. 집으로 돌아갈게요.]

"아무도 없어?!"

린도가 쪽지를 보고는 사색이 되어 날카롭게 소리쳤다. 하녀들 중 한 명이 린도에게 뛰어왔다.

"성하를 뵙습……."

"언제 나갔지?"

"네?"

"에델, 아니, 에르멘가르트 영애가 언제 나간 거냐고!"

"그건……."

린도가 내민 편지를 본 그녀의 얼굴이 하얗게 질렸다. 린도의 얼굴이 분노로 일그러졌다.

"아무도, 본 자가 없단 말인가!"

린도의 노성에 하녀들이 고개를 숙이고 벌벌 떨었다. 에델바이스가 성도까지 올 수 있었던 건 수도에서 고용한 용병 무리들 덕분이었다. 수도에서 에르멘가르트라는 이름을 가진 아가씨에게 감히 누가 함부로 대할까. 하지만 이곳은 수도가 아니었다. 제아무리 신의 도시라고는 하지만…….

"당장, 성기사들을 소집해!"

린도는 하얗게 질린 채 이성을 잃고 소리쳤다.

그녀는 강아지가 아닌데. 기분에 따라 화풀이를 해도 되는 사람이 아닌데.

—부디 제가 당신을 걸리적거린다고 생각하지 않게 해 주십시오.

그 말을 들었던 자신 역시 상처받았는데. 다섯 살짜리 아이가, 자신을 쓸모없다고 생각하게 됐는데…….

"에델바이스!"

린도가 외치며 창문을 바라보았다. 또다시 눈이 내리고 있었다. 지겹도록 하얀 눈이.

밤에 눈이 내릴 때 길을 떠나는 건 자살행위인데. 에델바이스의 성격상, 분명 그녀는 성도를 떠났을 것이다.

만약, 잘못되면 어떻게 하지? 린도는 두려움에 떨었다.

인정했다. 그는 에델바이스와 거리를 두려고 했다. 그래서 항상 신경 쓰던 그녀를 모르는 척했다. 왜냐하면, 아플 것 같아서였다. 더 이상 정이 들었다가는 지금처럼 아플 것 같아서…….

하지만 그것은, 지금도 마찬가지였다. 지금 에델바이스를 잃는다면 그는 고통스러워 견딜 수 없을 것이다.

린도는 팔을 뻗었다. 그곳에서 새하얀 빛이 흘러나왔다. 휴식을 취하고 있던 새떼들이 린도에게 몰려들기 시작했다.

오랜만에 교황이 강력한 성력을 사용했다.

린도는 어이가 없었다. 이쪽이야, 라는 새들의 소리가 더욱 크게 들릴수록 린도는 입술을 떨었다. 맑은 달빛이 세상을 노랗게 비춰 주었다. 린도는 나무 사이로 서 있는 에델바이스를 바라보았다.

"린도?"

"……."

"아닌가, 천사님인가."

에델바이스가 내리는 눈을 맞으며 웃었다. 린도의 시선이 한쪽을 절뚝이는 에델바이스의 다리로 향했다.

"이곳에서, 대체 왜?"

이곳은 성도의 한 귀퉁이에 있는 숲으로, 성도의 입구와 정반대 방향이었다. 숲을 빠져나가면 마을이 나오긴 하지만 길이 잘 닦여 있지 않아 사람들이 자주 다니는 길은 아니었다.

"아, 여기가 눈이 내리면 더 예쁘다고 해서 여기로 왔어요."

"그런데 왜 지금 여기에 혼자 있지? 일행들을 고용한 게 아니었나?"

"그게, 제가 다리를 다쳤거든요……. 아무래도 일행들이……."

린도는 눈을 감았다. 이곳 용병을 믿는 게 아니었다. 그나마 그녀에게 해를 끼치지 않은 걸 다행이라고 해야 하나…….

다행이라고?

린도의 황금색 눈이 살의를 띠었다. 뭐가 다행인가? 지금 저렇게 다리를 다친 여자아이가 눈 내리는 숲에서 살아남을 수 있을 리가 없다.

린도가 주먹을 꽉 쥐었다. 그의 머릿속에 온갖 잔혹한 상상이 떠돌아다녔다.

"하, 다행이다."

에델바이스가 환하게 미소를 지었다. 린도는 에델바이스의 얼굴을 바라보았다.

"린도, 미안해요. 또 걸리적거리게 해서……."

"……."

"화났어요?"

힐끔, 힐끔 바라보는 얼굴을 보며 린도는 기가 차서 헛웃음을 내뱉었다.

아니, 가장 잘못된 건 자신이다.

이게 뭔가. 무슨 짓을 저지른 건가……. 나이를 먹고, 오래 살아왔다고 하지만. 자신이 저지른 짓은 열 살 먹은 꼬맹이도 하지 않을 짓이었다.

"미안해요, 그러니까……. 다리가 나으면 갈게요."

저 하나만 보고 성도로 무작정 온 이였다.

그런 린도가, 거리를 두겠다는 한심한 이유로 그녀에게 차갑게 대한 순간에 그녀는 어떤 심정이었을까?

그녀의 심정은 생각도 하지 않고 저는 제멋대로 마음을 추슬렀다고 찾아가서는 에델바이스가 웃어 줄 거라 생각했다니……. 이보다 더 이기적인 행동이 어디 있단 말인가.

"에델."

"……."

"화난 거 아니야. 걸리적거리지도 않았어."

린도가 부드럽게 웃으며 다가가 에델바이스를 껴안았다. 그러자, 그녀가 훌쩍이기 시작했다.

"미안해, 그러니까…… 내가. 내가 잘못했어."

모든 게. 린도는 진심으로 미안함을 담아 에델바이스에게 사과했다.

"그럼, 린도. 내가, 내가 미운 게 아니에요? 제가 린도를 방해해서, 흑……. 거, 걸리적거리진 않고요?"

"단 한 번도 그렇게 생각한 적이 없어. 네가 와서, 분명 나는 행복했단다."

린도가 에델바이스의 등을 토닥였다. 린도는 거기서 에델바이스가 으아앙, 하고 울 거라고 생각했다. 그러나 에델바이스는 눈물이 고인 눈으로 린도를 살짝 밀어내고 말했다.

"린도……. 그러면 왜 그런 거예요?"

"응?"

"저 만나서 행복했다면서, 그렇게 된 건 이유가 있을 거 아니에요."

"……."

"저 달래려고 거짓말하는 거죠? 바보 취급하는 거죠?"

"……아니, 전혀 그렇지 않아."

"하지만, 린도. 그냥 화가 났다기엔 나흘간이나 저를 안 봤잖아요. 나흘간 저를 무시한 이유를 저는 들어야겠어요."

"……."

"제게 말하기 싫어요?"

울음 때문인지 추위 때문인지 코끝이 빨갛게 물든 채로 에델바이스는 린도를 야단치는 듯한 엄한 표정을 지었다. 그러면서도 말하지 않으면 큰 상처를 입을 것처럼, 그녀의 얼굴은 절박했다. 린도는 난감했다. 적당히 넘어가야 하나? 어떻게 해야 하지?

"어……."

"린도, 이야기를 해 줘야죠. 그래야 제가 린도가 혼자 있고 싶을 때 귀찮게 안 하죠……."

"……."

린도는 가만히 에델바이스를 바라보았다. 심지 굳은 소녀의 얼굴을 보며 린도는 나약한 충동에 휩싸였다. 말할까? 말해 버릴까? 솔직하게 말할까? 아니면 적당히 표면적인 것만 말해야 하는 걸까. 거짓으로 넘어가는 편이 제일 좋은 방법이라는 건 알지만…….

"소중한 사람이, 죽었어."

그래, 여기까진 괜찮다. 사실이니까. 린도는 애써 자신을 달랬다. 에델바이스는 눈을 크게 뜨며 린도의 얼굴을 보았다.

"아……."

"……."

"생각보다 재미없는 이유지?"

헤헤, 린도가 멋쩍은 웃음을 지었다. 그러나 에델바이스의 눈에 눈물이 다시 고이더니, 흘러내리기 시작했다.

"어떡해, 어떡해……. 린도, 나는 몰랐어요."

"당연하지. 내가 말하지 말라고 했으니까."

"나는 정말, 정말 몰랐어요."

"……괜찮아."

"안 괜찮았잖아요. 나는 그것도 모르고 린도를 귀찮게나 하고……. 미안해요, 내가 미안해요."

에델바이스가 다시금 사과했다. 그녀는 어찌할 바를 모르고 있었다.

"사과를 받으려고 한 말이 아닌데……. 에델바이스, 울지 마."

"괜찮아요? 왜 린도가 나를 위로하는 건데요."

그녀가 손을 뻗어 린도의 어깨에 손을 얹었다.

"괜찮아요?"

"……."

"진짜 괜찮아요?"

만약, 에델바이스와 겨울에 시간을 보내지 않았다면 린도는 이 위로를 흘려 넘겨 버렸을 것이다. 아이가 건네는 단순한 위로가 아닌가. 그러나 에델바이스와 함께하며, 순간 감정을 교류하며, 에델바이스의 '괜찮냐'는 말에 어째서인지 울컥하고 눈물이 터졌다.

"괜찮아. 괜찮아."

이젠 익숙하고, 익숙해질 거니 괜찮아. 린도는 차마 그 말을 담을 수 없었다. 그건 거짓말이었으니까.

"안 괜찮으면서."

에델바이스가 린도의 몸을 끌어안고 등을 토닥였다.

"이렇게 울면 안 괜찮다는 거랬어요. 엄마가."

그래, 비올렛도 이렇게 위로를 해 주었지. 린도는 투명한 눈물을 흘리며 미소를 지었다.

"그러니까, 에델바이스. 네가 나에게 사과할 필요는 없어."

"……내가 미안해하는 게 중요해요?"

"그래. 내가, 내가, 약해졌을 뿐이야. 그냥 그런 거니까."

"그래도 미안한 마음은 변하지 않아요. 이유가 있다고 생각했어야 하는데, 나는 아직도 어린가 봐요. 정말로……."

따스하다. 린도는 이 순간, 자신에게 필요했던 게 이런 위로였다는 것을 깨달았다. 괜찮냐고 묻고, 괜찮다고 하고. 따뜻한 온기와 함께 밝고 따스한 애정을 받는 것. 그게 진정으로 위로가 되는 것이었다.

"린도는 나보다 훨씬 어른이니까, 혼자 있을 시간이 필요했던 거지요? 나 같은 사람의 위로보다는…… 그게 더 나을 거야. 이해해요."

"……그게 아니야."

"……."

"에델바이스, 그게 아니야…… 정말 아니야."

린도는 그 작은 사람을 올려다보았다. 린도를 한없이 사랑하는 이 작은 존재는, 자신이 린도의 마음에 닿을 수 없을 거라고 생각하고 있었다.

지금 이렇게나 따뜻한 위로를 해 주는데도. 그런데도, 자신의 가치를 낮추고 있었다. 그렇게 만든 건 린도 자신이다. 그는 그래서는 안 된다는 기묘한 충동을 이기지 못하고 말했다.

"나는, 그냥 슬프고도 무서웠어."

혀끝에 그 단어가 지나면서, 후회하는 자신과 희열을 느끼는 자신이 있었다. 한 치의 거짓도 없는 올곧고도 나약한 진심이 나왔다.

"린도가요? 무서웠다고요?"

"그래."

린도는 씁쓸한 미소를 지었다.

"앞으로 또 얼마나 많은 사람을 떠나보낼까, 무서워서……. 그게 무서워서."

"……."

"견딜 수가 없이 힘들어졌거든."

린도가 눈을 내리깔았다. 그의 금안이 달빛처럼 어둡게 빛났다. 빛처럼 하얀 사람이 지닌 짙은 그림자를 보고 에델바이스가 입을 열었다.

"그 말은, 린도. 그게 무서워져서……. 며칠간 저를 보지 않은 거라고요?"

"맞아, 실망했니? 내가 겁쟁이라서?"

진심을 듣게 된 에델바이스는 무슨 표정을 지을까. 그가 가진 나약함에 실망할까? 아니면 그것을 동정할까. 린도는 제가 묻고도 에델바이스의 얼굴을 바라볼 수 없었다.

"린도, 그러니까 다시 정리할게요. 나흘간 저를 안 본 이유가, 음……. 린도가 저와 헤어질까 봐 두려웠다. 그런 뜻?"

"……믿기지 않는 모양이구나."

"아뇨, 믿어요. 믿는데……."

그 목소리에 어쩐지 기묘한 흥분이 서려 있었다. 린도는 그에 의아함을 느껴 고개를 들었다가 그대로 얼어붙었다.

에델바이스의 새파란 눈동자가 반짝반짝 빛나고 있었기 때문이었다. 그리고 어쩐지 수줍고도 기쁜 표정을 짓고 있었다.

기쁘다고?

린도는 어이가 없었다.

"내가, 무섭다고 해서 좋아?"

에델바이스가 환하게 미소 지었다.

"그럼요."

"대체 왜?"

린도의 얼굴을 본 에델바이스가 말했다.

"그만큼 내가 소중하다는 거잖아요."

"……."

"나는 내가 린도한테 아무것도 아닌 줄 알았는데, 그게 아니어서요. 멀어지고 싶을 정도로 나를 좋아했다는 거잖아요. 정말 너무 기뻐요."

왜, 그게 기쁜 거지? 린도는 이해할 수 없었다. 그때, 에델바이스가 린도의 손을 잡았다.

"왜 이렇게 손이 차요! 교황씩이나 되면 장갑을 끼어야지."

차갑게 식은 손에, 장갑을 갓 벗은 에델바이스의 작고 하얀 손이 겹쳐졌다. 린도는 너무나 따뜻한 나머지, 그 온기에 화상을 입는 것 같았다.

"린도."

"응?"

"나는, 나이도 어리고, 린도만큼 배우지도 못했지만……. 그래도, 헤어짐에 있어서 린도와 저는 비슷하다고 생각해요."

"뭐가?"

"이 겨울 말이에요. 저는 이 겨울 동안 린도와 함께할 수 있잖아요. 끌려가긴 싫지만…… 아마 아버지가 저를 억지로 데려갈 테고요."

에델바이스가 힘없이 말했다.

"그게 대체 무슨 뜻인데."

"그러니까…… 저는 이 겨울이 지나면 린도와 헤어질 걸 알면서도, 린도와 이렇게 같이 있고 싶다고 생각한다고요."

"그것과 그건 다른……."

린도는 그 말을 다 하지 않으려고 했다. 어차피 에델바이스가 그의 고독을 전부 다 이해할 순 없기 때문이었다. 진심이 담긴 위로에 반박은 필요 없었다.

"무슨 말 하려는지 알아요, 경우가 다르다고 생각하신 거죠? 나는 돌아가서도 마음을 먹으면 언제든지 린도를 만날 수 있으니까?"

"잘 아는구나."

"아니에요, 같다고요. 하나도 다르지 않아요. 어쨌거나 우린 헤어질 거예요. 죽음이든, 겨울이 끝나서든."

"……."

"그렇지만, 어른이 되고, 할머니가 되어서도 이 예쁜 겨울을 추억할 수 있어요. 어쩌면 힘들 때 위안이 될 수도 있을 거고……. 평생의 행복이 될 수도 있을 거예요."

"……."

"린도도 그럴 거잖아요? 린도의 소중한 사람이라던 그분과의 기억을 안고 평생을 살아갈 거잖아요. 단지 린도에게 허용된 시간이 조금 길 뿐이에요."

"……."

"와닿지 않는다는 표정이잖아요? 린도. 어차피 죽으면 다 함께 만난다고요. 제가 설령 린도보다 먼저 죽더라도, 저는 린도를 기다렸다가 다시 만날 거예요. 우리 엄마가 말했어요, 죽으면 영혼이 다시 태어난다고."

"……."

"성녀인 우리 엄마가 해 준 말이니 맞을 거예요."

린도는 빙그레 미소를 지었다.

"아, 말이 이상하네. 그러니까, 제 말은, 헤어질 걸 알면서도 우리는 다시 만난다는 점이 같다. 이 말이에요. 그리고, 헤어짐은 보석 같은 추억을 만들어 주잖아요. 그걸 안고 살아가요."

두서없는 말이지만, 투박하고 아름다운 말이었다.

"제가 죽는 것보다 더 빠르게, 이 겨울이 끝날 거예요. 그래도 나는 이 겨울, 린도와 행복한 매일을 보내고 싶어요."

"……."

"린도도 나를 아가씨로 봐 주면 좋겠고, 더 사랑해 줬으면 해요. 헤헤."

린도는 에델바이스를 바라보았다. 그가 장수한 노인과 같은 나이처럼 사는 동안 그런 진리를 알지 못했을까?

그러나, 지금 에델바이스가 한 말이 어째서인지 린도의 마음에 콕 박혔다.

린도의 마음을 대면하여 실망이나 슬픔, 동정을 품지 않은 채, 뻔뻔하게도 헤어질 건 알지만 죽어서 만날 테니 당당히 애정을 요구하는 소녀.

린도는 서서히 이 소녀가 자신에게 품은 마음의 실체를 어렴풋이 깨달아 가고 있었다.

"얼마나……."

"네?"

"아니야, 아무것도."

내가, 시간이 너와 같이 흘러가는 평범한 남자였다면 얼마나 좋을까. 소녀는 낮에도 그 사랑스러움에 빛이 나고, 순수하며, 마치 봄날처럼 따스했다. 어떤 이가 저 소녀를 사랑하지 않을 수 있겠는가.

린도는 그녀에게 사랑스러움을 느끼면 느낄수록 더욱 서글퍼졌다. 이 소녀가 그에게 애정을 느끼는 것도 한때일 것이다. 그는 그녀의 애정에 보답을 못 해 주니, 그녀는 그녀 나름의 인생을 살며 또다시 저를 떠나가겠지.

그러나 제 인생만은 저 평범한 이들과 유리되어 멈춰 있을 것이다. 영원한 겨울 속, 얼어붙은 얼음덩어리처럼.

"린도, 그런데 진짜 좋네요."

"응?"

"저 풍경 말이에요. 저를 버린 그 나쁜 용병들이 틀린 말을 한 건 아닌 것 같아요."

린도는 에델바이스가 말하는 곳을 바라보았다. 밤하늘에 가득한 먹구름 사이로 황금색 보름달이 모습을 드러냈다. 밝은 달빛에 비치는 눈이 마치 황금이 내리는 듯했다

눈을 맞이한 초록 침엽수와, 겨울이 되면 은색으로 빛나는 성도

에서만 자라는 베틀라 나무. 그 풍경은 린도가 숱하게 봐 오던 것이지만, 오늘만큼은 처음 볼 때 느꼈던 그 아름다움이 느껴졌다.

"나는 눈이 내리는 게 좋더라고요. 겨울이 제일 좋아."

에델바이스가 환하게 웃었다. 눈이 내리지만 린도는 어째서인지 추위를 느낄 수 없었다. 이상하게도 맞잡은 손의 온기가 그를 따뜻하게 만들고 있었다.

아버지, 당신이 본 세상이 어땠는지 아주 조금은, 조금은 알 것 같아요.

그가 왜 아름답다는 표현을 썼는지, 아름다움이란 무엇인지.

린도는 그 풍경을 보며 생각했다.

"린도!"

잠에서 깬 린도는 일어나자마자 화들짝 놀랐다. 에델바이스가 침대 옆에 서서 린도의 부스스한 얼굴을 보며 웃고 있었기 때문이었다.

"에델바이스…… 대체 왜."

"생각해 보니 겨울은 너무 짧잖아요."

"그래서?"

"그래서, 그 짧은 시간 동안 린도랑 계속 같이 붙어 있는 게 좋을 것 같아서요."

"……."

잠이 깨지 않아 멍한 표정으로 에델바이스를 바라보던 린도는 이 사고뭉치의 말을 이해하고 피식 웃었다.

너는 얼마나 깊이 마음속에 박혀서 나를 괴롭게 하려고.

린도의 웃음을 오해한 것인지 에델바이스가 린도를 부축했다. 린도는 결국 침대에서 몸을 일으켜야 했다.

"에델."

"저 엄청 일찍 일어났어요. 보통 기상 시간은 그렇다면서요."

"어휴. 다리를 그렇게 다쳐 놓고도."

"헤헤."

멍한 표정의 린도는 그제야 생각났다는 표정을 지었다.

"아아, 나 바보인가!"

"엥?"

"빨리 앉아 봐."

부스스한 몰골로 일어난 린도는 갑작스럽게 에델바이스를 거의 밀 듯 침대에 앉혔다.

"저, 저, 저, 저, 저기, 린도?"

"가만히 있어!"

에델바이스의 얼굴이 빨갛게 물들었다. 그러나 린도는 그런 건 안중에도 없다는 듯, 발목까지 덮고 있던 치마를 훌렁 들어 올렸다.

"리, 린도!"

에델바이스의 파란 눈동자가 흔들렸다. 이건 너무 빠른데. 아니, 지금 이건 옳은 게 아니잖아. 호들갑을 떨던 에델바이스의 얼굴이 이내 '그럼 그렇지.'라는 표정으로 변했다.

린도의 손에서 새하얀 빛이 터지듯 나와 에델바이스를 감쌌다. 힘을 줄 때마다 아프던 발에서 고통이 점차 사라졌다.

"와, 성력. 진짜 오랜만이다."

매일 사고를 치던 때, 상처를 달고 다니던 그녀는 신관들에게 종종 치료를 받고는 했다.

"미안해. 생각해 보니 눈밭에서부터 너를 치료했어야 했는데."
"괜찮아요. 그 신발, 신는 게 너무 힘들어서 차라리 와서 치료하는 게 더 나았어요."
에델바이스가 발목을 이리저리 돌려 보았다.
"우와, 진짜 깨끗하다."
"그렇지? 나처럼 치료 잘하는 신관은 없단 말이야."
"그게 뭐예요! 신관 중에 제일인데 잘하는 건 당연하잖아요."
에델바이스가 웃음을 터트렸다. 린도 역시 피식 웃었다.
"다음엔 치료해 줄 수 없으니까. 다치지 마."
"네? 치료해 줄 수 없다고요?"
"나한테 남아 있는 성력이 얼마 안 되거든. 어머니에게 들었겠지만, 나는 성력이 내 생명을 지탱해 주고 있어. 이제 아껴 써야 해."
"아아, 그렇구나. 알겠어요."
대신관 급의 신관들만 아는 일급 기밀이었으나, 정작 그 소리를 들은 에델바이스는 고개만 끄덕일 뿐이었다. 발을 만지작거리던 에델바이스가 고개를 들었다.
린도도 고개를 들어 에델바이스를 바라보았다. 허리를 숙인 채 다리를 치료하던 린도와 에델바이스의 얼굴이 지나치게 가까웠다.
"어……."
에델바이스가 눈을 크게 떴다. 그녀는 할 말을 잃은 듯했다. 린도 역시도 비슷한 표정을 짓다, 이내 장난스럽게 활짝 웃었다.
"왜, 뭐가 이상해?"
"아, 아니요!"
린도의 미소가 어째서인지 더 밝아 보였다. 큰일이다, 큰일이야. 에델바이스는 린도를 힐끔힐끔 바라보았다. 얼굴이 확 달아오르는 게 느껴졌다.

“머리!”

“응?”

“머리 빗어 줄게요!”

갑자기 무슨 소리야? 라는 표정으로 린도가 그녀를 바라보았다. 에델바이스도 뜬금없이 한 말이라는 걸 잘 안다.

“머리가 부스스해서 쳐다봤어요. 성하는 그 머리 좀 관리해야겠어요.”

“그래, 그래. 네가 좋아하는 거 다 해.”

린도는 뭔들 좋다는 표정을 짓고 해맑게 웃었다. 그렇게 에델바이스는 어느 누구도 하지 못했던 린도의 머리를 만질 수 있었다.

“대체 머리를 얼마나 안 자른 거예요!”

“태어나서 한 번도 안 잘라 봤으려나…….”

거울 앞에 자리한 의자에 앉은 린도는 에델바이스가 기가 막혀하는 모습을 보며 웃었다.

“그럼 여기서 더 자라지 않은 거예요?”

“그러게, 내 머리는 더 자라지는 않더라고.”

린도의 말에 에델바이스가 린도의 머리를 매만졌다. 적색기가 도는 은발은 은색의 실크처럼 결이 좋았다.

“치이.”

“아, 아얏! 에델, 이게 무슨 짓이야!”

“짜증 나서요. 뭐야. 빗질을 하는 것도 아니고 관리도 안 하는데, 저보다 머릿결이 좋을 이유가 대체 뭐죠? 불공평해라.”

“아니, 그건 내 탓이…….”

에델바이스가 갑자기 린도의 머리를 잡아당기다가 놓았다. 그녀가 빗을 들어 조심스럽게 빗질을 하기 시작했다.
"빗어 주는 행복이 없단 말이에요. 금방금방 정리되니까."
"내, 내가 미안해. 앞으로는 더 노력해 볼게."
린도의 말에 에델바이스가 피식 웃었다.
"린도, 머리를 바꿔 보는 게 어때요?"
"응?"
"이렇게 머리를 땋아 보는 거죠."
그녀가 손을 재빨리 놀렸다. 기다란 은발이 제법 맵시 있게 땋아졌다.
"이게 뭐야!"
그가 웃음을 터트렸다.
"어허, 머리 땋기를 우습게 보지 마세요. 이 상태에서 머리에 물을 묻히고 잠을 자면……."
"……자면?"
"곱슬머리가 된다고요. 린도도 이제 곱슬이 될 수 있어요."
"우와…… 진짜?"
린도가 눈을 반짝였다. 방금 그건 좀 신기했다. 곱슬머리라니. 생각하지도 못했다.
"자기 전에 제가 땋아 드릴게요."
"그래. 좋아."
"음, 그러면 며칠간 머리를 짧게 하는 건 보류인가."
"머리, 짧게 자를 생각이었어?"
"그럼요. 그럼 죽을 때까지 이 머리로 계속 다닐 거예요? 어휴, 지겨워."
"아…… 그런가?"

린도가 머뭇댔다. 에델바이스가 머리를 다시 풀었다. 그는 린도의 앞머리 몇 가닥을 뒤로 넘겼다. 이마가 드러나며 시원한 이목구비가 보였다.

"긴 머리, 좀 답답해요. 아니면 이렇게 하나로 묶어 내려요."

그녀가 리본을 들어 그의 은발을 하나로 묶어 주었다.

"린도?"

린도가 멍하게 거울을 바라보았다.

"린도, 왜 그래요?"

"아니……. 그게."

"네?"

"그게, 내가 꼭 아버지 모습 같아서."

"아버지라면…… 그 붉은 공작님 말씀하시는 건가요?"

"응. 새삼, 나도 아버지를 많이 닮았네."

린도는 머쓱하게 웃으며 거울을 바라보았다. 붉은 머리에 눈 밑에 점 하나만 있었다면 분명 똑같았을 것이다.

"와, 린도는 아버지도 잘생겼네."

"그렇지? 우리 아버지, 정말 잘생겼어."

"그러네요. 어머니에겐 스승님이라던데."

"맞아. 나보다 비올렛을 더 좋아했다니까?"

"에이, 그런 게 어딨어요."

"정말이야."

"그러면 이름을 린도라고도 안 지었을걸요. 그 린도라는 이름, 찾는 게 얼마나 어려운데."

"그건, 어머니가 지어 주지 않았을까?"

"아나스타샤 님이 지어 줘도, 붙여 준 건 붉은 공작님이잖아요.

린도가 미웠으면 분명 저는 린도 이름을 바보라고 지었을 거예요."

예전, 린도가 생각하며 의심하던 것들을 정확히 짚어 주자 린도는 안심이 되었다.

"그런가?"

나는, 사랑받는 사람이었던 걸까.

린도는 거울을 보며 자신의 아버지를 보았다. 마치 아버지를 만나듯, 린도는 아버지에게 말을 건넸다.

그렇게 사랑하시면서 아버지, 왜 저를 비올렛에게 떠넘기고 떠나셨습니까.

"린도, 진짜 우리 엄마를 질투했던 거예요?"

"……아하하."

린도가 어색하게 웃었다.

"이름은요, 진짜 중요한 거라고요. 우리 어머니도, 제 이름을 얼마나 고심해서 지었는데요. 린도라는 이름을 가진 건 엄청나게 사랑받았다는 뜻이라고요."

"그렇구나."

우울하게 가라앉던 기분이 다시 따스하게 물들기 시작했다.

"좋다."

"네?"

"이런 대화, 처음 해 보는데 좋아."

린도라고 수다라는 걸 떨지 않은 건 아니었다. 그러나 다른 이를 사랑한 비올렛에게도, 마음은 통하지만 멀리 떨어져 있는 샤를에게도, 그는 솔직해질 수 없었다.

"성하, 친구 없었구나?"

"……."

"그러니까, 친구도 사귀고 좀 그러라니까요. 얼굴도 이렇게 잘생겨 놓고서는……. 아, 여자는 말고요."

속이 뻔히 보이는 말에 결국 린도는 크게 웃음을 터트렸다.

"성하는 어디 계시나?"

기별 없는 국왕의 방문에 교황성의 신관들이 우왕좌왕했다. 샤를루스와 린도는 막역한 친구 사이였고, 이렇게 서로 기별 없이 갑자기 들이닥치고는 했다.

"아아, 기별은 됐네 됐어. 숨바꼭질은 내 전문이지!"

이미 나이를 먹을 만큼 먹었음에도, 국왕 샤를루스의 노을 색 눈은 항상 반짝였다.

"성하께는 말하지 말게."

추기경 고티에가 고개를 끄덕였다. 그는 자신이 추기경으로 부임하고 처음으로 통보 없이 들이닥친 국왕에 이미 정신을 놓아 버린 상태였다.

국왕 샤를루스는 신이 나서 혼자 린도를 찾아서 돌아다니기 시작했다.

"정말로 숨으신 겁니까, 성하?"

찾은 지 한참이 지났는데도, 린도의 모습은 보이지 않았다.

"설마?"

그러고 보니, 에델바이스가 여기 왔다던 것 같은데? 샤를루스는 장난스럽게 웃었다.

"그 아이도 참, 스승님 속을 썩인다니까."
누가 그 애가 에르멘가르트 가의 사람이라고 생각할까. 어디든 톡톡 튀는 게 샤를루스마저도 감당할 수 없을 정도였다.
"가출을 성도로 하다니."
푸풉, 갑자기 웃음이 나왔다. 맞다, 기억난다. 그 에르멘가르트 후작이 그때 한숨을 몇 번이나 쉬었던지. 기운 빠진 그 모습에 기사들이 걱정했던 기억이 난다.
"스승님께 잘 있다고 전해 드려야겠다."
그의 생각에는, 린도도 분명 거기 있을 것이었다. 성하도 애를 돌봐야 하다니. 참 안되셨구나. 그는 고개를 설레설레 저었다.
샤를루스는 소복이 쌓인 눈을 밟으며 월궁으로 향했다. 그의 예상이 맞았는지, 중앙성에서 월궁으로 한 사람의 발자국이 나 있었다.
"아, 성……!"
월궁으로 들어가려던 샤를루스는 입을 다물고 멍하게 그곳을 지켜보았다. 월궁 안은 샤를루스가 있는 곳과 전혀 다른 세계였다.
월궁 너머, 간소하게 꾸며진 정원에 초록이 존재하고 있었다. 얼굴을 빼꼼히 내민 풀, 헐벗은 나무에 자라난 잎, 바닥에 앙증맞게 피어난 꽃들. 아주 작은 면적이지만, 그곳은 분명 봄이었다.
그 안에 서 있는 남녀를 보며, 샤를루스는 눈을 몇 번이고 깜빡여야만 했다.
피어난 꽃을 바라보던 여자가 환하게 웃으며 남자를 보았다. 남자는 쑥스러운 듯, 여자를 보며 마주 미소 짓더니 자란 꽃 중 한 송이를 꺾어 여자에게 건네주었다.
그것은, 샤를루스가 예전에 보았던 풍경이었다. 제비꽃을 앞에 두고 서로 미소를 지은 그 성녀와 기사처럼…….

저곳에는 바깥의 그 어떤 삿된 것도 들어 있지 않았다. 바닥에 피어 있는 꽃과 같이, 남자에 비하면 짧은 생명을 지닌 여자와 꽃이 시드는 것을 지켜보는 인간처럼 긴 삶을 지닌 남자가 서로를 보며 웃고 있다.

샤를루스는 그것을 보며 깨달았다.

아아, 여기서도 동화가 새로 쓰이고 있었다.

선명한 보라색의 동화가 아닌, 새하얗게 빛나는 그들만의 동화가.

샤를루스는 한참 동안이나 그 아름다운 장면을 바라보고, 또 바라보았다.

"오셨으면 기별을 좀 넣으란 말입니다."

린도가 투덜거리듯 말하자, 샤를루스가 장난스럽게 웃었다.

"싫습니다. 그러는 성하도 왕궁에 오실 때, 기별 좀 넣으시지요?"

"공식적인 방문은 항상 말씀드리지 않습니까."

"저도 마찬가집니다. 지금은 공식적인 방문이 아니고요."

샤를루스가 빙그레 웃자, 린도 역시 헛웃음을 흘렸다.

"그래서, 비공식적인 만남의 이유는?"

"당연하잖습니까? 에스테반 추기경의 일을 들었습니다."

린도의 얼굴이 굳어졌다.

"위로해 주시러 오신 겁니까?"

"네."

린도가 피식 웃었다. 샤를루스가 눈을 살짝 크게 떴다.

"왜요?"

린도가 묻자, 샤를루스가 고개를 저었다.

"성하. 생각보다 밝아지신 것 같습니다."

"제가요?"

린도가 의아하다는 표정을 지었다. 그는 자각하지 못하고 있었지만 린도를 봐 온 샤를루스는 알 수 있었다.

린도를 모시던 이들은 체자레를 따르는 이들이었다. 즉 이들의 나이는 많았고, 린도가 살아오는 동안 그들의 죽음은 필연적인 것이었다.

그때 린도는 어떠했던가. 처음에는 체자레가 죽었을 때처럼 울고 괴로워했다. 그 후로는 슬퍼하는 기간이 점점 짧아졌지만, 며칠간 방에 틀어박혀 있는 등 우울한 기색을 숨기지 않았다.

비올렛과 그 자식들 앞에서는 항상 해맑은 듯 아이처럼 미소를 짓고는 했지만, 세월이 지나며 예민하고 냉소적으로 변해 갔다.

에스테반이 죽은 지 아직 열흘이 채 되지 않았다. 언제나 그랬듯 샤를루스는 그가 매우 우울한 상태일 거라고 생각했다. 그러나 린도는 생각보다 밝았고, 심지어 마지막으로 그를 만났을 때보다 얼굴이 더욱 좋아 보였다.

"이제 간 사람에 대해 슬퍼할 때는 지났으니까요."

"그렇습니까?"

"많은 이별을 겪을 겁니다. 하지만 기나긴 삶이든, 짧은 삶이든 삶은 이별의 연속이라는 것을 깨달았습니다."

"……."

"나보다 짧은 삶을 사는 인간도 그걸 알고 받아들이는데, 저 역시 견뎌 내야죠."

"아……."

"왜요?"

"성하, 방금 정말 성인 같았습니다."

"폐하께서 잊으신 것 같은데, 저 교황입니다만?"

그 말에 샤를루스가 웃음을 터트렸다.

"교황성의 조그마한 아이가 알려 준 진리입니다."

린도가 흐뭇한 어조로 말을 덧붙였다.

"조그마한 아이라면 에델바이스를 말씀하십니까?"

"네, 알고 계셨습니까?"

"가출 사건이 워낙 유명했거든요. 저는 에르멘가르트 후작이 그렇게 흥분하는 건 처음 봤습니다."

"하하하하. 그 정도였습니까?"

얄미울 정도로 감정에 변화가 없던 인간이 이젠 자식 때문에 저렇게 골머리를 썩다니. 세상일은 참 재밌었다. 린도는 괜히 우스워 피식 웃었다.

"그 모습, 꽤 보고 싶은데 말입니다. 자세히 좀 말해 주세요."

"난리가 났습니다. 제가 왕실 기사를 파견해도 된다고 하니까 그걸 거절하지도 않고 넙죽 받아들여서는……. 의뢰를 받은 용병이 에델바이스를 무사히 데려가지 않았으면 수도에서 용병이란 용병은 씨가 말랐을 겁니다."

샤를루스의 말에 린도가 웃음을 터트렸다.

"그 사람은, 에델바이스를 감당할 수 없을걸요. 매일 그런 뚱한 표정이니 에델바이스가 싫어하지."

린도를 보던 샤를루스가 떠보듯 조심스럽게 물었다.

"외람되지만 아까 월궁에서 두 사람을 봤습니다."

"……."

린도가 움찔했다. 샤를루스는 그것만으로도 모든 것을 알았다. 묘한 경계와 떳떳하지 못함이 공존하는 시선.

"마치 예전, 스승님과 후작을 보는 것 같더군요. 혹시……."

"아닙니다."

린도가 딱 잘랐다.

"그런 거 아닙니다. 에델은 비올렛의 딸입니다. 그저 그뿐이에요."

"……."

"에델이 흰 눈만 보는 게 심심하다고 해서 힘을 좀 썼을 뿐입니다."

"……."

"며칠간 눈이 쌓였으니까……. 겨울에는 그런 꽃들이 그리워지는 게 당연하잖습니까. 그 애의 집 후원에는 겨울에도 제비꽃이 피어 있다고 해서 심심할 일은 없을 테니……."

말이 점점 길어지면 길어질수록 린도의 얼굴이 굳어 갔다. 그도 지금 제가 얼마나 멍청한 행동을 하고 있는 건지 깨달았기 때문이었다. 반대로 샤를의 얼굴은 미소를 띠었다.

"성하."

"아닙니다."

"그러니까……."

"친구의 딸을 마음에 품을 정도로, 저는 쓰레기가 아닙니다. 나는 그 애를 젖먹이 시절부터 봐 왔어요."

"……."

"그리고 저는 성직자입니다. 이성을……."

"성하께서는 꼭 제가 아니라 스스로를 설득하는 것처럼 느껴집니다."

샤를루스의 말에 린도가 얼굴을 굳혔다. 그리고는 거의 노려보듯 샤를루스의 눈을 바라보았다.

"더 이상……."

"만약 다른 사람이었으면 저는 그 사람을 쓰레기라고 봤을 겁니다. 그런 취향을 지닌……. 뭐, 그런 거 있잖습니까."

샤를루스가 어깨를 으쓱했다.

"하지만 성하는 경우가 다르지요."

"제가 뭐가 다르다고……."

"그렇게 도덕을 따지자면 성하는 스승님이 열 살 때부터……."

샤를루스의 말을 들어 보니 린도는 자신이 천하의 변태 새끼가 된 것 같았다. 그의 얼굴이 창백해졌다.

"그, 그만! 그, 그건 어렸을 때니까!"

"……."

"아니, 열한 살 때부터인가? 사실 나이는 중요하지 않죠."

히죽거리는 샤를루스의 입을 린도가 막았다. 그러나 입을 막으면서도 샤를루스는 입을 열심히 움직였다.

"뭐가 어때요. 늙은 모습도 아니고, 지금 그렇게 젊고 아름다운 모습인데……. 제가 부러울 만큼."

"폐하도 나이가 들더니 미치신 겁니까? 내가 당신 딸과 그렇게 엮여도 좋을 것 같나요?"

"음, 그건 좀 싫을 것 같군요."

"보십시오!"

"아뇨, 그런 문제가 아니라. 어떤 아버지에게도 딸 마음을 훔쳐 가는 놈은 도둑놈입니다."

도덕과 공정의 화신인 샤를루스가 아닌가? 린도는 지금까지 쌓아 왔던 윤리와 규범, 도덕적 잣대에 대한 개념이 희박해지는 것 같았다.

"당신이 평범한 인간이 아닌데, 평범함을 적용시키는 건 분명 이상하죠. 생각해 보십시오. 아나스타샤 님과 티게르난 공작……."

린도는 하아, 한숨을 내쉬었다. 단순히 대화를 나눈 것뿐인데 어쩐지 진이 다 빠진 것 같았다. 심지어 반박할 수 없어서 그러했다.

"저는, 제 어머니와 아버지의 슬픈 이야기를 반복할 생각이 없어요."

"……."

"그리고, 그 애를 아끼고 사랑하긴 하지만, 그런 의미로는 사랑하지 않습니다."

린도가 씁쓰레하게 웃었다. 샤를루스는 여기서 더 나가지 않기로 했다. 그보다 나이를 많이 먹었지만, 성장하지 못한 남자는 이제 성장을 거부하고 있었다.

샤를루스는 빙그레 미소를 지었다.

"에델바이스는 사랑이 많은 애입니다. 그래서 사랑을 줄 줄도 알고요."

"……."

"내가 있고, 성하가 있고, 스승님과 후작이 있는데……. 비극은 일어나지 않을 겁니다. 그렇게 두지도 않을 거고요."

"어떻게 확신합니까?"

"네?"

"어떻게 확신하냐고요, 당신들이 오래 사는 게 아니지 않습니까."

원망마저 서려 있는 기색에 샤를루스는 아무 말도 하지 못했다.

"저는, 어떤 것도 시작할 생각이 없습니다."

그렇게 말하는 린도는 깨닫지 못했다. 어떤 것도 시작할 생각이 없다면서, 그는 이미 시작하고 있었다.

샤를루스는 린도의 표정을 보며 한숨을 내쉬었다. 그러다 문득, 린도에게 보여 주려고 했던 편지 더미를 생각했다. 하지만 이내 생각을 접었다. 아직 그것을 보여 줄 때는 아닌 듯했다.

"폐하아!"

"에델바이스! 이 장난꾸러기!"

"보고 싶었어요, 엉엉!"

샤를루스와 에델바이스의 포옹을 보며 린도는 딱딱하게 굳은 얼굴을 애써 숨겼다. 이 애는, 모든 사람에게이런 식으로 보고 싶다고 말하는 건가?

"나도 보고 싶었단다."

"헤헤. 폐하, 폐하밖에 없다니까요."

"……."

린도는 가만히 그 둘을 지켜보고 있었다. 어쩐지 꾸역꾸역 밀려오는 불쾌감을 애써 억눌렀다.

"에델바이스?"

"네?"

"아니야, 아무것도."

"린도, 우리 오늘 맛있는 거 먹는 거죠? 그렇죠?"

에델바이스가 린도의 팔짱을 꼈다. 린도의 표정이 누그러졌다.

"특식을 준비하라고 해야겠구나. 네가 좋아하는 디저트도 잔뜩."

그것을 본 샤를루스가 웃음을 터트렸다.

“나밖에 없다더니, 에델바이스. 이러면 서운해할 거야.”

“아버지는 몰라요.”

뒷말을 일부러 생략했더니, 에델바이스는 서운해하는 사람이 ‘아버지’라고 생각하는 듯했다. 어쩐지 그것이 더욱 웃겼다.

“그래, 네가 원하는 게 제일이지. 나는 응원한단다.”

“진짜요?”

“진짜지.”

“역시 폐하밖에 없다니까. 폐하, 너무 좋아요!”

또다시 린도의 표정이 어두워지자 샤를루스가 또 웃음을 터트렸다.

“폐하 벌써 갔어요?!”

에델바이스가 서운하다는 표정을 지었다.

“그래.”

“며칠 더 놀다 가시지.”

“국왕은 바쁘니까.”

“그렇죠…….”

“왜, 나로는 충분하지 않아?”

“설마요! 린도와 폐하는 다르다고요!”

에델바이스가 고개를 설레설레 저었다. 그녀는 린도의 머리를 보며 말했다.

“역시 양 갈래가 나았으려나.”

“에델바이스, 제발 그건 좀 참아 주라.”

"왜요, 의외로 어울릴 거라고요. 그렇죠?"

에델바이스가 고티에 추기경에게 말하자, 추기경이 피식 웃었다.

"성하의 위엄이 훼손은 되겠지만, 개인적으로 보고 싶긴 합니다."

"추기경."

린도가 나지막이 그의 이름을 부르자 추기경은 알아서 뒷걸음질 쳤다.

"풀어 주니 이렇게 나오시겠다 이거지?"

린도가 음산하게 중얼거렸다.

"네?"

"아니야, 아무것도."

그가 천사처럼 웃자, 에델바이스도 빙그레 웃었다.

"에델."

"네?"

"그렇게 폐하가 좋니?"

"네."

"나보다 더?"

"……."

"왜 말이 없어?"

기가 막힌다는 듯 린도를 보는 에델바이스가 이내 입꼬리를 올려 히죽 웃었다.

"질투하네."

"……."

"린도, 질투하는 거죠?"

"……."

"폐하는 아저씨고, 린도는 아니고. 달라요, 달라."

"달라?"

"폐하는 아빠고, 린도는 린도니까요."

"……."

"린도가 제일 좋아요."

그 구분법이 뭔지는 모르겠지만, 린도는 자신이 제일 좋다는 말에 어쩐지 기분이 좋아졌다. 생각해 보면, 그는 누군가에게 첫 번째가 된 적이 없었기 때문이었다.

에델바이스는 매일 린도를 쫓아다녔다. 매일 일어나 머리를 빗어주고, 함께 식사를 하고. 눈 내리는 날, 눈싸움을 하고. 같이 성도를 시찰 나가고…….

그러나 그들이 항상 즐거웠던 것은 아니었다. 간혹 에델바이스가 분별없이 행동할 때면 따끔하게 충고를 해 주기도 했다. 하지만 두 사람이 함께 그 계절을 보내며 활짝 웃었던 것만큼은 사실이었다.

신경질적이던 린도의 얼굴에 미소가 걸리는 날이 많아지고, 그의 단조로운 일상에 에델바이스가 익숙해질 무렵의 어느 날이었다.

"비가 내리네요."

회랑을 걷던 린도와 에델바이스는 하늘을 보았다. 먹구름이 끼며 빗줄기가 내리고 있었다.

"그러게, 이제 날이 따스해졌나 봐."

"그러게요, 봄이 오네."

그러던 린도의 얼굴이 굳었다. 봄이 온다. 봄이……. 봄이 온다는 건, 이들의 시간에도 끝이 온다는 것이었다. 평화롭고 아늑하고, 따스한 겨울이…….

"린도?"

에델바이스가 린도를 부르자, 그가 정신을 차리고 에델바이스를 바라보았다.

"너는……."

"네?"

"아니, 아니야."

너는, 흘러가는 이 계절이 아쉽지 않니? 나에게는 너무나 찰나 같은데.

린도는 서글프게 미소 지었다.

성도에 봄이 다가오고 있었다. 눈이 오는 겨우내 집안에서 추위를 견디던 성도의 사람들이 어느새 나와서 봄을 날 준비를 하기 시작했다.

그 부산스러움을 보며, 린도는 느끼기 싫어도 봄을 느끼고 있었다. 예전에는 추운 겨울이 싫었는데, 이제는 따스한 봄이 싫다.

"린도."

"응?"

"저 신기한 거 발견했어요."

"응?"

에델바이스가 손을 잡아 이끌었다. 린도는 그 손의 따스함이 생경하게 느껴졌다. 언제부터인가 이 접촉도 익숙해졌다.

"짠, 여기 봐요."

"음, 여기는……."

"네, 가디언의 숙직실이잖아요."

"그래."

"여기, 우리 아버지가 묵었던 곳 맞죠?"

"맞아."

"아쉬워라, 이미 정리가 된 모양이네요."

"아니, 그대로야."

"네?"

"이곳에 있는 거, 비올렛이 묵었을 때 그대로거든. 그냥 먼지만 청소하라고 시켰어."

"알고는 있었지만, 정말 삭막하시군요."

"지금은 달라?"

"크게 다르지는 않지만, 말 못 하게 더 심해요……."

린도는 에셀먼드가 묵었던 방을 보며 피식 웃었다.

"이것도 참 추억이네. 내가 네 아버지를 괴롭혔거든. 하하."

"네? 왜요?"

"그거야, 난데없이 비올렛의 가디언이라고 나타나니까."

"응? 그게 뭐가 잘못된 건가요? 아버지는 어머니를 좋아해서……."

"그래서 싫어했어."

린도는 그렇게 말하며 피식 웃었다. 린도는 에델바이스의 얼굴이 혼란으로 굳어지는 것도 모른 채 회상에 잠겼다.

"린도, 어머니가 묵은 흔적을 그대로 두었다고 하셨죠?"

"그래."

"왜 그러셨어요?"

"응? 왜라니?"

린도는 너무 당연하다는 표정을 짓고 있었다. 혼란이 깃든 에델바이스의 얼굴을 보며 린도가 미소를 지었다.

"아, 맞아. 비올렛이 한번 부부 싸움을 하다가 이곳으로 온 적이 있었던 거 알아?"

피식 웃는 린도의 얼굴은 밝게 빛났다.

"부부 싸움이요?"

"응. 부부 싸움. 물론 하루 만에 후작이 쫓아와서 돌아갔지만. 그걸 보면 둘 다 우습다니까. 그런데 에델, 왜 그래?"

"아뇨! 아무것도!"

기우겠지. 에델바이스는 부모님에 대해 이야기하며 활짝 웃는 린도를 보며 애써 불안한 생각을 지웠다.

모두가 잠든 새벽, 린도는 잠에서 깨어났다. 창밖을 보니 비가 내리고 있었다.

또다시 그 꿈이다. 아무도 없는 꿈. 하얀 곳에서 혼자 누군가를 그리고 또 그리며 미쳐 가는 꿈. 린도는 이마를 매만졌다. 잠을 제대로 자지 못해 머리가 깨질 듯 아팠다.

"참 불편한 몸이란 말야."

식사를 걸러도 되는 몸이라면, 잠 역시 필요 없어도 되는 거 아닌가.

잠은 정신의 휴식이라더니, 육체의 회복과는 다를지도 모르지. 아무렇게나 생각하던 린도의 눈에서 눈물이 주르륵 흘러내렸다.

이 악몽을 꾸고 나면, 항상 눈에서는 눈물이 흐르곤 했다. 예전, 이

공허함을 억누를 수 없을 땐 비올렛에게 달려갈 수 있었지만…….

"……."

이젠 비올렛도 없고……. 떠오르는 에델바이스에 대한 생각에 씁쓰레하게 미소를 지었다. 에델바이스에게 위안을 구하기에는 이미 그는 너무나 자라 버렸다.

그리고, 그 아이에게 약한 모습을 보여 주고 싶지도 않았고. 무엇보다, 그 아이가 비올렛의 대체제는 아니니까.

"예지몽인가."

린도는 창가에 토독거리며 내리는 비를 보며 생각했다. 하얀 벽 안에 갇혀서 누군가를 그리다가 고독 속에 미쳐 가다가 죽는 것. 그가 가질 유일한 미래인 것 같아 입이 썼다.

"이제 곧 돌아가겠지."

이제 겨울이 끝을 고한다. 린도는 내리는 비를 보며 자리에서 일어났다. 비가 오고 나면, 그가 거짓으로 만들어 주었던 초록이 아닌, 진짜 초록이 세상을 덮을 것이다.

린도는 갑자기 참을 수가 없어졌다. 그는 마치 무언가에 홀린 것처럼 방을 나와 복도로 걸어갔다.

"서, 성하."

방문을 지키고 있던 성기사들이 따라왔으나 그는 손을 들어 막았다. 하얀 가운을 입은 채 그는 무작정 알현실로 향했다.

"……."

그는 멍하게 자신의 성좌(聖座)를 바라보았다. 계단에 올라 자신의 의자를 매만지던 린도는 성력을 불어넣었다.

체자레는 생전 성도의 사람들을 모두 자신의 것으로 만들기 위해, 린도의 힘을 이용할 장치를 고안해 냈다. 적은 힘으로도 성력을 대기에 퍼트려서 날씨를 조정할 수 있는 것.

체자레가 죽은 뒤 쓸 생각도 하지 않았던 것에, 순간적인 충동이 들었다.

눈을 내리게 하자.

그래, 눈을 내리게 하자. 이곳이 아직 겨울이라면, 헤어지는 시간을 늦출 수 있을 거야. 눈이 내리는 순간까지 겨울이니까.

자리에 앉으려던 린도는 문득 자신이 하려던 짓을 깨달았다. 풋, 그의 입가에 비틀린 미소가 서렸다.

"아하하하!"

자신의 꼴 좀 보라지. 너무 어리석고, 멍청해서 눈 뜨고 봐 줄 수가 없었다. 눈을 내리게 하면 겨울이 다시 오겠는가? 유치해서 봐 줄 수 없었다.

더 쉬운 방법이 있지 않은가? 그저, 에델바이스에게 조금 더 있어 달라고 말하면 된다. 안 되면 비올렛과 에셀먼드에게 부탁하면 된다, 그러면 될 것이다. 그 착한 사람들은 분명 부탁을 들어줄 테니까.

"흑, 흐으으윽."

린도의 눈물이 성좌를 적시기 시작했다. 흐느낌을 애써 참으려고 해도 눈물이 쏟아졌다.

자신은 아직도 헤어짐을 의연하게 받아들일 수 있는 자가 아니었다.

겨우 계절 한 번, 계절 한 번을 같이 보냈을 뿐인데 이렇게 멍청해진 자신이라니. 이것보다 더 많은 시간을 보내면 어떻게 감당하겠는가.

"나는 그럴 수가 없어."

역시 헤어짐은 무섭다. 애정을 주는 이의 달콤함에 찰나 속아 넘어가 버렸다. 아니, 속은 건 아니다. 이렇게 될 줄 알면서도 그 따스한 애정에 안주하고 싶었던 거다.

떠나지 마, 제발 내 곁에 있어 줘.제발, 제발.

그러나 이것은 새벽이 가져오는 지독한 고독이었다. 순간은 따스할지 몰라도, 평생 그를 차지하는 고독. 그가 오롯이 홀로 견뎌 내야 하는 몫이었다.

창밖은 여전히 비가 오는 듯 물방울이 땅을 두드리는 소리가 점점 커지고 있었다. 잔인하게도.

"린도."

"응?"

그가 그림 같은 미소로 되물어 왔다. 그는 여전히 친절하고 다정했지만 어쩐지 그 모습이 이상하게 느껴졌다. 잠시 달라진 것 같던 그가 예전으로 돌아온 것 같았다.

"요새 왜 그래요?"

며칠간 비가 내리더니, 날이 완연히 따스해졌다. 삭막한 교황성의 정원에도 어느덧 푸릇한 새싹이 돋아나기 시작했다.

"뭐가?"

"아니, 아무것도 아니에요."

린도는 피식 웃으며, 정원을 거닐었다. 내리쬐는 햇빛이 부드럽게 그를 비추었다. 에델바이스의 눈에 그는 새하얗게 빛나고 있었다.

"우와, 봄이다. 이거 봐, 에델. 여기 나무에 꽃봉오리가 올라왔어."

"……그러게요."

에델바이스는 꽃봉오리 따위엔 관심이 없었다. 그녀의 관심은 오로지 린도 하나였다. 이제 헤어질 시간이 얼마 남지 않았다. 이대로 린도와 헤어지지 않고 함께하고 싶었다.

린도는, 그녀와 같은 마음이 아닌 걸까? 이별을 앞둔 그는 너무도 태연해 보였다.

"린도, 저 그냥 여기서……."

"에델바이스. 오늘 네 부모님이 오기로 했어."

"네?"

"이제 겨울은 끝났잖아."

린도는 여전히 미소 짓고 있었다. 그러나 에델바이스는 선뜩함을 느꼈다. 그는 아주 단호하게 그녀를 끊어 내고 있었다.

"린도……."

겨울이 가는 동안, 그녀는 린도를 더욱 좋아하게 되었다. 좋아하지 않을 수가 없지 않은가. 에델바이스의 눈에 그는 너무도 아름다웠으니까. 때로는 위태로우며, 때로는 날카로우며, 때로는 부드럽고 상냥한, 그런 천사 같은 사람.

린도와 함께하며 어떻게든 그를 자신의 사람으로 만들려고 했다. 그러나 모두 통하지 않았다.

이미 알고 있었던 것이기도 했다. 그녀가 살아온 삶의 몇 배는 더 살아온 이 사람을 자신이 어떻게 매혹하겠는가. 그래서 그녀는 이 겨울을 소중히 여기고자 했다. 그녀의 첫사랑과 보내는 하얀 계절. 생각만 해도 너무 행복했으니까.

"나, 돌아가는 거 슬프지 않아요?"

"음, 허전하고 슬프지."

완전히 부정했다면, 에델바이스는 거짓말이라고 외치며 그의 마음에 파고들었을 것이다.

그러나 그가 드러내는 적당한 섭섭함과 쓸쓸함은 그럴듯하게 보였다. 그가 그녀에게 품는 감정은 이 정도라는 것처럼.

"제가 떠나는 게 무섭다면서요."

에델바이스가 떨리는 목소리로 물었다. 린도는 난감하다는 표정으로 웃었다.

"당연히 나는 무서워."

"……."

"비올렛이 떠나는 것도 무섭고, 폐하가 떠나는 것도 무서워. 데이지가 떠나는 것도 무섭고, 올리버가 떠나는 것도 무서워."

"……."

"아끼던 네가 떠나는 건 좀 더 무서울 거고."

"……그건."

린도가 빙그레 미소를 지었다. 에델바이스가 무어라고 말하려 할 때였다.

"성하, 에르멘가르트 가의 마차가 도착했습니다."

"아, 벌써 왔나 보네. 가자."

린도가 에델바이스의 손을 잡고 이끌었다. 예전에는 그가 손을 내밀면 기뻤으나 지금은 하나도 기쁘지 않았다. 에델바이스는 입술을 달싹였다.

왜, 미리 말하지 않았어요?

내가 여기 머문다고 할까 봐?

그러나 그녀는 차마 묻지 못했다. 그렇다고 하는 대답을 들을까 봐, 너무 무서워서.

"에델바이스!"

에델바이스는 빙그레 웃으며 비올렛의 포옹을 받았다.

"어머니!"

"대체, 너는……."

"헤헤."

에델바이스는 어머니가 결국 그녀를 혼내지 않을 것을 알고 있었다. 어머니는, 말은 항상 엄했으나, 마음은 약했으니까. 비올렛은 에델바이스의 머리를 만져 준 후, 바로 뒤를 가리켰다.

"아버지에게도 인사해야지."

에델바이스는 어머니의 뒤에 서 있는 남자를 바라보았다. 아버지, 이름도 잘나신 에셀먼드 에르멘가르트가 보였다.

"……."

"……."

겨울이 지났음에도 앙금이 풀리지 않았던 부녀가 서로를 바라보았다. 에델바이스가 외면하려는 듯 고개를 돌리기도 전에 아버지가 팔을 벌렸다. 뚱한 표정에 팔만 벌리는 것. 에델바이스는 그게 화해의 신호라는 것을 알았다.

싸움까지는 아니었다. 그냥 성인이 되니 알아서 하라는 것을 당장 나가겠다니 그걸 말린 것뿐이었을 것이다.

철이 없었던 것도, 걱정을 끼쳤던 것도 다 알지만 무엇보다 더 잘 아는 건, 지금 저렇게 두 팔 벌린 아버지를 외면하면 아버지가 상처 입고 삐질 거라는 것이다.

"아버지!"

에델바이스는 일부러 활짝 웃으면서 아버지에게 안겨 들었다. 든든한 팔이 그녀를 감쌌다. 오랜만에 보는 어머니와 아버지를 보니 절로 마음이 따스해졌다.

"많이 걱정했어요?"
"그래."
"그래도 저 믿어 주신 거죠? 그래서 억지로 안 데리러 오신 거잖아요. 여기서 지내면서 깨달았어요."
"그래."
"헤헤."
"다시는 그러지 말아라."
"이잉, 싫어요."
아버지가 움찔하는 게 느껴졌다. 에델바이스는 에셀먼드를 올려다보았다. 화를 낼 것 같은 아버지의 얼굴을 보며 에델바이스가 웃었다.
"아버지 사랑해요."
"……."
"사랑해요. 진짜 엄청 사랑해요. 겨울에 아버지 얼굴 보고 싶어서 죽는 줄 알았어요."
"……편지도 안 보내 주고."
"저 미워요?"
에델바이스가 눈을 깜빡이며 올려다보자 에셀먼드가 한숨을 내쉬며, 이마에 입술을 맞춰 주었다.
"대답을 알면서 공연히 물어보는구나."
"헤헤."
에델바이스가 환하게 웃었다.
"비올렛!"
"린도."
린도가 활짝 웃으며 비올렛에게 다가갔다. 에델바이스는 아버지에게 안겨 린도를 바라보았다. 비올렛을 바라보는 린도는 따스한 미소를 짓고 있었다.

"미안해. 고생이 많았지?"

"전혀. 괜찮았어."

"그래도……."

"아냐, 즐거웠어."

미소 짓는 린도의 모습에 비올렛은 의아한 표정을 지었다.

"와, 비올렛. 이제 네가 사랑하는 봄이다."

"……."

에델바이스도 린도의 얼굴을 보았다. 네가 사랑하는 봄. 그 말 뒤에 어째서 다른 무언가가 느껴지는 것일까.

"차 맛있다."

"너 이 차 좋아하잖아."

"응."

비올렛이 차를 마시며 기분 좋은 표정을 지었다.

"미안해. 내 멋대로 맡아달라고 해서."

"어제도 말했다시피 정말 괜찮아. 아, 잠자리는 괜찮았니?"

"당연하지."

비올렛이 미소 지었다. 물론, 린도는 비올렛이 불편해도 말하지 않을 것을 알고 있었다.

"왜 차를 마시자고 한 거야?"

린도가 묻자, 비올렛이 린도를 바라보았다.

"에스테반 신관님의 일을 꽤 나중에 들었어."

"……."

"내가 먼저 알았어야 했는데……. 미안해."

비올렛이 보라색 눈을 내리깔았다.

"괜찮아. 내가 말하지 않았는데 뭐."

"린도."

비올렛이 촉촉이 젖은 눈으로 린도를 바라보았다. 그녀의 눈시울이 붉게 물들었다.

"왜 말하지 않은 거야?"

"……."

"내 위로가 필요하지 않았어? 아니, 알아……. 내가 걱정하는 걸 바라지 않아서라는걸."

"……."

"나는 여전히 위로에 서툴러. 하지만 너를 생각하고 걱정하는 건 진심이야."

"그거 엄청 기쁜데."

린도가 빙그레 웃었다. 비올렛은 그 밝은 모습을 보며 치맛자락을 붙잡았다.

"린도, 이제 나도 나이를 먹었어."

"……."

"네 곁에, 얼마나 머무르게 될지 몰라."

"……."

"하지만, 머무는 시간 동안 네 위안이 되고 싶어. 너는 내 가족이잖아."

그것은 비올렛이 진심으로 전하는 마음이었다. 저 섬세한 사람이 린도의 마음을 모르리라 생각하진 않는다.

기대면 기댈수록, 허전함은 더욱 린도를 좀먹을 것이다.

"알아. 알아서, 말하지 않았던 거야."

린도도 드물게 진지한 표정을 지었다.

"나는, 이 삶을 내 스스로 끝내진 않을 테니까……. 나는 아주 오랫동안 살아갈 거야."

"……."

"비올렛, 네 애정을 알아. 그렇지만 애정을 받고 거기에 안주하는 건, 나를 더욱 약해지게 만들어."

"……."

"이번 겨울, 그걸 똑똑히 깨달았어."

비올렛은 그 얼굴을 안쓰럽게 바라보았다. 그녀는 린도가 말하는 '겨울'이 에스테반을 잃은 계절이라고 생각했다.

"네게 남은 시간이 나보다 짧다면, 적어도 내가 너를 그리워하지 않게 해 줘."

그건 린도의 마지막 부탁이었다.

"왜요, 도대체 왜 이렇게 빨리 가는데요?!"

에델바이스는 항의했다. 비올렛은 한숨을 내쉬며 말했다.

"성하도 성하의 할 일이 있지. 곧 있으면 애녹시 글로리아. 우리도 빨리 가야 해."

"하지만, 하지만……."

에델바이스는 비올렛과 에셀먼드를 바라보았다. 시간이 하루나

이틀 정도는 더 있을 줄 알았다. 그런데 바로 간다고? 이렇게 헤어진다고?

"린도."

"이제 어떻게 하나, 성도도 쓸쓸해지겠네."

린도는 빙그레 웃고 있었지만, 그 얼굴은 꼭 가면을 쓴 것 같았다.

"린도는 내가 가는 게 좋아요?"

"응? 굳이 말하면 좋지 않아. 하지만 너도 네 할 일이 있잖아."

"아니, 나는……. 나는, 그러니까."

에델바이스는 린도의 모습을 보았다. 갑작스러운 이별을 받아들일 수 없었다. 그녀는 결심한 듯 말했다.

"나 그냥 여기 있을래요."

"에델바이스, 고집부리면 안 돼."

"저 어차피 할 일 없어요. 그냥 여기서 린도 곁에 있을래요."

린도는 난감하다는 표정을 지었다.

"에델바이스."

에셀먼드가 나지막이 그녀의 이름을 불렀다. 그것이 경고라는 것을 알면서도 에델바이스는 참을 수 없었다.

어쩐지, 불길한 예감이 들었다. 만약 여기서 헤어진다면……. 이대로 멀어지게 된다면 린도와 그녀는 그 겨울처럼 다시는 되돌아갈 수 없을 것이다.

그녀는 그게 싫었다. 얼마나 행복했는데……. 얼마나.

앞으로 헤어지면 그녀는 어떻게 될까. 그녀는 자신의 언니처럼 재능이 있지도 않았고, 사촌 오라버니인 앨버트처럼 머리가 좋지도 않았다. 결혼을 강요받진 않으니 어쩌면 그녀는 아버지의 재산을 축내면서 적당히 살아갈 수 있을지도 모른다. 올리버 오라버니도 자신을 버리지 않을 테니 그녀의 인생은 아마 순탄할 것이다.

하지만 에델바이스는 순탄한 삶보다도, 린도가 더 중요했다. 제 인생에 린도가 없다는 건 견딜 수가 없었다.

이 사람이 좋다. 이 사람을 가지고 싶다. 철없는 아이의 욕심이라고 해도 좋다. 그녀는 그 겨울, 그를 처음 봤을 때부터 저 천사에게 매료되었으니까. 그렇게 소녀는 다급하게 말했다.

"좋아해요, 린도."

"……."

"좋아해요, 진심으로 좋아해요. 당신 곁에 있고 싶어요!"

그녀는 자신의 진심을 내비치며 린도에게 애원했다. 자신을 밀어내지 말아 달라고, 자신을 곁에 둬 달라고.

"에델바이스!"

에셀먼드와 비올렛이 동시에 소리쳤다. 에델바이스의 눈에서 눈물이 뚝뚝 떨어졌다. 정작 그 소리를 들은 린도는 눈을 똥그랗게 뜨더니 주위를 살펴보았다. 신관이 없는 걸 확인한 린도가 고개를 저었다.

"저기, 에델. 아니, 에델바이스."

"……."

"우리가 안 될 이유는 너무 많단다. 너를 어릴 때부터 봐 왔고, 게다가 나는 성직자야."

"……."

"그런 이유는 너도 똑똑하니 잘 알고 있겠지. 그러니 똑똑히 말해 줄게. 나는……."

"하지 마요."

린도는 그녀가 매료되었던 그 아름다운 얼굴로, 아름답게 웃으며, 아름다운 목소리로 말했다.

"나는, 너에게 그런 마음이 전혀 없단다."

그렇게 말하며, 그는 몸을 돌려 걸어가 버렸다. 그것이 마지막이었다.

비올렛과 에셀먼드는 마차에 올랐다. 비올렛은 연신 에델바이스가 탄 마차를 바라보았다. 에델바이스는 울부짖으며 거의 억지로 마차에 올랐다.

"그대로 두십시오."

분노를 품은 단단한 음성이 들려오고, 그녀는 한숨을 내쉬었다.

"화내지 마요."

"하지만……."

"저 애가 경솔한 행동을 했던, 어쨌든 그 애의 마음이잖아요."

비올렛이 에셀먼드의 손을 잡으며 말했다. 그러나 에셀먼드는 여전히 화가 나 있었다. 옆으로 따라오는 에델바이스의 마차를 바라보던 비올렛이 움찔했다. 배웅 나오지 않을 것 같은 린도가 마차를 바라보고 있었다. 어떤 것도 읽히지 않는 묘한 표정으로 마차를 바라보는 린도의 얼굴을 보며, 비올렛은 가슴이 내려앉는 것 같았다.

그때, 린도가 웃었다.

그것은, 차마 형용할 수 없는 표정이었다. 처연함, 그 엇비슷한 것. 그것은 마치…….

"스승님."

"부인?"

"에드…… 이상해요."

"뭐가 말입니까?"

비올렛이 홀린 듯 말했다.

"린도는 그대로인데, 저 얼굴은 계속 그대로인데……."

"……성하가 왜요?"

"린도가, 점점 스승님을 닮아 가요."

린도는 등 뒤를 돌아 신전 안으로 들어가 버렸다. 비올렛은 그 흔적을 미친 듯이 쫓았다.

"티게르난 공작을 닮아 간다고요?"

"왜, 그분이……. 그분의 얼굴이 보이는 거지요? 언제부터 린도가 스승님 같은 표정을 짓기 시작했을까요?"

"……."

"나는 불안해요. 무슨 일이 벌어질 것 같아요."

그녀의 손이 덜덜 떨리고 있었다.

"비올렛, 괜찮습니다."

"……."

"괜찮습니다. 성하께서는 아무 일 없을 겁니다."

"……."

"기우일 겁니다. 에델바이스 때문에 그런 걸 겁니다."

"그런 걸까요?"

그의 말을 들으니 조금 진정이 되는 듯했다

"성하께서 힘든 모습을 보이셨다면, 에스테반 추기경의 서거로 인해서일 겁니다."

"……."

"잘 이겨 내실 겁니다. 티게르난 공작과 같다고 생각하는 것 자체가 성하께는 실례가 되는 일입니다."

"……."

"혼자 이겨 내겠다는 것도 성하의 선택입니다. 이겨 내겠다고 선택하셨다면, 혼자서 이겨 내야 합니다."

에셀먼드가 차갑고도 단호하게 말했다.

—네게 남은 시간이 나보다 짧다면, 적어도 내가 너를 그리워하지 않게 해 줘.

평범한 인간으로 전락한 그녀의 삶은 린도의 시간보다 짧았다. 비올렛은 눈을 감았다. 그녀는 이제 린도를 위로해 줄 수 없었다.

에델바이스에게 품은 건 사랑인가, 단순히 자신에게만 오롯이 향하던 애정을 갈망한 것인가. 린도는 그 답을 몰랐다. 사실 이별을 결정한 시점에서 그건 중요하지 않았다.

다만, 모든 이들 앞에서 자신을 좋아한다고 말하던 에델바이스를 보며, 그는 아주 잔혹한 희열을 느꼈다.

마음을 확신하지도, 돌려주지도 못하면서 그 고백에 행복하다니. 참 잔인하기 그지없었다. 그러니 더욱 잔혹한 거절로 자신에게 형벌을 주는 것이다.

내 생애 가장 따스했던 겨울을 마음에 담아 둘게, 에델.

떠나는 마차를 보며 린도는 빙그레 웃었다. 매몰찬 거절이었지만, 절대 후회하진 않았다. 그가 살았던 아득한 세월에서 가장 따스했던 겨울. 그는 이것을 마음에 두고 살아갈 것이다. 에델바이스가 그러라고 했으니까.

"아아, 이런 거구나."

에델바이스의 말은 틀리지 않았다. 그는 이 추억을 보석처럼 간직할 것이다. 때론 그 추억으로 지탱하며 견딜 수도 있겠지. 하지만, 그 추억을 향한 그리움은 그를 더욱 나락으로 몰아갈 것이다. 그래서 그는 앞으로 수십 번, 수백 번 이런 순간을 맞이하여 이 시간이 의미가 없어지기를 진심으로 바랐다.

"데이지!"

검을 휘두르던 데이지는 고개를 돌렸다. 구릿빛 피부의 남자가 빙그레 웃으며 손을 흔들었다.

"아, 칸. 무슨 일이십니까?"

"훈련 도중에 미안하다. 아버지, 아니 카칸께서 너를 보자고 하신다."

"네? 갑자기요?"

"그래."

"왜 저를 보자고 하시지?"

데이지가 못마땅한 표정을 짓자, 그가 어깨를 으쓱했다.

"모른다. 이곳, 아슈카바드까지 오신 걸 보면 중요한 일이겠지. 얼른 가 보거라."

"제가 없는 동안 칸의 호위를 배정하고 가겠습니다."

"나도 전사다. 내 몸은 내가 지킬 수 있다."

“그거야 잘 알지요. 하지만 칸을 공격하는 사람도 전사라는 게 문제 아닙니까.”

데이지의 말에 그는 할 말을 잃었다.

“아그레시아 사람들은 다들 말을 잘한다. 책만 읽는 샌님들의 나라라서 그런가.”

“구자르트 사람들은 말이 안 되는 말을 자주 합니다. 군나르족 특징인가.”

“너, 방금 그건 차별적인 발언이다.”

“먼저 시작한 건 칸입니다.”

그 말에 스키타이가 피식 웃었다.

“그러면 어쩔 수가 없다.”

“네?”

“같이 가자.”

“어휴…….”

데이지가 뒤따라오는 군나르족 전사들에게 눈짓하자, 이들이 금세 호위 대형으로 바꾸었다. 보라색 눈동자가 날카롭게 주위를 살펴보았다.

“가족들 보러 안 가나?”

“네 막냇동생에게 연락이 와도 안 가지 않았나?”

“그거야, 황당하니까 그렇죠. 내 동생이라지만 철부지라니까. 아그레시아의 교황을 혼자 짝사랑하다가 고백하고 혼자 실연당하다니.”

“데이지. 사랑하는 건 잘못이 아니다.”

“그렇지만 상대를 봐 가면서 사랑해야죠. 제가 그 교황 성하를 잘 아는데요. 성하는 사랑할 만한 사람은 아니에요.”

“왜?”

"성하는 우리 아버지뻘이라고요. 굳이 말하자면 삼촌 같은 사람인데. 무슨……."

데이지가 이를 으득 갈았다.

"늙지 않는 사람이라면서? 문제가 없는 거 아닌가?"

"뭐, 문제가 없다고 하면 그럴 수도 있는데, 일단 한 나라의 반을 책임지는 교황이라는 성직자를 마음에 담았다는 것부터……."

"역시, 네 여동생이다. 그런 남자를 마음에 담고 고백하다니, 과연 배포가 크다."

"아까부터 여동생 편을 들어 주시네요."

"왜? 사랑할 수 있는 상대를 한정하는 것도 좋지 않다고 생각한다. 쉽게 품고 고백할 마음이 아니야. 나는 네 여동생이 용기 있다고 생각해."

"생각의 차이겠지요. 어휴, 이제 4년이나 지났으니 스물이 됐으려나. 정신 좀 차렸어야 할 텐데."

데이지가 혀를 찼다. 그러면서도 여동생에 대한 걱정이 묻어 있는 모습에 스키타이는 그걸 보며 빙그레 미소를 지었다.

"아, 다 왔다. 다녀올게요."

이자카의 전사들이 그녀를 이끌었다. 스키타이는 손을 흔들었다. 정말, 순간순간 매력적이기 그지없는 여인이었다.

"어휴, 반하면 안 된다."

예전, 그녀가 그의 하렘에 들어온 여성인 줄 알고 들이댔다가 얼마나 참혹한 꼴을 당했는가. 이름이 데이지라고 여린 아그레시아 여자를 생각했더니, 웬만한 전사들 보다 더 강했다.

스키타이는 그녀를 전사로 인정했으나, 아주 가끔 아니, 조금은 자주 그녀에게 반할 것 같았다.

그나저나 자신의 아버지는 무슨 일 때문에 그녀를 부른 것일까. 설마 그 나이 먹고 그녀를 하렘으로 들이려는 건 아니겠지. 혹여나 그렇다고 한다면 당장 카칸의 자리에서 끌어내릴 것이다. 어떻게 이자카를 끌어내릴지 생각에 잠긴 스키타이의 앞에, 데이지가 불쑥 나타났다.

"뭐야, 벌써 끝난 건가?"

"네, 큰일은 아니었으니까요. 원체 말이 간결하신 분이잖아요."

"아아……."

"칸, 저 아그레시아에 다녀와야 할 것 같습니다."

"뭐? 아까는 안 간다면서."

"그게……."

데이지가 손에 들린 상자를 보여 주었다. 황금과 푸른빛이 도는 은색의 페로자가 박힌 화려한 상자. 그 안에 있는 건 분명 귀중한 것일 테다.

"카칸께서, 물건 배달을 부탁하셨습니다."

"자, 내 손을 잡고 내려. 에델바이스."

마차에서 먼저 내린 남자가 손을 뻗었다. 그러자 에델바이스가 얼굴을 찌푸렸다.

"제가 손을 잡아도 되는 걸까요?"

"물론이지. 에르멘가르트의 막내 영애를 홀대했다가는 아버지에게 한소리 들을걸."

그 말에 에델바이스가 손을 잡고 마차에서 내렸다. 물빛의 치마가 흔들렸다.

"신관들이랑 엇갈렸나? 아무도 마중을 안 나왔네."

"아뇨, 내리는 장소가 잘못됐어요. 여긴 중앙성이 아니거든요. 이쪽으로 오세요, 전하."

"잘 아네."

"당연하죠. 저 4년 전에 여기서 꽤 오래 있었거든요. 그래서 온 거잖아요, 저."

그렇게 말하는 에델바이스는 새하얀 교황성을 바라보았다. 청명한 가을의 햇살에 교황성은 새하얗게 빛나고 있었다. 마치 그때의 겨울처럼.

에델바이스는 그것을 아주 그리운 듯 바라보며 미소를 지었다.

"전하!"

신관들이 에델바이스와 왕자 쪽으로 달려왔다. 갈색 머리칼을 가진 미남자가 활짝 미소를 지었다. 국왕 샤를루스 1세의 아들, 샤를루스 2세가 긴 여정 끝에 성도에 당도한 것이다.

"반갑습니다, 신관!"

"전하를 뵙습니다. 그런데, 왜 이쪽에서 오시는 겁니까?"

"마차가 내릴 곳을 몰랐던 모양입니다. 여기 에델바이스 영애 덕에 찾았습니다."

"아!"

신관들이 반가움이 가득한 표정으로 에델바이스를 보았다. 에델바이스가 얌전하게 치마를 잡고 인사했다.

"신관님들을 오랜만에 뵙습니다."

항상 치맛자락을 팔락이며 돌아다니던 에델바이스였다. 아주 많은 대화를 나눴던 건 아니지만 그 활달함이 참 인상 깊은 소녀였는데…….

스물로 성장한 에델바이스는 차분하게 변해 있었다.

알현실로 들어가는 발걸음이 무거웠다. 에델바이스는 그 동요를 드러내지 않았다. 4년, 그녀가 스물이 될 때까지의 4년은 사람들이 원하는 모습을 익숙하게 흉내 내기 충분한 시간이었다.

또각또각, 허리를 꼿꼿이 세웠다. 이곳을 놀이터처럼 여기며 뛰어다니던 예전 시절은 이제 없다.

“에델바이스.”

“네?”

“여기 얼마간 있었어?”

“4년 전, 겨울에 잠시 있었어요.”

“아, 그때 그 후작이 수도를 뒤집어엎었을 때?”

“네…….”

“너도 참. 그래서 아버지가 너를 같이 보냈구나.”

“네.”

샤를 왕자가 킥킥거리며 웃었다. 그때, 알현실 문이 열렸다. 그들은 새파란 비로드 위를 걸어갔다. 그리고 동시에 성좌를 바라보았다.

“먼 길 오느라 고생이 많았어.”

낮익은 음성이 들렸다. 너무 낮지도 높지도 않은 적당히 듣기 좋은 목소리……. 그리고 목소리에 전율하는 자신이 있었다. 에델바이스가 천천히 고개를 들었다.

긴 은발을 우아하게 늘어트린 청년이 맑은 금안을 환하게 접고 온화한 미소를 지으며 그들을 내려다보고 있었다.
"오랜만입니다, 성하."
"오랜만이야, 샤를."
린도는 직접 내려와 샤를의 어깨에 손을 얹었다.
"오느라 힘들진 않았어?"
"네."
"다행이다."
그는 더욱 짙은 미소를 지은 후, 뒤에 서 있는 이, 에델바이스에게 시선을 돌렸다. 보석 같은 금색 눈동자가 그녀를 향했다.
"오랜만이야, 에델바이스."
린도는 더 이상 에델바이스를 에델이라고 불러 주지 않았다.
"오랜만이에요, 성하."
그래서 에델바이스도 치맛자락을 붙잡고 우아하게 인사했다.

"갑자기 전하의 방문이라니. 대체…… 왜 저희에게 말하지 않으신 겁니까."
대신관들의 말에 린도는 의아하다는 표정을 지었다.
"폐하와 나의 개인적 친분이다. 샤를 왕자와 내 인연을 생각한다면 별로 이상한 일은 아닐 텐데?"
"하지만, 왜 와서 '성도'를 시찰한다고 합니까. 이는 분명……."
"무슨 말을 하고 싶은 건가? 수도에서 신전의 세를 약하게 만들기 위해 견제라도 하고 있다는 건가?"
린도가 정확히 짚어 물어보자 대신관들이 입을 다물었다.

"아직도 붉은 공작이 살아 있을 때처럼 생각하는군."

"성하, 아무리 그래도 모든 일을 염두에 두고 계셔야 합니다."

"염두에 두고 있어. 만약 성도를 시찰한다고 한들, 뭐가 달라지지?"

"무슨……."

"켕길 게 없는데 달라지는 게 있나? 시찰을 나감으로써 견제한다는 뜻을 보인다고? 그러라고 해. 애초에 견제가 되느냔 말이야."

린도가 지루하다는 표정을 지으며 화병의 꽃을 어루만졌다.

"아니면 말이야……."

"……."

"성도에 뭔가 켕기는 거라도 있는 건가?"

꽃을 향한 다정한 시선이 삽시간에 서늘하게 물들었다. 쏘아보는 듯 날카로운 금안에 대신관의 얼굴이 하얗게 물들었다.

"마, 말도 안 되는 소리를!"

"성하, 저희를 못 믿으시는 겁니까!?"

"아니, 나는 그냥 해 본 말인데……."

린도가 어이없다는 표정을 지었다. 대신관들은 서로 눈치를 보았다. 린도는 눈을 내리깔며 생각했다.

'감시를 더 강화해야 하나?'

혹 신관들이 또 멍청한 짓을 할까 봐, 새들로 하여금 감시를 시켜 놓은 터였다.

역시나 또, 구린 짓을 벌이는 모양이었다. 돈을 뒤로 떼먹는 것 정도는 정도가 심하지 않은 이상 눈감아 줄 수 있었다. 린도는 눈빛이 탁해진 몇몇 대신관들을 보며 혐오감을 억눌렀다.

"그럼 할 말은 없다고 생각하고, 돌아가 봐."

린도가 성좌에 기대 눈을 감았다. 머리가 지끈거렸다. 머릿속이 에델바이스로 가득 차 있었다.

대체 왜 온 거지? 왜?

린도도 4년간 성도에만 처박혀 있던 건 아니었다. 수도에도 몇 번 올라가 봤지만 에델바이스의 머리털 끝도 볼 수 없었다. 저를 피한 게 분명했다. 그런데 대체 왜 이제 와서 나타난 것인가.

살짝 통통했던 볼은 갸름해졌고, 키도 한 뼘이나 컸다. 눈은 더 이상 반짝이지 않았지만, 차분한 우수에 젖어 있었다.

린도는 다시 만난 그녀를 보며 순간 가슴이 뛰었음을 부정할 수 없었다.

"서, 설마 눈치챈 건 아니겠지?"

금색의 수염을 가진 대신관이 말했다.

"쉿, 조용히. 어디서 감시의 눈이 번뜩이고 있을지 모른다오. 만물의 모든 게 성하의 눈이거늘."

대신관이 눈치를 보며 말했다.

"여긴 아무도 없는 것 같소."

적당한 장소를 찾자 대신관들이 모여 말했다.

"성하는…… 성하는, 지금 이 신전을 지킬 의지가 없소."

"4년간 본 결과 나도 같은 생각이오."

"아니, 4년이 아니오. 생각해 보면 성하는 예전부터 치밀하게 행동해 오고 있었소."

"그게 무슨 소리요?"

"수도에 인본주의 학자들이 왜 크게 떠들고 다니겠소. 선대 국왕의 짓이라고 생각했소만, 지원을 추적해 보니 성도에서 나온 걸로 확인이 되었소."

"그게 무슨……."

그 사실을 이미 알고 있던 대신관들은 굳은 표정을 지었고, 모른 채로 끌려온 대신관들은 입을 벌렸다.

"그, 그게 무슨 말씀이십니까. 성하께서 그럴 리가……."

파르테논 대신관이 믿을 수 없다는 듯 말했다. 그는 아까까지도, 이 대화를 린도에게 말할 생각이었다.

"진실은 본인이 직접 알아내면 되실 거요."

"성하께서는……. 성녀님의 핏줄이 아니십니까, 대체 왜?"

"그 뜻은 그 누구도 모르겠지."

신관이 혀를 찼다.

"성하께서는 성좌에 너무 오래 앉아 있었어. 그냥, 그게 문제일 뿐이야."

그들이 은밀한 눈빛을 주고받았다.

"성도는 역시 수도보다 조용하네."

"아무래도 신자들이 모인 도시라서 그렇겠죠."

에델바이스와 샤를이 말을 주고받았다. 가만히 있던 고티에가 물었다.

"그런데, 두 분은 어떤 사이입니까?"

"네?"

"그게, 죄송합니다. 전하도 미혼이시고, 에르멘가르트 영애께서도 미혼이시니…….”

“아, 추기경께서 보시기엔 어떻습니까?”

샤를이 장난스럽게 물었다. 에델바이스가 한숨을 내쉬었다.

“어떻게 보이긴요. 왕자 전하와 그 시종으로 보이겠지요.”

“에이, 귀족 여식에게 시종은 좀…….”

“저 시종 맞잖아요. 귀족 여식이 직업 아니에요.”

“정확히 말하면 내 시종이 아니라 공주님의 시종이지만 말이야.”

“공주 전하의 시종이요?”

“정확히 말하면 보모죠. 추기경님, 저 거기서 일하기로 했어요. 성인이면 제 생활에 책임은 질 수 있어야 한다고 생각해서…….”

에델바이스의 말에 고티에가 빙그레 웃었다. 4년 동안 이 아가씨도 충분히 성장한 듯했다.

“그런데, 그러니까, 공주님의 시종께서 왜 왕자 전하와 같이 오신 겁니까?”

“그건…….”

“그거야, 제가 원했으니까요!”

샤를이 활짝 웃으며 말했다. 고티에가 의아한 표정으로 그 둘을 바라보았다. 친근해 보이는 두 남녀의 모습. 에델바이스가 얼굴을 찌푸리긴 했지만 어찌 되었든 무언가가 있어 보였다.

고티에는 자신도 모르게 뒤에서 말없이 따라오던 린도를 바라보았다. 린도는 빙그레 미소를 짓고 있었다.

“에르멘가르트 영애, 오랜만입니다.”

"네. 오랜만이에요, 대신관님들."

에델바이스가 활짝 웃자 대신관들이 인자한 웃음을 지었다. 대신관 마르세이유는 일부러 그녀가 혼자서 숙소에 돌아갈 때를 기다리고 있었다.

"그간 잘 지내셨습니까?"

"네. 대신관님들도 건강하셔서 다행이에요."

"허허."

마치 손자를 보는 것 같은 표정으로 에델바이스를 바라보던 그들이 은밀한 표정으로 말했다.

"4년간, 성하께서 얼마나 괴로워하셨는지 모를 겁니다."

"네? 그게 무슨……."

"그때 그 겨울 이후로 성하께서는 식사도 안 하시고 방에만 틀어박혀 지내셨죠."

"그래요?"

이런 말을 하는 저의가 무엇일까 생각하기도 전에 예전에 남아 있던 마음이 꿈틀거렸다.

"성하의 상심이 크셨습니다."

"에이, 성하는 성하세요. 그때 성하께서 힘든 일을 겪어서…… 아마 그것 때문에 그런 걸 거예요."

"설마, 정녕 그렇게 생각하십니까?"

"네?"

"월궁에 당신이 거하시던 흔적이 그대로 남아 있는데도요?"

"네?"

"성하께 당신은 특별한 사람입니다."

대신관은 혀를 찼다. 그녀의 파란 눈이 흔들렸다.

"제게 왜 이런 말씀을 하시는 거예요?"

"안타까우니까요. 성하께서는 저렇게 혼자서 계속…… 계속 살고 계십니다. 마음에 두는 사람을 두고도 다가가지 못하시는 게 너무도 가엾습니다."

"성직자는 이성을 가까이해서는 안 된다면서요."

"이런, 저도 교리를 지키는 입장입니다만. 그렇다고 사람의 마음보다 교리가 중요하다고 여기지는 않습니다. 너무 저를 닫혀 있는 사람으로 보지 마십시오."

"……."

에델바이스는 한숨을 내쉬었다.

"특별하다는 증거가 월궁이라면, 그건 다를 거예요. 월궁에는 어머니, 그러니까 성녀님의 흔적이 그대로 남아 있거든요. 더불어 제 아버지의 흔적들도요."

"……."

"성하께 제가 특별하다는 말이 기뻐서 저도 모르게 들떴나 봐요. 하지만 성직자인 성하께, 제가 감히 다른 마음을 품거나 그런 종류의 애정을 원하지는 않습니다."

에델바이스가 딱 잘라 말했다. 대신관이 입을 열려고 할 때, 그녀가 먼저 입을 열었다.

"만약 제가 4년 전 보여드렸던 모습 때문에 그런 거라면, 그건 제가 철이 없었기 때문이에요."

"……."

"4년은 짧은 시간이 아니니까요."

애매모호한 답을 남기고 에델바이스는 대신관을 뒤로 하고 걸어갔다. 마르세이유 신관이 얼굴을 찌푸렸다.

"생각보다 멍청하지 않군."

"와아, 가을의 성도는 운치 있군요. 성하."

샤를이 린도에게 너스레를 떨자 그가 피식 웃었다.

"아무래도 수도보다는 나무가 많으니까 더 그리 보이겠지."

"그런가요? 그러고 보니 저기 저 도시와 인접한 숲도 멋있네요."

"아, 저기? 저기는 눈 내리는 날 가면, 달빛이 무척 아름답단다."

"달빛이요?"

"그래, 무척 아름답지."

그렇게 말하는 린도가 자신이 무슨 말을 했는지 깨달은 듯 눈을 크게 뜰 때, 에델바이스도 말고삐를 꾹 쥐었다. 두 마리의 말이 걸음을 멈추었다.

"응? 왜 멈추시는 겁니까? 앞에 장애물이라도 있나요?"

샤를이 의아한 표정으로 그 둘을 바라보았다. 에델바이스가 살짝 입을 벌린 채 린도를 바라보고 있었다. 린도 역시 순간의 당황을 숨기지 못했다.

이것은 무슨 뜻일까? 4년 전의 기억이 아무렇지도 않다는 뜻일까? 아니면…….

"에델."

그때, 린도와 에델바이스가 움찔했다.

"너도 본 적 있어?"

"네, 전하."

"예뻤어?"

"네, 잊을 수 없을 만큼 예뻤어요."
그 말에 샤를이 부럽다는 표정을 지었다.
"그런 걸 보면 내가 너보다 견문이 좁은 것 같다니까."
"그래도 지금 보고 계시잖아요. 단풍은 전하가 좋아하는 거 아니었어요?"
"맞아. 나는 빨갛고 노란, 선명한 색이 좋더라고. 그래서 가을이 좋아."
샤를이 빙그레 미소를 지으며 낙엽이 떨어지는 성도를 돌아보았다.
"너는 어때?"
"저요? 저는 가을 별로 안 좋아해요. 너무 건조하거든요. 특히나 성도는 좀 더 건조하네요. 비가 안 내린 지 오래된 건가……."
에델바이스가 푸석해진 자신의 손을 만지며 말했다. 고티에 추기경이 웃으며 말했다.
"성도의 가을은 비가 잘 내리지 않습니다. 음, 지금도 약 한 달째 비가 내리지 않는군요."
"물은 마르지 않나 보죠?"
"아직 위험 수위까진 아닙니다."
샤를의 물음에 고티에가 대답했다.
"그러고 보니 에델, 가을이 싫으면 너는 무슨 계절을 좋아해?"
"저요? 저는 겨울이요."
"겨울? 눈 내리면 좋아서?"
"어라, 어떻게 알았어요?"
"넌 아직도 애잖아."
에델바이스가 웃음을 터트렸다.
"성도는 눈 내려도 예뻐요. 특히 교황성이 가장 예뻐요. 눈이나 펑펑 내렸으면 좋겠다."

"아쉽네. 겨울이 되기 전에 돌아갈 거니까."

"네에."

에델바이스가 시무룩한 표정으로 말했다. 그때, 가만히 있던 린도가 말했다.

"굉장히, 친밀해 보이네. 두 사람."

"네?"

에델바이스와 샤를이 동시에 뒤를 돌아보았다. 샤를이 빙그레 웃었다.

"그래 보이죠?"

"어렸을 때부터 만나서 그래요."

"어렸을 때부터 봤지만 미래가 어떻게 되는지 모르는 거 아니겠어? 우리 둘 다 미혼이니까."

샤를이 능글맞게 웃었다. 에델바이스가 얼굴을 찌푸렸다.

"그런 농담 좀 제발……."

"아, 에델! 여기 이것 좀 봐."

"네?"

"크라힐 상단 지부가 여기에도 있어. 같이 가 보자. 성하, 상단 편으로 연락을 보낼 일이 있어서 들러야 할 것 같아요."

린도가 고개를 끄덕이자, 샤를이 말에서 훌쩍 내려 에델바이스에게 손을 뻗어 아주 조심스럽게 허리를 잡아 말에서 내려 주었다.

린도는 그 모습을 굳은 표정으로 지켜보다 결국 입을 열었다.

"볼일이 있다면 천천히 보고 와. 나도 북쪽의 신전에 들렀다 갈게."

"넵! 일이 끝나면 바로 성으로 귀환할게요."

린도는 거의 도망치듯 말을 몰아 그곳으로부터 멀어졌다. 그 뒷모습을 보던 샤를은 눈을 크게 뜨며 빙그레 미소를 지었다.

"우리 성하, 생각보다 진짜 알기 쉬운 사람이네."

"성하. 괜찮으십니까?"

"뭐가?"

고티에 추기경의 말에 린도가 여상한 표정으로 물었다.

"불쾌하시지…… 않으십니까?"

"나를 떠보려는 건가?"

"아니, 그게 아닙니다."

"……."

"저는, 성하가 좀 걱정돼서요……."

"……."

"오래 성하의 곁에 있었잖습니까."

"그 세월이 대체 뭐가 중요하다고 내게 이러는 거지? 시간을 빌미로 내게 뭔갈 알아내려고 하지 마."

린도의 목소리가 날카로워졌다. 이럴 때 린도에게는 무슨 말을 해도 역효과였다. 어느 정도 거리가 벌어졌을 때 갑자기 린도가 먼저 말했다.

"중앙성으로 돌아간다."

"지금 북쪽 신전으로 가시는 중이 아니셨습니까?"

"사흘 전에도 간 데를 굳이 갈 이유가 있나?"

"네…… 아, 그런데 지금 가면 전하와 마주치지 않을까요? 상단에 볼일이 금방 끝나면……."

"추기경은 눈치가 없나? 둘이 시간을 보내려고 저러는 거잖아."

"아……."

린도는 성으로 향했다. 그들의 행렬이 성에 다다랐을 때였다. 저 맞은편에서 샤를이 손을 흔들었다.

"성하! 시간이 맞았군요."

"……천천히 시간 보내는 거 아니었나?"

"저는 그러고 싶은데 에델은 싫다고 해서…… 는! 아니고, 상단에서 볼일이 끝나자마자 돌아왔어요."

"……."

"왜냐면, 민폐 왕자는 싫으니까! 그런 거 있잖아요. 괜히 돌아다니다가 시비가 걸려서 여기저기 소동에 휘말리는 그런……."

고티에가 린도를 바라보았다. 둘이 시간을 보내는 게 아니지 않습니까. 린도는 흠, 헛기침했다.

"어라, 말이 왜 이러지?"

"응? 에델, 왜 그래?"

"아니 말이 갑자기…… 꺅!"

에델바이스의 비명을 들은 린도의 심장이 쿵 내려앉았다.

"야, 야, 왜 이래! 꺅!"

"고삐를 꽉 잡아!"

"고삐, 꽉 잡지 마!"

샤를과 린도가 동시에 소리쳤다. 그러나 에델바이스는 떨어지지 않으려 고삐를 꽉 잡았고, 그것이 마치 신호라도 되듯 말이 교황성 안으로 달려 나가기 시작했다.

"에델바이스!"

샤를이 소리치며 말을 몰았다. 린도 역시 얼굴을 찌푸리며 말을 몰기 시작했다.

이딴 저급한 장난질을 벌이다니. 그렇지만 다 알면서도 장단을 맞춰 줄 수밖에 없다는 것에 린도는 이를 갈았다.

“샤를, 멈춰!”

린도는 샤를을 멈춰 세우고 달려갔다.

‘쟤 왜 저래? 왜 갑자기 회까닥해 버린 거야?’

“빨리, 달리기나 해!”

린도가 의아해하는 말의 엉덩이에 성력을 불어넣자, 말의 속도가 빨라지기 시작했다. 다행히 폭주하는 말을 금세 따라잡을 수 있었다.

“에델!”

린도가 소리치자 에델바이스가 눈물이 그렁한 표정으로 린도를 바라보았다.

“내 손…….”

“모, 못 잡겠어요!”

무릎으로만 몸을 고정시키기에는 말의 속도가 너무나 빨랐다. 더군다나 기다란 치마를 입었기에 옷 때문에 미끄러질 것이 뻔했다. 강제로 말을 멈출 수도 있지만 그러면 에델바이스의 몸이 앞으로 날아갈 것이었다. 그리고 저 앞에는 살벌한 쇠창살이 뾰족 솟아 있는 정원의 울타리가 자리하고 있었다. 운이 나쁘면 즉사다.

에델바이스가 죽는다. 사라진다. 그것이 린도를 움직이게 했다. 그는 달리는 말 위에서 발아래로 성력을 모아 훌쩍 뛰어오른 뒤, 에델바이스를 껴안고 그대로 굴렀다.

“꺄악!”

쾅, 하는 소리와 함께 격통이 느껴졌다. 오랜만에 느끼는 엄청난 고통에 린도는 크윽, 하며 비명을 삼켰다.

"린도!"

에델바이스가 비명을 지르듯 그의 이름을 불렀다.

"괜찮아? 에델바이스?"

"린도."

흐트러진 모양새지만 크게 다친 건 아니었다.

"괜찮아……."

린도가 환하게 미소를 지었다. 어서 에델바이스의 상처를 치료해 줘야 하는데. 그래야 하는데…….

린도는 신음을 흘리며 눈을 감았다.

"린도."

깨어난 린도는 눈을 떴다. 예상대로, 몸은 완벽하게 회복되어 있었다.

"10년분의 수명이 날아간 건가……."

린도는 후, 한숨을 내쉬며 혼잣말을 했다. 그때, 린도가 침대 옆에 앉아 있는 이를 발견했다. 창백한 얼굴의 에델바이스였다.

"에델바이스?!"

린도가 자리에서 황급히 일어났다.

"몸은, 몸은 괜찮은 거야? 치료는 받았고?"

린도는 얌전히 앉아 있는 에델바이스의 몸 이곳저곳을 살펴보았다. 에델바이스의 파란 눈이 어둡게 가라앉았다.

이 사람, 깨어나서도 그녀의 몸부터 걱정하고 있다. 이토록 선명한 감정인데도 어째서 그날의 그녀는 몰랐던 것일까. 아까 린도가 자신을 감싸고 기절했을 때 에델바이스는 세상이 무너지는 줄 알았다. 린도는 주저 없이 자신을 향해 몸을 던지고, 그녀의 무사를 확인한 뒤 눈을 감았다.

깨어나서도 이렇게 마찬가지다. 아프지도 않은 걸까? 날아가 버린 수명이 아깝지도 않나?

참 바보 같은 사람이었다. 이렇게나 선명하고 강한 감정을 끝까지 숨길 수 있다고 생각했을까?

드디어 의문이 풀렸다.

'확신'이 들자 울컥하고 어떤 감정이 밀려왔다. 그를 만나자 터져 나오는 감정을 참고 억누르려고 했다. 어리고 서투른 첫정이라 생각하며 추억하려고 했다. 하지만 린도의 감정을 보자 에델바이스는 참을 수 없었다.

"고티에 신관님이 치료해 주셨어요."

"……."

"손이랑 팔이 부러지고, 척추도 골절됐대요. 무릎도 으스러졌고……."

"……."

"방금, 10년분의 수명이라 하셨죠? 대체 왜 이렇게 한 거죠?"

"당연하잖아. 네가 다치는 걸 바라지 않아서야."

"린도, 저 여기서 넘어갈 생각은 없어요."

그녀는 결심한 것처럼 치마를 꽉 쥐었다.

"응?"

"제가 머물다 간 흔적이 월궁에 그대로 남아 있더라고요. 제가 묶어 줬던 머리끈 하나하나까지."

"그거야, 내 취미니까."

"……."

또다시 린도가 그것을 흘려 넘기자 에델바이스는 고개를 숙였다.

"이곳에 다시 온 이유는, 다른 이유도 있지만 정말로 포기하고 싶어서였어요."

"……."

"내가 찰나의 사람이라는 걸 인정하자고. 심지어 린도의 마음은 제게 없다고 생각하고 포기하려고 했어요."

"……."

"하지만 이게 뭔가요. 당신, 거짓말을 잘 못 해요?"

"거짓말을 못 하다니. 내가, 너에게?"

"린도……. 당신에게 있어서 모든 이가 다 어려 보이겠지만, 저도 나이를 먹었어요. 마냥 떼를 쓸 나이는 아니에요. "

"……."

"그날의 겨울, 그날을 생각하면 아직도 납득이 되지 않아요. 왠지 린도도 나를 많이 좋아했다는 생각이 들었거든요."

"……."

"4년간, 제 마음은 한결같았어요. 어릴 적 한때 품었던 동경의 어린 마음이 아니었어요."

"……."

"아니라고 말하지 마세요. 처음에는 당신의 거짓말에 속아 넘어갔지만, 이젠 속지 않을 테니."

에델바이스는 단호했다. 린도는 여기서, 그가 그녀를 사랑하지 않는다고 말해도, 믿어 주지 않을 것임을 깨달았다.

"당신이 나를 구하려다 다치는 걸 보고 미치는 줄 알았어요."

"……."

"당신에게 난 소중하잖아요, 그래서 그랬던 거잖아요."

린도는 한숨을 내쉬었다.

"정말 구역질 나는군……."

"……네?"

에델바이스가 눈을 크게 떴다. 린도가 미간을 일그러트리며 괴로운 표정으로 말했다.

"에델바이스. 4년 전, 나는 너와 내가 안 되는 이유를 말했어."

"……알아요, 저와 헤어지는 게 두려운 거잖아요. 당신이 저를 밀어내는 이유가 있다면 바로 그거예요."

과연, 에델바이스는 린도를 잘 알고 있었다. 그가 짧게나마 내비쳤던 고독이 진심이라는 것을 알고 계속 생각해 준 것이다.

"린도…… 제발 저와 함께해요."

"나는 교황위를 버릴 생각이 없는데도?"

린도가 차갑게 물었다. 에델바이스가 눈물을 흘렸다.

"그러면, 제가 그냥 이렇게 함께할게요. 그냥, 같이 있게만 해 주세요. 입 맞춰 주지 않아도 좋고, 안아 주지 않아도 좋아요."

"……."

"그러니까, 마음만 주세요."

린도는 자신에게 애걸하는 에델바이스를 바라보았다. 비올렛을 마음에 품었을 적, 린도는 단 한 번도 저런 구걸을 해 본 적이 없었다. 비굴해 보일 거라고 생각했던 것이 전혀 비굴해 보이지 않았다. 오히려 당당해 보였다. 자신의 마음을 부정하지 않고 인정하며 부딪혀 오는 당당함. 린도는 인정할 수밖에 없었다. 린도는 그녀의 찬란함을 사랑했던 것이다.

"저, 오래 살 수 있어요. 오래 살게요. 저 엄청 건강해요. 잔병치레도 한 적 없어요."

"……."

"운동도 싫지만 열심히 하고, 좋은 약도 먹을게요. 그러니까……."

린도는 울컥하는 심정을 애써 억누르며 말했다.

"그래도, 내가 더 오래 살잖아."

그 한마디에 린도의 모든 감정이 전달되었다. 에델바이스의 눈에서 눈물이 뚝뚝 떨어졌다. 기나긴 삶. 인간과 꽃의 수명 차이처럼 린도는 그렇게 오래 살아갈 것이다.

에델바이스는 린도가 답답했다. 답답해서 견딜 수 없었다.

"그렇게 외롭고 견딜 수 없을 것 같으면……."

"……."

"같이 죽어 주면 되잖아요!"

에델바이스의 말에 린도의 눈이 커졌다. 그것은 난생처음으로 듣는 말이었다.

"린도가 나를 사랑한다면, 혹 잃어버릴까 괴로울 정도라면, 너무 괴로우면 죽음을 택하면 되는 거잖아요. 나를 따라오면 되잖아! 당신 수명, 당신이 줄일 수 있는 거잖아!"

"……."

"왜, 왜, 스스로의 지옥에 빠져 있어요? 선택할 수 있잖아! 죽는 게 두려운 건가요?!"

"……."

"나를 잃는 게 무서우면, 내가 소중하면, 그냥 같이 죽어 줘요."

"……."

"당신에게 내 인생을 걸 테니, 당신도 모든 걸 걸란 말이야!"

에델바이스가 린도의 품에서 흐느꼈다. 린도는 그것을 내려다보았다. 참으로 이기적인 말이었다. 그립고 힘들면 삶을 끊어 내라니.

저 착한 아이가 저렇게 말할 정도로 이성을 잃어버린 건가. 그는 무너진 에델바이스를 보며 분노가 피어올랐다.

이제 그는 진실을 말할 때가 다가왔음을 느꼈다. 이 착한 소녀가 자신을 더 이상 사랑하지 않게. 자신 같은 망령에게 붙잡히지 않고 앞으로 나아갈 수 있도록 썩어 버린 진실을 말해야 한다.

"에델."

"린도."

"너는 신관 놈들의 놀음에 놀아났어."

"네?"

에델바이스가 고개를 들었다. 슬퍼 보이던 린도의 얼굴은 차가운 이성을 되찾았다.

"아무래도, 나를 너와 엮어서 성좌에서 끌어낼 생각인가 봐."

"……."

"그래서 대신관이 네게 접근했고. 그래서 말을…… 말을 자극시켜서 너를 위험에 몬 거야, 단순히 나 때문에!"

"무슨……."

린도가 에델바이스를 바라보았다. 에델바이스는 흠칫했다. 지독한 혐오와 찌든 분노가 맑은 금안에 깃들어 있었다. 그녀는 언제나 린도의 맑은 눈만을 보았다. 아름답고 해맑은 선의와 애정, 또는 투명한 슬픔 같은 것들…….

그에게서 교황으로서, 신전에 처박혀 썩어 갔던 린도의 얼굴은 단 한 번도 본 적이 없다. 당연했다. 린도는 자신의 사랑스러운 소녀에게 그런 모습을 보여 주고 싶지 않아 했으니까.

"정말로, 정말로, 구역질이 나."

"……."

"에델바이스, 나는 말이야…… 이 신전이 구역질이 나."

"린…… 도."

"에델바이스, 나는 죽을 수가 없어. 절대 죽지 않을 거야."

린도의 금안에 분노가 서렸다.

"몇 번이고 죽고 싶지만, 나는 결코 죽지 않을 거라고!"

"……."

"나는, 나는 말이야, 에델바이스. 이 나라에서 신앙이 사라지는 걸 봐야겠어! 아니, 이 그릇된 종교의 뿌리를 뽑아 사라지게 할 거야! 무슨 수를 써서라도!"

이를 으득 갈며 소리치는 린도의 눈은 제정신이 아니었다. 이것은 그가 숨기고 숨겨 왔던 광기였다. 심지어 지나치게 흥분해, 문가에서 누군가가 그 이야기를 듣고 있다는 것도 몰랐다.

에델바이스 역시 마찬가지였다. 그녀는 린도의 묵은 원한과 증오, 광기를 마주했다. 그러다 문득, 린도가 했던 정책들이 떠올랐다. 대신전의 개방, 천민 신관 발탁, 성도 인원 감축, 신성제의 불참……. 모두 신전의 세를 약화시키는 것들이었다.

에델바이스는 린도의 말을 이해할 수 있었다.

자신의 종교를 부정하며, 혐오하며, 사라지게 하려는 교황이라니…….

"아, 아그레시아는 신성 왕국이에요. 그러니까……."

"이 졸렬한 나라를 그렇게 만든 건 종교야! 나는, 이걸 없애야 할 사명이 있어."

"……사명."

"나는 말이야, 에델. 내 어머니와 아버지를 앗아 간, 거짓된 신을 믿는 종교는 도저히, 도저히 그대로 둘 수 없어!"

"……."

"10년이 걸려도 좋아, 20년이 걸려도 좋아. 아버지처럼 급하게 나가지 않을 거야. 서서히, 서서히 씨를 말려 사라지게 할 거야. 종래에는 그 거짓된 신을 믿는 자들이 신을 비난하게 할 거라고!"

거짓된 신. 에델바이스는 성녀 전설의 진실을 알고 있었다. 열여덟이 되던 어느 날, 어머니 비올렛이 말해 주었기 때문이었다.

그녀는 '정확히' 린도가 뭔지 들어 알고 있었다.

아그레시아의 국왕과 교황에 의해 차례로 살해된 성녀. 가장 처참하게 살해당한 마지막 성녀 아나스타샤. 그런 아나스타샤를 사랑했던 붉은 공작 체자레. 그리고 그 비극에서 태어난 자식, 교황 린도.

"에델, 아버지는…… 아버지는 말이야. 어머니를 정말로 사랑하셨어."

"……."

"그래서, 나를 정말로, 미워했어."

"……."

"그렇지만 나를 사랑하기도 했지. 나도 아버지를 사랑했어."

린도라는 이름을 지어 주는 그 애정이 사랑이 아닐 리가 있는가. 린도는 에델바이스 저 너머의 하얀 벽을 바라보았다.

"비올렛도, 내 어머니도, 내 아버지도, 이 빌어먹을 종교와 나라의 피해자야."

"……."

"어떻게, 어떻게, 이 거짓된 신화를 믿으라고 할 수 있어? 어떻게, 이렇게 큰 기만을 계속할 수 있어? 이건 누군가가 바로 잡아야 돼."

"……."

"나는, 바로 잡을 거야. 내 아버지처럼."

"……."

"그래서, 나는 아주 오래 살아야 해."

"……."

"미안해. 그래서, 나는 너와 함께 죽어 주지 못해. 아니, 죽고 싶지 않아!"

린도는 비명처럼 소리쳤다. 에델바이스는 눈물을 흘렸다.

"모든 게 다 끝났잖아요."

"……."

"모든 게 다 끝나고, 다들 옳게 나아가고 있잖아요. 그런데 대체 왜……."

"나는, 나는 아직 안 끝났어! 내겐, 아버지가 모든 걸 알리고 죽었을 때, 그때부터 시작이었어!"

린도가 비명을 지르듯 소리쳤다. 이것은 그 누구에게도 말하지 않은 것이었다. 아버지와 똑같은 전철을 밟고 있지만, 다행히도 그의 광기는 온유했다.

린도는 체자레처럼 모든 것들의 고통과 멸망을 바라는 게 아니었다. 그저 신전과 신앙의 멸망 그뿐이었다.

"그러면, 교황위에서 내려와도 되잖아요! 다른 형태로……."

"아니, 나는 교황위에서 죽어도 내려올 생각이 없어. 내가 왜…… 그래야 해?"

양보는 없다. 그는 평생 그릇된 신앙이 만든 감옥 속에서 살겠다 말하고 있었다. 에델바이스는 그런 그를 간절히 붙잡으려고 했다.

"린도……."

"에델바이스. 내 첫사랑은 네 엄마였어."

"……."

에델바이스의 심장이 쿵 내려앉았다. 린도는 그녀의 눈을 바라보며 한쪽 입꼬리를 들어 올렸다.

"나를 이곳에 가뒀던 아버지는, 매일 성녀가 올 거라고 말했거든. 내가 어렸을 적, 만나길 간절히 바라던 이가 있다면…… 바로 그 성녀였어."

"……."

"그리고 그 성녀가 나타났어. 아주 부드럽고 착한 아이였지. 내가 어떻게 그 애를 사랑하지 않을 수 있었겠어. 그 앤 자기 이름 그대로, 내게 봄 같았어."

"……."

"내가 비올렛을 사랑한 시점에서, 비올렛의 딸인 너를 사랑한 게 어떤 의미인 것 같아?"

"제발 그만……."

"가질 수 없었던 사람의 딸을 가져서 대리만족을 하려는 걸 수도 있고, 첫사랑을 닮은 여자를 보고 단순한 위안을 얻으려는 사람일 수도 있어. 어느 쪽이든 최악이지 않아? 너는, 그걸 받아들일 수 있겠니?"

"제발 그만해요!"

에델바이스가 비명처럼 소리쳤다.

"나 밀어내려고 이러는 거죠? 일부러 나쁜 말만 골라 하는 거잖아요."

린도는 잔인한 미소를 지으며 말했다.

"설령 그렇다고 하더라도, 그건 진실이야."

참혹했다. 린도가 처음 사랑한 사람이 자신의 어머니라니…….
실은 어렴풋이 깨닫고 있었는지도 몰랐다. 어머니를 바라보는 린도의 표정, 몇십 년 전 머물렀다는 어머니의 흔적이 모두 고스란히 보관된 성녀의 궁.

"어…… 어떻게."

"에델, 나는 바뀌지 않을 영원한 겨울 같은 사람이야. 변하는 사람을 만나."

"……."

"이게 내가 너를 향해 베풀 수 있는, 최대한의 사랑이야."

방금까지 잔혹한 빛을 띠고 있던 린도가 천사 같은 따스한 미소를 지으며 말했다.

에델바이스는 다음 날 떠났다. 린도는 굳이 그녀를 배웅하지 않았다.

모든 신관들과 성기사를 물리고 성좌에 몸을 기댄 린도는 참혹한 표정으로 고개를 숙였다. 흘러내린 은색의 머리카락이 그의 얼굴을 반쯤 덮었다. 그 사이로 그는 눈물을 흘리며 흐느끼고 있었다.

처음으로 자신에게 다가왔던 사람이다. 4년이란 시간 속에서도 한결같이 그를 생각해 주었던 사람이었다. 그러나 린도는 해야 할 일이 있었다. 그것은 시간이 아주 오래 걸리는 일이었기에 죽고 싶어도 죽을 수 없었다. 이것이 린도가 아주 오랫동안 숨겨 왔던 비밀이었다.

늙지 않고 이 긴 삶을 그만하고 싶다면 에델바이스의 말처럼 스스로 목숨을 끊을 수도 있었지만, 그것은 모든 게 다 끝나고 난 뒤에나 가능할 것이다.

“모든 걸 포기하라고?”

이 추악한 것을 여전히 이 땅에 남겨 놓고, 포기하라고? 모든 그릇된 비틀림을 그대로 둔 채 자신만 행복하게 살라고? 아버지가 죽고 어머니가 죽었는데? 모두를 불행하게 했던 기만이 여전히 존재하는데?

그는 그럴 수 없었다. 처음에는 적당히 ‘올바른 신앙’을 만들어 가자고 했다. 샤를과 함께, 그렇게.

그러나 그가 본 세상은 달랐다. 모든 게 거짓으로부터 시작된 종교는 뿌리부터 썩어 있었다. 자신에게 모든 것을 위임하고 자신의 힘으로 살아가지 않는 사람들. 행복도, 불행도, 모두 신의 뜻이라고 여긴 채로 무력하게 한탄만 하는 사람들. 종교로 사익을 추구하는 사람들. 자신의 신이 최고라며 그것으로 우열을 나누며 남을 차별하는 사람들. 아그레시아의 이 종교는 너무도 추악하고 더러웠다.

“이게 뭐가 나빠?”

린도는 성좌의 손잡이를 꽉 쥐었다. 눈물이 두둑 흘러내리며 그의 황금빛 눈이 증오를 띠었다. 붉은 추기경이 걷던 길과 정확히 같은 길을 걷는다는 것을 알면서도, 린도는 멈출 수 없었다.

“아버지, 저는 아버지를 너무도 잘 이해합니다.”

비록 세상이 아름답다는 것엔 동의하지 못하지만. 그렇게 흐느끼던 린도는 알현실의 문이 열림과 동시에 고개를 들어 정면을 바라보았다.

“성하.”

“무슨 일이지?”

린도가 눈물에 젖은 얼굴을 닦았다. 고티에의 얼굴이 하얗게 질려 있었다.

"나오셔야 할 것 같습니다."

"무슨 일인데?"

"그게……."

고티에의 말을 들은 린도는 하, 헛웃음을 내뱉었다. 정말로 지겨운 세상이었다.

사람들의 비명 소리가 성도를 가득 채웠다. 가을의 단풍처럼 붉디붉은 불길이 새하얀 성도를 집어삼키고 있었다.

성도 뒤편의 숲에서 내려온 불은 삽시간에 거리를 불태웠다. 붉은 단풍 때문에 불길의 발견이 늦은 탓에 도시까지 불이 번졌을 때는 이미 걷잡을 수 없이 커진 뒤였다. 가을의 건조함은 집을 삼키고, 모든 것들을 태우기 시작했다.

"성기사들을 모아라! 아직 타지 않은 집에서는 양동이를 가져와 물을 퍼 오도록!"

린도가 손을 들어 지시했다. 그의 손짓에 사람들이 일사불란하게 움직였다. 신관들은 다친 이들을 치료했으며, 기사들은 성도의 사람들을 피신시키고 있었다. 그렇게 시간이 지났다.

"왜……."

"성하, 대체 왜…… 불이 사그라들지 않는 걸까요?"

고티에가 말했다. 물을 부어도 불길은 아주 잠시만 사그라들 뿐, 더욱 맹렬하게 온 곳을 집어삼켰다. 불길은 린도가 서 있는 곳마저도 위협하기 시작했다.

불의 기세가 수그러들지 않자 린도는 무언가를 깨달은 듯했다.

“고티에, 이곳을 부탁한다.”

“성하!”

말을 마친 린도는 급하게 말을 몰아 목적지로 향했다. 가는 도중 불에 탄 나무가 열기를 내뿜으며 쓰러져 저를 덮칠 뻔 하자 린도가 이를 으득 갈았다.

열기와 연기에 소매로 입을 막은 린도가 다시 말을 몰아 향했다.

불길이 아직 닿지 않은 곳, 바로 교황성으로.

모든 것이 불타고 있는 와중에 교황성만이 무사한 것이 이상했다. 그것은 확실히 어떠한 공작이 벌어지고 있다는 뜻이었다.

말에서 내린 린도는 자신이 원래 앉아 있던 자리, 성좌가 있는 알현실로 걸어갔다.

끼이이익.

알현실의 문이 열리고, 린도는 무표정으로 그 안에 있는 사람들을 바라보았다.

화재 진압 때 보이지 않던 대신관들 여덟과 중급신관들 대다수가 이곳에 있었다.

“어서 오십시오, 성하. 기다리고 있었습니다.”

신관들은 아주 정중하게 비로드 가에 서서 허리를 숙였다. 린도는 꼿꼿한 걸음걸이로 비로드 위를 지나가 자신의 자리, 성좌 위에 앉았다.

오랫동안 자신의 자리였던, 그 의자의 팔걸이에 손을 얹은 채 린도는 언제나처럼 고고한 얼굴로 신관들을 내려다보았다.

“그대들 짓이군.”

한때는, 순수한 젊은이들이었다. 순결한 신앙심을 가지고 신도들을 이끌며 신앙을 다지는 것에 온전했던 사람들이었다. 그러나 지금 이들은 변모했다.

"그렇습니다."

린도는 턱을 쓰다듬었다. 그는 알현실로 트여 있는 불투명한 창을 바라보았다. 모든 것들이 붉게 물들어 있었다.

"왜 그랬지?"

"성하께서 먼저 우리를 버리셨으니까요."

마르세이유 신관이 답했다. 린도는 마르세이유 신관 뒤에 있는 파르테논 신관을 바라보았다. 그나마 린도의 편에 섰던 신관이었다. 린도에게 호의적이며 충성스러웠던……. 린도는 그와 함께 보물고에서 나누었었던 대화를 기억했다.

"파르테논 신관……."

린도는 헛웃음을 흘렸다. 파르테논 신관이 이를 악물며 말했다.

"성하, 성하께서는……. 우리 신전을, 아그레시아의 근간을 무너트리려고 하셨습니다!"

"근간을 무너트린다?"

"시치미 떼지 마십시오! 성하께서 에르멘가르트 영애께 그리 말하지 않았습니까."

"나도 많이 약해졌군. 쥐새끼 하나도 제대로 눈치채지 못했다니 말이야."

린도가 입꼬리를 들어 올렸다. 자신을 지칭하는 '쥐새끼'라는 말에 파르테논 신관의 얼굴이 일그러졌다. 그러나 린도는 그 표정에 개의치 않고 말을 이었다.

"그건 너희 대에서 이뤄질 일이 아니었다. 너희와는 상관도 없는 일이었다.”

“하지만, 결과적으론 그리되었을 겁니다. 우린 우리의 신을 믿고 있습니다. 아그레시아의 건국과 함께해 오던 종교를 없애다니요!”

“…….”

“당신은 마지막 남은 신의 자손이었어! 그런데도, 그걸 부정하고 없애겠다고?! 절대, 그렇게 두지 않을 거야!”

파르테논의 두 눈에는 핏줄이 붉어졌다. 린도는 가만히, 순수했던 젊은 신관의 변모를 지켜보았다.

“항상 궁금했는데, 내가 신의 자손이라면 내 뜻이 신의 뜻이 아닌가?”

“뭐, 뭐라고?!”

“이 땅에 있는 너희들이 어리석어 종교를 없애고자 한다. 그게 뭐가 나쁘지?”

그 뻔뻔한 말에 대신관들은 분개했다.

“린도! 너는 신의 아들이 아니라 말룸의 아들이었구나!”

“너흰 내가 너희의 뜻을 따를 때만 신의 자식이라고 하는구나! 거짓된 신을 믿는 어리석은 자들아.”

린도가 싸늘한 비웃음을 지었다. 마르세이유 신관이 흥분한 신관들을 진정시켰다. 이곳은 하나의 거대한 극장 같았다. 그리고 린도는 이 연극의 주인공이었다.

“자, 성하.”

“…….”

“마지막을 아름답게 장식할 기회입니다.”

“…….”

“마지막으로 남은 성력을 사용하시어 불을 끄십시오.”

"……."

"신의 자손으로서 마지막 기적을 남기시란 말입니다."

"그럼, 그렇지. 에델바이스는 너희들의 연막이었구나."

린도는 이들의 속셈이 저와 에델바이스를 엮어 그를 실각시키는 거라고 생각했다. 하지만 이것은 고도로 정교하게 계획된 암살이었다. 성도를 불태우고, 성력이 얼마 남지 않은 린도가 성력을 소진하며 성도의 화마와 함께 사라지게끔 만든 것이다.

그렇게 린도가 자연스럽게 성좌에서 내려오고, 그의 힘은 신의 기적이라 불리우며 '성인(聖人)'이 되어 스스로의 힘으로 일어서기 시작한 인간들이 신을 찾게 만드는 것이다. 그리고 그렇게 신전은 다시 배를 불리겠지.

이 얼마나, 절묘한 계획인지.

린도는 하늘을 보며 웃음을 터트렸다. 홍소가 나와 견딜 수가 없었다. 붉게 물든 성도를 보며 린도는 계속 웃고 또 웃었다.

아버지, 아버지, 이 꼴을 보십시오! 이들은 이다지도 어리석었습니다!

웃고 있는 린도의 금안에서 눈물이 주르륵 흘렀다.

성좌의 손잡이를 꽉 잡고, 저자들에 대한 혐오를 억눌렀다. 요동치던 감정이 조금쯤 차분해지자 린도는 성도에 '진짜로' 어떤 일이 벌어졌는지 깨닫게 되었다.

한참 동안 웃음을 터트리던 그는 서 있는 신관들을 바라보며 말했다.

"안 할 거야."

"뭐, 뭐라고?!"

린도가 차마 그런 말을 할 줄은 몰랐다는 듯, 그들이 눈을 크게 떴다.

"지금, 무슨……. 성도가 불타고 있습니다."

"애초에 성도를 불태운 건 너희다. 내가 왜 너희가 저지른 죄를 대속해야 하는가."

린도는 당황한 신관들을 보며 어이가 없었다. 너무도 어리석다. 자신이 '성녀들'처럼 의문도 가지지 않고 자신을 다 바칠 거라고 생각했던 것인가?

"죄, 죄 없는 사람들이 죽어 가고 있습니다. 당신을 믿는 사람들이 모두 죽어 가고 있단 말입니다! 당신이 사랑하던 동물들이, 죄 없는 여자와 아이들이 죽습니다!"

"죽으라지. 이 성도와 함께 모두 싸그리 사라지는 거다."

린도는 차갑게 말했다. 신관들은 린도의 얼굴을 보며 아연해졌다. 린도는 신전의 세를 약화시키긴 했지만, 약하고 작은 것들에겐 관대하고 자비로웠다.

사랑하는 것들을 잃으면 우울해하며 눈물지을 줄 아는 인간적인 자였다.

그런 린도가 망설임 없이 이들을 버리겠다니…….

"린도, 네가 그러고도……."

린도가 빙그레 미소를 지었다.

"너흰, 샤를 왕자가 왜 이곳에 왔다고 생각하는가?"

신관들이 눈을 크게 떴다. 린도는 창문을 보며 말했다.

"그대들이 경계하는 시점에 샤를 왕자가 이곳에 방문한다는 건 있을 수 없는 일이야. 폐하는 행여나 하는 오해를 사고 싶지 않아 하거든."

생각해 보니 그랬다. 샤를 왕자가 시찰을 다닌 것은 분명 이유가 있었을 것이다. 국왕 샤를루스는 절대로 허튼짓은 하지 않는 사람이다. 오랜 세월 그들은 그러한 믿음을 쌓아 왔다. 린도는 피식 미소를 지었다.

"신이 기적인 시대는 끝났다, 이 어리석은 자들아."

샤를 왕자가 불길에 휩싸인 성도를 멍하니 바라보고 있었다.

"샤를!"

그때 아버지가 이끌고 온 대장군과 에르멘가르트 후작이 도착했다. 성도의 도시에 군사를 준하고 때를 봐 온 이들이었다.

"화재 진압이라니 미안하오. 일이 일어나기 전에 끝을 냈어야 했는데."

샤를루스의 말에 에셀먼드가 얼굴을 찌푸렸다.

"피를 보는 것보다는 낫습니다."

"스승님이 지금 여기 있어서?"

"……."

에셀먼드는 굳이 부정하지 않았다. 샤를루스는 뒤를 돌아보며 말했다.

"우린 성도 전체에 있는 불을 진화하러 간다. 모두 몸을 물에 적셔라."

샤를의 한마디에 군사들이 강으로 가 물을 흠뻑 뒤집어쓰기 시작했다. 그 앞을 이끄는 무녀들이 나타났다. 이들은 모두 아그레시아인으로, 구자르트에서 들여온 '마법'을 배운 이들이었다.

"그냥 기우로 끝났으면 좋았을 텐데."

국왕 샤를은 이를 갈았다.

그건, 1년 전의 일이었다. 샤를루스는 성도 안으로 인화성 물질이 흘러 들어가는 것을 발견하고 기이하게 여겼다. 겨울의 난방을 위해서라기엔 양이 좀 많았기 때문이었다. 어쩐지 불길한 기분에 그냥 넘어갈 수가 없었다. 혹, 린도에게 무슨 일이 벌어지고 있는 게 아닐까? 린도가 무언가 하려는 것인가? 아니면 린도에게 누군가가 위해를 끼치려는 건가?

그리고 이번 달, 성도로 흘러 들어가는 많은 양의 등유를 보며 샤를루스는 아들과, 성도의 지리를 잘 아는 에델바이스를 보냈다. 하지만 그럼에도 마음이 편치 않아 직접 에셀먼드와 비올렛, 그리고 무녀들과 함께 성도의 이웃 도시에 도착했을 때, 이미 일은 벌어진 뒤였다.

"에델바이스!"

그때, 비올렛의 목소리가 들렸다. 그 다급한 목소리를 들은 에셀먼드가 말 머리를 돌렸다.

"에델바이스!"

비명이 섞인 목소리에는 두려움이 섞여 있었다.

"스승님?"

샤를루스가 비올렛을 보았다. 비올렛의 얼굴이 하얗게 질려 있었다.

"에, 에델바이스가 없어요."

"뭐라고요?"

"분명 있었는데……."

샤를 왕자가 중얼거렸다. 그가 강 건너 불타는 성도를 바라보았다.

"설마……."

창문을 깨고 새가 날아들었다. 새의 말을 경청하던 린도는 웃었다.

"성도 바깥에 있는 군사들이 불을 진압하기 시작했다는군."

"……."

"인정하긴 싫지만, 정치는 나보다 폐하가 더 잘하는 것 같아."

신도들의 얼굴이 사색이 되었다. 린도가 팔걸이에 손을 짚고 일어났다.

"너희는 신의 기적을 좋아하니, 내 몸소 신의 기적을 보여 주겠다."

그가 한걸음 발을 내디뎠다.

"크아아아아악!"

맨 앞에 서 있는 마르세이유 신관에게 불길이 덮쳤다. 대신관을 태운 불길은 바로 옆에 있는 이도 잡아먹기 시작했다.

"서, 서, 서, 성하!"

"정말 모르는가 본데, 내가 이곳에서 신관들을 모두 죽였던 기록을 보지 못했던 건가?"

린도가 자신을 애타게 부르는 신관을 바라보자, 그도 불길에 휩싸였다.

"크아악!"

"아아악!"

"꺄아아악!"

하얀 알현실에 붉은 불길이 춤을 추기 시작했다. 신관들은 도망치기 시작했다. 그러나 도망치려는 신관을 불태우는 린도의 힘이 더 빨랐다.

"서, 성하! 성하! 살려 주십시오. 잘못했습니다. 잘못했어요!"

파르테논 신관이 무릎을 꿇었다. 겁에 질린 그 표정은 린도가 익히 아는 표정이었다. 그러나 린도는 그를 무심히 바라보다가 혀를 차며 고개를 저었다.

"미안. 사람을 살리는 것보다 죽이는 게 더 쉽거든."

"괴물, 너는 말룸의 자손이다. 크아아악!"

파르테논 신관이 불에 타기 시작했다. 그는 화상의 고통에 데구르르 구르며 소리쳤다.

"너의 존재 가치는 신의 증명에 있다. 네가 신을 부정하면, 너는 괴물이 되는 거야!"

더 이상 들어 줄 수 없다. 린도가 다시금 손을 뻗자 그를 삼킨 불길이 맹렬하게 타올랐다.

"너는, 가장 비참하게, 혼자서 죽을 것…… 으아아악!"

그렇게, 린도의 분노로 알현실에 있던 모든 신관들이 불에 타 죽었다. 그리고 그들은 모두 약속이나 한 듯 저주의 말을 남겼다.

탁한 연기만을 뿜어내고 있는 이들에게서 고약한 냄새가 났다.

오랜만에 힘을 쓴 린도는 그 고약한 냄새가 사라지도록 알현실을 막고 있던 커다란 창문을 모두 깨 버렸다.

"괴물이라. 틀린 말은 아니네."

린도가 씁쓸하게 웃었다. 여전히 성도는 붉은 불길에 휩싸여 있었다. 하늘은 '그때'처럼 붉게 물들어 있었다. 린도는 그 하늘을 바라보았다. 그는 아무것도 하지 않을 것이다. 절대로, 아무것도 하지 않을 것이다. 사람들이 죽어 나가도, 그는 아무것도 하지 않을 것이다. 다시는 '신의 기적'을 일으키지 않겠다. 다짐하면서.

"성하, 성하!"

그때, 린도는 알현실로 들어온 고티에를 바라보았다. 고티에는 엉망인 얼굴을 하고 알현실을 가득 채운 불에 탄 시체를 보며 꺄악 비명을 질렀다. 린도가 그를 한심하게 보며 말했다.

"아직도 불길이 안 잡힌 건가?"

"아, 아닙니다. 폐하께서 방비해 두신 덕에 불은 꺼져 가고 있습니다."

"그런데?"

"서, 성하. 놀라지 말고 들으십시오."

린도의 눈이 커졌다.

쌔액 쌔액, 불편한 숨소리가 들렸다. 린도는 병상에 누워 있는 환자를 보았다. 환자의 피부는 화마의 흔적으로 검게 그을린 채였다. 머리카락 또한 타 버린 모양인지, 머리가 있어야 할 곳은 얼굴과 마찬가지로 그저 검고 동그란 모양의 어떤 것일 뿐이었다.

"에델……."

환자의 이름은 에델바이스. 그녀는 현재 형체도 알아볼 수 없을 만큼 화마에 상처를 입은 채였다.

"에델, 에델바이스!"

"신관이 마취가 되는 약을 먹였습니다. 하지만 폐에 손상을 입어서……."

고티에가 참혹한 표정으로 말했다.

"대체 어떻게 하다!"

"사람들을 피신시키시려다…… 등유가 발라진 벽에 깔리셨습니다."

"피신을…… 시키려 했다고? 대체 왜?! 너흰 말리지 않고 뭘 했나!?"

"당연히, 신관들과 성기사들이 말리려고 했습니다!"

고티에가 필사적으로 말했다.

"하지만 말릴 수 없었습니다. 성하의 사람들을 죽이면 안 된다고……. 성하께서 슬퍼하실 거라고……. 한 사람이라도 구해 내야 한다고."

그의 목소리에 울음기가 섞이기 시작했다. 린도는 에델바이스를 바라보았다.

"대체 왜!"

린도의 목소리에는 절규와 비명이 섞여 있었다.

린도가 다시 에델바이스를 바라보았다. 자신이 사랑했던, 작고 아름다웠던 소녀를…….

"나는, 이미 이들을 버렸단 말이야."

린도의 두 눈에서 눈물이 떨어졌다. 그냥, 신관들이 원하는 대로 힘을 썼다면 괜찮았을까? 그렇다면 에델바이스는 다치지 않았을까? 이것은, 그의 이기심이 자아낸 형벌일까?

"그러니까, 죽는다고? 겨우 이 실수 때문에?"

린도가 대답을 구하듯 고티에를 바라보았다.

"죄송합니다. 제가 성력을 썼지만……. 생명을 붙이는 게 고작이었습니다."

고티에가 침통한 표정으로 고개를 숙였다.

쓸데없는 고집만 부리지 않았더라도 에델바이스는 다치지 않았을 것이었다. 자신만 아니었더라도, 아니 자신이 그녀를 그런 식으로 쫓아내지만 않았다면……, 차라리 마음을 받아 줬더라면 그녀는 안전한 곳에 있었을 것이다. 이렇게 다치진 않았을 것이다.

시커먼 형체의 입이 벌어졌다. 빨간 점막이 보이는 걸 보니 그건 분명히 입이었다. 쌕쌕거리는 숨소리는 무엇을 말하는 것인지 들리지 않았다.

"린…… 도."

그는 그저 느낌으로 알 수 있을 뿐이었다. 그녀의 필사적인 부름을 들은 린도는 자신이 무엇을 해야 하는지 드디어 알았다. 굳어 있던 린도의 얼굴이 부드럽게 풀렸다.

"고티에."

"네……?"

린도의 얼굴을 본 고티에의 얼굴이 굳었다. 린도는 후련한 표정을 하고 있었다.

"설마. 아니죠, 성하?"

"……."

"성하, 제발 아니라고……."

"앞으로는 네가 알아서 해."

"성하!"

말을 마친 린도는 누워 있는 에델바이스를 안아 들었다. 그의 새하얀 성복에 거뭇한 재가 묻었지만 그는 개의치 않았다. 마취가 제대로 된 건지 에델바이스는 고통스러워 보이지 않았다.

"쉿, 에델바이스. 괜찮아. 내가 있잖아."

흉측하게 변해 버린 에델바이스를 보며 린도는 빙그레 미소를 지었다. 고티에는 멍한 표정을 지으며 린도를 바라보았다.

모든 걸 다 내려놓은 그의 얼굴은 마치 천사처럼 아름다웠다. 세상 모든 순수함을 끌어안은 것처럼. 그는 마치 성인의 미소를 짓고 있었다.

그렇게, 린도는 에델바이스를 안고 천천히 발걸음을 옮기기 시작했다. 그것은 죽음으로 향하는 발걸음이었다. 그는 주저하지도, 서두르지도 않았다. 그저 가벼운 산책을 하는 듯해 보였다.

"에델바이스."

"……."

"내 말 들리지, 에델바이스?"

"……."

"내가, 내가, 잘못했어. 에델바이스."

"……."

"쓸데없는 고집을 부렸어. 그래서 너를 다치게 했어. 네 몸도, 네 마음도."

"……."

"에델바이스, 말은 하지 못했는데 말이야. 너무 겁이 나고 무서워서……."

"……."

"사실은, 나도 네가 좋아. 사실 너는 비올렛을 하나도 닮지 않았어."

"……."

"단 한 번도, 너를 그 애 대신이라고 생각한 적 없어. 너는, 그냥 나의 에델바이스였으니까."

린도가 말을 끝마칠 때쯤 목적지에 다다른 발걸음도 멈췄다. 신관들이 죽은 알현실, 성좌가 있는 곳이자 그가 죽을 장소.

"미안, 에델바이스. 여긴 좀 그렇지? 정말 미안해. 끔찍한 것들을 보게 해서. 하지만……. 하지만 어쩔 수 없었어."

린도는 까만 시체들을 조심스럽게 넘나들며 성좌에 앉았다.

에델바이스는 여전히 말없이 가쁜 숨만 내쉬고 있었다. 린도는 알 수 있었다. 그녀에게 남은 시간이 얼마 되지 않는다는 것을.

"에델바이스, 너는 눈이 펑펑 내리는 걸 보고 싶다고 했었지?"

성도에 내리는 눈을 보지 못하고 돌아간다며 그녀는 아쉬워했었다.

린도의 몸이 하얗게 빛났다. 린도는 부드럽게 웃으며, 에델바이스의 새까만 이마에 입을 맞췄다.

그는 자신의 모든 힘을 아낌없이 개방했다. 성좌에 설치되어 있는 기계에 빛이 들어오기 시작하며 마침내, 그가 뽑은 성력이 다시 성도의 대기를 채우기 시작했다.

붉은 하늘에 푸른 기가 돌더니 하늘에 은색의 눈이 내리기 시작했다. 린도는 조용히 그 눈을 바라보고 있었다.

"걱정 마. 깨어날 때쯤에도 눈을 볼 수 있도록 아주 오랫동안 눈을 내려 줄 테니까."

그는 웃으며 에델바이스의 이마에 다시 입을 맞췄다. 이렇게 쉬운 거였나. 손을 잡는 것보다 더……. 그의 두 눈에 투명한 눈물이 주르륵 흘러내렸다.

그는 깨진 유리 너머에 자신이 내리게 한 눈을 바라보았다. 눈 내리는 가을의 붉은 성도.

죽기에 더없이 아름다운 날씨였다.

생에 가장 따스했던 겨울. 그는 그것만을 품고 살아가려고 했으니까.

그때의 겨울, 그는 끝이 온다는 것을 알면서도 행복했다. 변치 않는 겨울 같던 그에게 소녀는 다가와 스스럼없이 따스한 사랑을 주었다. 겨울이 마냥 차갑기만 한 계절이 아니었음을 소녀가 가르쳐 주었다.

"에델, 사실 네가 같이 죽어달라고 했을 때, 너무나 기뻤어. 사실……. 나는, 정말 죽고 싶었거든."

그는 삶이 너무 고통스러워 이만 끝내고 싶었다. 하지만 스스로 정한 사명이 그를 놓아주지 않았다.

린도는 꿈결 속의 에델바이스를 그리고 있었다. 자신의 감정에 솔직하며, 자신에게 스스럼없이 내비치던 그 작은 존재를. 그렇게 그녀는 작은 손을 뻗었고, 린도는 그 손을 잡고 미소를 지었다. 에델바이스는 린도에게 기적과도 같은 존재였다. 그의 마음속 깊은 곳에 닿아, 어루만져 주며 사랑을 주었다. 사랑을 줄 수 없었던 그가, 사랑을 주고 싶을 정도로.

린도의 품에 안긴 에델바이스에게서 은색의 빛이 났다. 린도는 그 기적을 미소 지으며 지켜보고 있었다.

평생 아버지를 이해하면서도 이해할 수 없었다. 그러나, 지금 이 순간 그는 체자레의 마음을 진정으로 이해했다.

"아버지, 아버지가 어떤 마음으로 죽음을 택했는지 알 것 같아요."

린도는 체자레에게 마지막 말을 건넸다.

붉게 타는 대지를 덮는 은색의 눈, 자신의 품에 있는 사랑스러운 연인. 그 모든 게 아름답고, 또 너무도 아름다웠으니까.

죽어도 좋을 정도로.

눈을 감는 린도의 하얀빛이 사그라졌다. 이것은 그가 처음이자 마지막으로 내보이는 서투른 사랑법이었다.

"……."

국왕 샤를루스는 아무 말도 할 수 없었다. 저 풍경에, 어떤 말을 얹겠는가.

버석하게 타 버린 신관들의 시체, 성좌에 앉아 있는 하얀 교황, 그 품에 안겨 잠든 여인.

"말도…… 안 돼."

동화는, 동화답게 해피엔딩으로 끝나야지. 샤를루스의 눈에서 눈물이 뚜둑 떨어졌다. 하얀 재처럼 변한 린도는 활짝 웃고 있었다. 그 안에 살아남은 이는 에델바이스뿐이었다.

그들이 참담한 표정을 지을 때였다.

"어머니, 아버지!"

비올렛과 에셀먼드는 들릴 리 없는 목소리를 들었다. 그들이 동시에 뒤를 돌아보았다.

"이게, 대체 무슨 일이에요?"

여행자의 행색을 한 데이지는 막 도착한 듯 혼란스러운 얼굴로 주위를 둘러보았다.

"성하."

그것은 잔혹하고도 아름다운 동화의 결말이었다.

에델바이스는 눈을 떴다. 서늘한 바람을 느끼며 그녀가 자리에서 일어났다. 몸이 찌뿌둥했다. 그러던 에델바이스의 얼굴이 변했다.

"린도!"

그녀는 자신이 맨발인 줄도 모르고 린도가 있을 중앙의 교황성으로 뛰어갔다.

불에 타 아픈 몸은 멀쩡했다. 에델바이스는 자신이 아프지 않은 이유를 생각하지 않으려 애썼다.

화랑에 나가자 하늘에서 눈이 쏟아지고 있었다. 그녀는 가만히 그것을 바라보았다. 지금은 가을, 눈이 내릴 리가 없었다. 그녀가 손을 뻗어 눈을 만져 보았다.

"어……."

은색으로 빛나는 것은 묘하게 눈과 달랐다. 이것은 마치 린도의 머리색……. 그것은 손에 닿자마자 물기조차 남지 않고 녹아 사라져 버렸다.

"린도……."

그녀는 직감적으로 알았다. 이건, 린도가 마지막으로 내려 주는 눈이다.

"에델바이스!"

에델바이스의 눈에 눈물이 흘러내렸다.

"이거, 린도죠?"

에델바이스가 눈물을 흘리며 하늘에서 내리는 눈을 바라보며 말했다. 비올렛은 그 모습에 아무말도 할 수 없어 입술을 깨물곤 고개를 숙였다.

그때의 그 겨울을 생각하던 건 너뿐만이 아니라는 듯, 그에게도 그 겨울이 소중했다는 듯.

마치 그녀에게 바치는 최후의 선물처럼, 눈은 조용하고 아름답게 내리며 세상을 하얗게 덮고 있었다. 에델바이스는 자신을 끌어안고 걸어가며 린도가 했던 속삭임을 기억해 냈다.

죽음을 앞둔 그는 나약하고도 솔직한 제 마음을 고백했다.

"어, 엄마. 엄마, 엄마……!"

에델바이스는 비올렛을 껴안고 울음을 터트렸다. 그녀는 감히, 이것을 받아들일 수가 없었다. 어떻게, 어떻게 이런단 말인가?

"내가, 내가, 잘못했어. 내가, 내가, 말해서는 안 됐었는데."

"……아니야, 그렇지 않아."

"그 사람을 몰아세우면 안 됐었는데. 내가, 내가 린도를 죽였어!"

"……."

"내, 내가, 여기 남아서 쓸데없이 나대지만 않았다면 린도는 안 죽었을 거야. 엄마, 내가 린도를 죽였어. 엄마……."

"에델바이스."

"엄마……. 엄마……. 그 사람이 나를 살리려다가 죽었다고……."

그녀는 무릎을 꿇고 오열하기 시작했다. 비통한 통곡이 땅을 적셨다. 그녀를 끌어안 듯 은색의 눈이 그녀의 위에 쌓였다. 더 우스운 건 이 눈은 결코 차갑지 않다는 것이었다.

"엄마, 나 이제 어떻게 살아야 해, 엄마…… 제발. 제발 가르쳐줘요. 제발……."

에델바이스는 울고 또 울었다. 첫사랑이라기에 그녀가 품은 사랑은 지독하게 아프고 또 아팠다. 에셀먼드와 샤를루스가 달려올 때까지, 그녀는 울었다.

교황 린도가 죽은 원인에 대한 다양한 이야기가 돌았다. 신의 가호를 받아 젊고 아름다운 모습인 그를 신관이 죽였다는 설, 그의 급진적인 정책에 반발을 산 대신관들이 독을 먹였다는 설. 기록대로, 성도 대화재 때 신이 내려 준 모든 힘을 쓰고 소멸했다는 설.

이로써, 공식적으로 신의 힘을 가졌다는 증표인 '은발'을 지닌 이들은 세상에서 사라졌다.

그러나 3년 전, 설경이 아름답기로 유명한 북쪽의 섬, 산-칼로스의 작은 마을에서 은발을 지닌 아이가 발견되었다. 그리고 이 아이는 강력한 마력을 품고 있었다.

놀랍게도, 이 마을에서는 '눈의 아이'라고 불리는 은발에 강한 마력을 지닌 아이들이 아주 가끔씩 태어난다고 한다.

이 눈의 아이의 발견으로 무신론자 학자들은 성녀 전설의 실마리를 드디어 찾았다. 은발이 특징인, 강력한 마법의 힘을 지닌 성녀들과 교황 린도, 이들은 모두 신의 힘을 받은 자가 아니라, 그저 눈의 아이 일족 중 하나일 뿐이라는 가설이 힘을 얻기 시작했다.

"저……. 어머니."

데이지가 조심스럽게 그녀를 불렀다. 비올렛의 눈시울은 빨갛게 물들어 있었다.

"에델바이스는요?"

"혼자 있을 시간이 필요하겠지. 그래서, 그러라고 했어."

"……성하는요? 성하의 시신은."

"어떻게 할지 논의 중이야. 만지면 바스라져서……. 그러면 또 형체도 유지하지 못할까 봐."

에셀먼드가 흐느끼는 비올렛의 어깨에 손을 얹었다. 비올렛은 애써 슬픔을 억누르려 했다. 슬픔에 무너지는 것은 어른의 몫이 아니라 아이의 몫이었기에. 어른은 그저 무너지는 아이를 지탱해 줘야 했다.

"너는 왜 이곳에 온 거니?"

“아……. 심부름을 받았어요.”

“심부름?”

“네. 어머니한테 전해드리려고……. 그런데 소식을 들어 보니 성도에 있다고 하셔서 바로 이곳으로 왔어요.”

데이지가 내민 상자를 보던 비올렛은 한숨을 내쉬며 그것을 열었다. 이자카가 준 건 무엇일까. 그것을 보던 비올렛의 눈이 커졌다.

에델바이스는 울고 또 울었다. 몸 안에 있는 눈물을 다 빼내 버릴 것처럼.

숨은 어떻게 쉬지? 눈은 어떻게 깜빡이더라? 나는 살아 있긴 한 건가? 이렇게 슬픈데. 이미 죽어 있는 건 아닐까. 신이, 감히 탐하지 말아야 할 사람을 탐했다고 지옥에 떨어트린 거야.

차라리 좋아한다 하지 말걸, 차라리……. 다가가지 말걸. 욕심내지 말걸.

그럼 적어도 그 사람이 목숨을 던지지는 않았겠지.

—네가 울면 나도 슬퍼. 에델바이스.

어린아이를 달래려는 그 상냥한 음성이 너무도 서글펐다. 에델바이스는 막힌 것 같은 가슴을 탕탕 쳤다. 실감이 나지 않았다.

“오래, 오래 살 거라고 했잖아. 그래서…… 신전을 없애 버릴 거라면서.”

“…….”

"……나보다 그게 더 중요하다고, 그랬잖아……. 그런데, 왜, 왜!"

에델바이스는 비명을 질렀다. 왜 신전을 없애겠다는 목표 대신 그녀가 되살아났는지는 너무 간단했다.

그저, 린도가 평생 꿈꾼 목표보다 그녀가 더 소중하고 중요했기 때문이었다.

—에델, 사실 네가 같이 죽어달라고 했을 때, 너무나 기뻤어. 사실……. 나는, 정말 죽고 싶었거든.

그녀는 그 가여운 사람의 목소리를 떠올리며 오열했다. 그때, 문이 열렸다.

"에델바이스."

비올렛이 다가와 에델바이스의 머리카락을 귀 뒤로 넘겨 주었다. 다정한 손길에 에델바이스의 눈에 다시금 눈물이 맺혔다.

"엄마."

"에델바이스. 선택을 해야 할 때가 왔어."

"무슨 선택이요? 그를 따라갈 건지, 아닌지에 대한 선택?"

그 말을 들은 비올렛은 상처받은 표정으로 입술을 깨물었다.

"그를 살릴지 말지 선택하는 거야."

"……사, 살린다고요? 하지만 린도는!"

"린도는 우리와 다르게, 생명력으로 이루어진 사람이란다."

"……."

"성력으로 내리는 눈이 있는 한, 아직 린도는 살아 있다고 봐야 해."

"그게 무슨……? 그러면 당연히 살려야죠!"

"죽음은 린도에게 위안이자, 안식이란다."

"……."

"린도는, 아주 오랜 삶을 살아야 해. 그렇지만 그 애는 오랜 삶을 살아가기엔, 너무 다정하고 약하단다."

"……."

"지금 린도를 살리면 그는 다시 긴 삶을 살아갈 거야. 지금 네가 겪은 고통의 배는 겪으며 살게 될 거란다."

"……."

"너는 린도에게 그렇게 하라고 할 수 있겠니? 린도가 품은 세상을 너는 바꿔 줄 수 없어."

에델바이스는 비올렛의 눈을 보았다. 에델바이스는 항상 어머니의 보라색 눈이 아름답다고 생각했다. 데이지 언니와 올리버 오빠의 보라색 눈이 부러웠다. 어머니의 이름, 비올렛처럼 마치 봄과 같아서.

"엄마."

에델바이스가 비올렛의 손을 잡으며 말했다.

"내 이름, 에델바이스잖아요."

에델바이스의 새파란 두 눈에는 확신이 서렸다. 그녀는 이제 어머니의 두 눈이 더 이상 부럽지 않았다.

비올렛은 마치 작은 기적을 바라보는 것처럼 에델바이스의 두 눈을 바라보았다. 그녀는 환하게 웃으며 말했다.

"깨어나셨어요?"

부드러운 말에 린도는 눈을 깜빡였다. 샤를루스가 다정하게 린도를 내려다보고 있었다.

"이건 뭐죠?"

"뭐가요?"

"성력이 다시 찬 것 같은데."

많진 않지만. 린도는 뒷말을 생략했다.

"아, 그거요? 뭔지 맞춰 보세요."

"신관들의 성력이라도 뽑아서 넣은 겁니까?"

"무슨 그런 끔찍한 소리를. 신관 백 명의 성력을 뽑아도 성하는 못 살렸을걸요."

"그러면 설마……. 에델! 설마 에델을 살리는 데 실패한 것……."

"걱정도 많으셔라. 에델바이스는 무사합니다. 예전 무릎 까진 흉터까지 완벽하게 없어졌어요. 지금쯤 깨어나서 달려오고 있을 겁니다."

"깨어나다니, 쓰러졌나요?"

"네."

린도가 몸을 일으켰다. 머리가 어질어질했다.

"장난 그만 치시고 무슨 일이 벌어졌는지 좀 알려 주시죠. 이상한 반전은 이제 지겨워서."

린도의 말에 샤를루스가 말했다.

"성녀가 당신을 구했습니다."

"……."

린도가 샤를루스를 노려보자 그가 웃음을 터트리며 말했다.

"정말입니다. 성녀가 당신을 구했어요."

"진짜 이러실 겁니까?"

"진짠데……."

샤를루스가 한숨을 내쉬며 병을 들었다.

"뭡니까?"

"세상 유일하게 남아 있는, 아니 남아 있었던 성녀의 피입니다."

"무슨…… ."

"예전, 기억납니까? 우리가 연합해서 스승님을 쫓아낼 때 말입니다. 스승님을 구자르트에 보내드렸죠."

"……."

"글쎄, 저도 몰랐는데 스승님이 아그레시아에 귀국시켜 달라는 조건으로 성혈을 이 병 가득 담아서 카칸에게 주었다지 뭡니까?"

"……그 애, 미친 거죠? 생각해 보니 제일 조용하면서 과격하다니까."

린도가 얼굴을 찌푸렸다.

"카칸은 성녀님의 피를 써서 사막에 싹을 틔웠습니다. 구자르트가 약탈을 하지 않았던 건 그런 이유입니다. 그리고 그 메마른 땅에 완연한 생명이 깃들 무렵, 이것을 더 이상 쓰지 않았죠. 그렇게 성녀의 피는 잊혀졌습니다."

"……."

"그리고, 우연히 그 피를 떠올린 카칸은, 돌려주기로 결심한 겁니다. 다름 아닌 그 성녀의 딸의 손에 들려서요."

"……."

"그리고, 죽어 버린 사랑에 슬퍼하던 가련한 아가씨는 기꺼이 제 어머니의 피를 머금고."

린도가 손을 뻗어 샤를루스의 입을 다물게 했다. 그는 얼굴을 찌푸리며 입술을 매만졌다. 어쩐지 입술에 부드러운 감촉이 들었기 때문이었다.

"신기하게도 피를 머금은 에델바이스의 머리색이 잠시 동안 은색으로 되더라고요. 눈 색도 변하고……. 마치 예전 스승님처럼요."

"뭐라고요? 그 애가?"

"아무튼, 그 성녀님은 입을 맞췄답니다."

"폐하!"

"새하얀 재로 화했던 교황님께서 다시 색을 찾으시고, 사람이 되어서 기절했죠. 그 입맞춤. 정말 환상적이었습니다."

성녀의 피, 강한 성력이 농축되어 있는 그것이 린도에게 흘러 들어갔다.

"왜요, 부끄러우십니까?"

"폐하, 외람되지만 닥쳐 주시면 안 되겠습니까?"

"아니, 살아 돌아오셨다고 이렇게 입이 거칠어지실 줄이야. 살아난 게 성하가 맞습니까?"

"……으윽."

린도의 뺨이 빨갛게 물들었다. 히죽거리던 샤를루스가 얼굴을 굳혔다.

"그래서, 어떻게 하실 생각입니까."

"뭐가요."

"계속 고집부리실 겁니까? 언제 끝날지 모르는 신전을 멸망시키는 거 말입니다."

"……."

"이미 우선순위는 명확하게 두셨잖습니까."

샤를루스의 말에 린도는 아무 말도 하지 않았다.

"대관절, 교황위를 못 놓는 이유가 뭡니까. 그 종교를 없애는 데 교황의 자리만 한 게 없어서?"

"……."

"성하, 생각해 보세요. 그 자리에 있어서 이 종교를 없애고 싶은 게 아닙니까?"

"나는……."

"교황위를 버리십시오, 성하."

샤를루스가 진지한 표정으로 그를 바라보았다. 그때 벌컥 문이 열렸다. 그러나 린도와 샤를루스는 대화를 계속했다.

"폐하 역시 국왕의 자리를 못 버리시지 않습니까!"

"……."

"나도 못 버립니다. 이 자리는, 제 목숨이 다하는 날까지 지킬 겁니다."

"……대체 왜요? 왜 그 자리에 집착을 하시는 겁니까?"

"왜냐하면, 이 자리는, 이 자리는…… 내 아버지가 물려준 유일한 것이니까요!"

그가 울부짖듯이 뱉어낸 서글픈 진실에 샤를루스는 빙그레 미소 지었다. 심각한 분위기에 들어온 방문자는 머뭇대고 있었다.

"제가, 예전에 성하께 보여드리려던 게 있어요."

"……."

"어떻게 받아들일지 짐작이 가지 않아서 보여드리지 않았지만."

"……."

"티게르난 공작령에서 발견된 편지입니다. 발신인은 바로 제 아버지, 트라이덴 국왕입니다."

"……."

"편지에 따르면 티게르난 공작과 제 아버지는……. 형제와도 같은 사이였습니다."

린도는 그 편지를 힐끗 읽어 보았다. 역시나 편지의 내용은 예상과 다르지 않았다. 집착과도 같은 분노와 저주가 담긴 편지. 보기만 해도 짜증이 날 정도였다. 린도가 그 편지를 보지 않자 샤를루스가 말했다.

"이 편지에는 원망이 들어 있습니다."

"……."

"하지만, 그 안에는 제 아버지가 티게르난 공작을 형으로서 아끼고 사랑한 마음도 들어 있어요."

"지금 그게 뭐가 중요합니까?"

"중요합니다. 아주요. 여긴 '진실'이 들어 있거든요."

"진실이요?"

"네, 애정했기 때문에 다른 누구보다 가까이 다가갈 수 없었던 진실에, 아버지는 도달했던 겁니다."

"……."

"저와 당신을 포함한, 아니 젊을 적 아버지와 티게르난 공작을 제외한 모든 이가, 공작이 왕위에 욕심이 있어 공작위를 받았다고 생각합니다. 하지만 보세요."

린도가 편지를 받아 들었다.

[형, 제발 편지를 읽어 줘. 나는 형을 이해하고 존중해. 형이 왕위에 욕심이 없다는 건 잘 알고 있어. 나는 알아. 형은, 공작위를 버릴 수 없었던 거야. 왜냐하면, 형이 아버지에게 물려받은 유일한 거니까.

나는…… 나만은 형을 믿어 줄게. 그러니까, 형. 내게 진실을 말해 줘. 내가 형을 미워하지 않게 해 줘. 제발.]

린도는 그 편지를 보고 확인하듯 샤를루스를 보았다.

"기록을 찾아봤는데, 티게르난 공작은 작위를 수여 받고 그 권력을 휘두르지 않았다고 합니다."

"……."

"그분이 '그 일'이 벌어지기 전에 공작의 권력을 휘두르셨던 건 딱 한 번, 노예로 팔려 가는 가여운 아이들을 구할 때뿐이었습니다."

"……."

"티게르난 공작령에서 그의 행보를 샅샅이 뒤져 보고서야 알 수 있었습니다. 공작은 항상 자신을 낮췄습니다. 심지어 권력을 탐한 기록도 없습니다. 그는 작위를 받되, '공작'으로서 행동하지 않았던 겁니다. 저는 제 아버지의 말이 설득력이 있다고 생각합니다."

샤를루스의 말에 린도는 억눌린 숨을 토해 냈다. 죽은 아버지의 과거를 더듬는 아들을 보며 샤를루스가 안타까운 듯 말했다.

"편지는 개봉되어 있지 않았습니다."

"……."

"만약, 그 편지를 티게르난 공작이 읽었다면…… 미래는 달라졌을지도 모르겠군요."

"……."

"성하, 아니 린도. 그래요……. 당신도 아버지와 똑같은 길을 선택하고 있었던 겁니다."

린도의 두 눈에서 흘러내린 눈물이 편지를 적셨다. 그는 아버지에 대해 잘 몰랐다. 알려고도 하지 않았다. 린도에게 그는 항상 의뭉스러운 인간이었다.

하지만 린도의 아버지였다면, 그를 '린도'라고 부를 정도의 마음이 남아 있었다면……. 모든 일이 벌어지기 전, 그도 순수한 사랑을 품었던 인간이었다면…….

"성하, 저도 이제 이 자리를 제 아들에게 물려줄 겁니다."

"……."

"그러니까, 성하도 아버지에게서 해방되세요."

린도는 숨을 헐떡였다. 그의 아버지도 같은 마음으로 공작위를 물려받았던 거라니, 그렇게 살아왔던 거라니 믿기지 않았다.

샤를루스가 해 줄 수 있는 것은 그저 미처 자라지 못한 이 남자의 어깨에 손을 얹어 주는 것뿐이었다. 그러곤 제 뒤에 서 있는 이를 발견하고 자리를 비켜 주었다. 나머지는 그의 몫이 아니었다.

"린도."

에델바이스가 그의 곁에 다가와 섰다. 린도가 빙그레 웃으며 에델바이스를 보았다.

"다행이다. 건강해져서."

"……."

울 듯 일그러진 그 얼굴을 보며 린도가 어색하게 말했다.

"다 들어 버렸네. 생각보다 시시한 남자였지?"

"……."

"내가 그래. 이렇다니까."

에델바이스는 가만히 다가가 린도의 머리를 끌어안았다. 그러자, 그가 갑자기 울음을 터트리기 시작했다. 미추를 상관하지 않고 흘리는 서러운 울음이었다.

"나는, 나는……!"

"괜찮아요."

에델바이스의 팔을 잡은 린도는 억눌린 울음을 터트렸다. 아버지의 죽음에도 제대로 흘릴 수 없었던 그 눈물을, 자신보다 나약한 이의 팔에 매달려서, 아이처럼. 그렇게.

"에델, 나 말이야."

"……."

"꿈에서 아버지를 봤어."

"……."

"아버지는 나를 안아 주신 적이 없는데, 그렇게 다정히도 나를 안아 주고 계시더라."

"……."

"대화 같은 건 없었어. 여느 때처럼 나만 일방적으로 말했거든. 내가 어떻게 살았는지, 무엇을 이룩했는지, 얼마나 노력했는지, 그리고 당신처럼 죽으면서 얼마나 행복했는지."

"……."

"하지만 아버지는, 그냥 나를 안은 채 슬프게 보고 있었어. 항상 짓는 그 미소를 지으면서."

"……."

"그건, 내 꿈이 아니라 진짜 아버지였을까? 아니면 아버지를 보고 싶다는 내 소망이 만들어 낸 헛된 꿈이었을까."

답은 알 수 없다. 그렇지만 에델바이스는 고개를 끄덕였다.

"그럼요, 그럼요. 당연히 당신에게 나타난 거죠. 당신이 얼마나 사랑스러운 사람인데, 당신이 걱정이 되어서 그랬을 거예요."

단정적이고 확신 어린 어조에 린도가 서글프게 웃었다. 그녀가 그렇다면, 분명 꿈에서 나타난 체자레는 진짜였을 것이다.

"만약 진짜라면, 이제야 그 표정의 의미를 알 것 같아. 아버지는, 내가 그렇게 살길 원하지 않았던 거야."

"……."

"이제야, 어떻게 살아가야 할지 알 것 같아."

린도의 말을 들은 에델바이스가 빙그레 웃으며 그를 안았던 팔을 풀고는 린도가 앉아 있는 침대 옆에 무릎을 꿇고 앉아 그와 시선을 마주했다.

"린도, 에델바이스가 무슨 꽃인지 아세요?"

"하얀 꽃이라고 들었는데, 아니야?"

"맞아요. 생각보다 못생긴 꽃이에요. 털이 부숭부숭 나서는……. 저도 보고 깜짝 놀랐잖아요. 비올렛이나 데이지처럼 예쁜 꽃 이름이면 얼마나 좋아."

"……."

"그런데, 그 꽃에도 의미가 있어요. '겨울에 피어나는 고귀한 하얀 빛.'"

"……."

"그저 겨울 안에 홀로 오롯이 피어나서 그 계절을 견디는 거예요. 고독한 계절 속에서. 나는 그렇게 겨울과 함께 살라고 태어났어요."

"……."

"바로 당신을 위해서."

에델바이스는 린도의 손에 팔을 뻗었다. 가느다랗고 기다란 손가락. 그녀가 린도의 손에 입을 맞췄다.

"난 어머니처럼 당신에게 봄을 가져다줄 수 없어요. 하지만, 나는 견딜 수 있어요."

"……."

"당신은 유일한 내 천사님이니까."

에델바이스의 두 눈은 진지했다. 그녀의 새파란 눈을 본 린도가 피식 미소를 지었다. 자신을 위해서 태어났다는 이 사람을 어떻게 사랑하지 않을 수 있을까. 그는 벅찬 감정을 애써 억눌렀다. 그러나, 그는 이제 말이 아닌 '행동'으로 표현할 시간이 되었음을 깨달았다.

"에델, 틀렸어."

"네?"

"내게 천사가 있다면 바로 너일 거야."

린도가 웃으며 허리를 숙였다. 에델바이스는 아무 말도 할 수 없었다. 그건 말문이 막혀서가 아니라…….

"이제 당분간 집이 쓸쓸해지겠네요."

비올렛이 빈집을 바라보며 말했다. 처음에는 그 둘이 함께 살았다. 가족은 점점 늘어나 저택을 떠들썩하게 채웠다. 그러나 이제 가족들이 떠난 저택은 두 사람이 살았던 그때처럼 적막해졌다. 에셀먼드는 대답하지 않고 한숨을 쉬었다. 비올렛은 그의 마음도 자신과 다르지 않음을 알았다.

"모두 다 컸으니까. 커서 자기 자리를 찾아가는 거죠."

"그렇겠지."

"에델바이스가 걱정되죠?"

에셀먼드가 고개를 끄덕였다.

"저는 그 아이가 가장 잘 살 거라 믿어 의심치 않아요."

그녀는 자신의 발밑에 피어난 제비꽃들을 보며 미소 지었다.

"분명, 그 애들이 그리는 이야기도 동화처럼 아름다울 거예요."

짐은 생각보다 많지 않았다. 린도는 모든 것을 남겨 두었다. 소중하게 보관했던 비올렛의 편지도, 자랑스러운 교황성의 보물들도. 모든 걸 버리려니 아쉽고도 두려웠지만 그 안에 묘하게 후련함을 느끼는 자신이 있었다.

"조심히 가십시오. 가서도 연락하시고요."

"안 할 거야."

고티에의 말에 린도가 삐쭉 대답했다. 그가 난감한 웃음을 지었다.

"그럼 성하, 아니 린도와 내 인연이 이렇게 끝이라는 거 아닙니까."

"왜, 내게 정들었어?"

"좀, 많이요."

그렇게 말하는 추기경의 눈에 눈물이 어렸다. 린도는 오히려 당황했다.

"왜, 왜왜, 왜왜왜, 왜 왜, 왜 이러는 거야!"

지나치게 왜라는 말을 많이 말하며 린도는 고티에의 눈을 보았다.

"성…… 아니, 린도. 저는 린도가 정말 행복하길 바랍니다. 정말로요."

"……그간 고마웠어."

고티에는 린도가 벽을 치고 사람들을 거부해도 한결같이 곁에 있어 주었다. 떠나는 와중에 깨달았다. 곁에 사람들이 머무르지 않게 한다고 했지만, 또 그런 것은 아니라고.

"성하가 없으면 어떻게 할지…… 흑흑."

"무슨 소리야. 넌 알아서 잘 할 거야."

"……."

"신의 시대를 끝내고 싶었다면 진작 내가 사라져야 했었는데. 내가 그걸 몰랐던 거지."

며칠간 지켜본 고티에는 교황으로서 뛰어난 면모를 보였다. 여전히 그 '신실함'은 거슬렸지만 이제 그가 간섭할 영역은 아니었다.

신의 힘을 지닌 린도가 저들을 통제하려 했던 것 자체가 잘못되었음을, 그는 고티에를 보고 깨달았다. 인간은 단점투성이지만 결국 가장 옳은 방향으로 나아간다. 비올렛이 그랬고, 에셀먼드가 그랬으며, 샤를이 그랬다. 린도는 그것을 보아 왔음에도 잊고 있었다.

"연락은 내키는 대로 할 거야."

"뭐, 뭐?! 성…… 아니, 린도!"

린도는 그렇게 말하며 복도를 뛰어갔다. 기다리는 사람이 있다. 그 뒷모습을 보며 린도의 얼굴이 환하게 물들었다.

"자, 린도. 출발해요."

에델바이스가 린도의 손을 잡았다. 어느새 성도에는 봄이 찾아왔고, 햇살이 따사롭게 내리쬐었다.

"예쁘고 아름다운 것들만 보자."

린도는 에델바이스를 보며 말했다. 에델바이스가 행복한 듯 웃었다.

"나중에, 당신의 아버지에게 세상이 얼마나 아름다웠는지 전해줘요. 꼭."

그의 생이 얼마나 남았는지 린도는 알지 못한다. 다만, 그는 아버지가 사랑했던 세상이 얼마나 아름다운지 직접 두 눈으로 볼 생각이었다. 교황이 아닌 평범한 인간으로서. 제 옆에 있는 사랑스러운 사람과 함께.

"음, 린도. 출발하는데 초를 치는 것 같아 미안하지만……."

"응?"

"혹시 향수 뿌렸어요?"

"아니?"

"아니 방금 엄청 독한 향수 냄새가 확 풍겨서요."

"나는 향수 안 뿌려. 우리 아버지라면 모를까."

"이상하네."

"그러게."

그때, 린도는 자신을 어루만져 주는 바람을 느꼈다. 그는 눈을 크게 떴다. 그것은 마치, 예전, 어머니가 볼을 쓰다듬어 주는 감촉처럼 부드러웠다.

"……바람이 좋다."

"그래요? 나는 좀 기분 나쁜데. 어쨌든 얼른 가요."

에델바이스가 린도의 팔에 팔짱을 꼈다. 그들 사이로, 향기를 머금은 붉은 바람과 부드러움을 지닌 금색 바람이 지나쳐 갔다.

– 겨울에 피어난 하얀 꽃, 結

The Blooming Violet in the Back Garden

BLACK LABEL CLUB 025
후원에 핀 제비꽃 외전

초판 인쇄 2020년 5월 21일
초판 발행 2020년 5월 29일

지은이 성혜림
펴낸이 신현호
편집부장 예숙영
편집 이영조
편집디자인 한방울
영업 · 관리 김민원 조은걸 조인희
물류 이순우 최준혁 박찬수

펴낸곳 ㈜디앤씨미디어
출판등록 2002년 5월 1일 제117-90-51792호
주소 서울시 구로구 디지털로 26길 111 JnK디지털타워 503호
대표전화 (02)333-2513 팩스 (02)333-2514
전자우편 dncbooks@dncmedia.co.kr
디앤씨북스 블로그 http://blog.naver.com/dncbooks

ISBN 979-11-264-5145-6 (04810)
ISBN 979-11-264-3130-4 (세트)